한강

한강

장강명

정해연

임지형

차무진

박산호

조영주

정명섭

목
차

장강명

월급사실주의 소설가. 공대를 나와 기자로 11년간 일했다. 아내 김새섬
대표와 함께 온라인 독서모임 플랫폼 '그믐'(www.gmeum.com)을 운영한
다. 장편소설『표백』,『재수사』,『한국이 싫어서』,『댓글부대』, 연작소설『산
자들』, 논픽션『먼저 온 미래』 등을 썼다. 한겨레문학상, 문학동네작가상,
오늘의작가상, 수림문학상, 제주4.3평화문학상, 젊은작가상, 이상문학
상, 심훈문학대상, SF어워드 우수상 등을 받았다.

한강의 인어와

청어들

내가 반인반수(半人半獸)가 많은 동네 현수동에 와서 밤섬 당주 이현수와 어울리게 된 지도 몇 년이 지났다. 나는 한동안 내가 무척 기이한 우연으로 이현수를 만나게 되었다고 생각했다. 그 과정이 꼭 우연만은 아니었음은 아주 나중에야 알게 되었다.

이현수 곁에 있으며 겪은 신기한 이야기를 처음 글로 쓴 게 단편소설 「되살아나는 섬」이었다. 서강대를 다니던 여성 대학생 이현수가 어떻게 해서 선대 당주를 만나 노래의 힘을 얻게 되었는지에 대한 내용이었다. 이 글을 소설이라고 부르는 게 좀 묘한 일인데, 사실 원고를 쓸 때 나는 그 내용들이 거의 대부분 사실이고 내가 약간 각색만 했다고 생각했다. 그때는 픽션 성분이 10퍼센트쯤 된다고 여겼는데, 알고 보니 50퍼센트가 넘었다. 당시만 해도 이현수에 대해서도, 현수동에 대해서도 아는 게 거의 없었다. 밤섬 주변의 물리 법칙에 대해서는 이현수나 나나 여전히 연구 중이다.

「되살아나는 섬」에는 내 이름이 잠깐 나오기는 하지만, 내가 직접 등장하지는 않는다. 그 글은 환상문학 웹진《거울》게시판에 처음 올렸고, 이후《거울》에서 발간한 독립출판물에 실리기도 했다. 반응이 썩 좋지는 않았다. 그래도 나는 계속해서 이현수와 현수동 이야기를 써 나갔다. 한강과 밤섬, 현수동에 사는 반인반수들에 대해 쓰기도 하고, 신비한 책을 둘러싼 모험에 대해 쓰기도 하고, 다른 세계와 이어지는 도서관에 대해 쓰기도 했다. 그 이야기들에서는 그냥 나도 내 이름으로 등장했다.

그중 몇 편은 다행히 좋은 출판사를 만나 '시간의 언덕, 현수동'이라는 제목으로 책이 나올 예정이다. 그 책의 픽션 성분은 15퍼센트쯤 되는 것 같다. 그 책 원고를 기다리는 동안 북다에서 앤솔러지 '한강'에 참여할 수 있는 기회를 주었다. 그래서 여기에는 이현수와 한강의 인어들을 처음 만났을 때 이야기를 적어 본다. 이 사건은 내가 현수동에 대해 정말 이상한 장소이며, 뭔가 거대한 비밀이 있다는 생각을 진지하게 하게 된 계기이기도 하다.

"며칠 뒤에 인어들을 만날 일정이 있는데, 같이 갈래?"

이현수가 그렇게 불쑥 물었을 때 나는 당황해서 "인어? 인어? 인어공주 할 때 그 인어?" 하고 몇 번이나 되물었다. 이현수는 그 인어가 맞다고, 한강에 인어들이 있다고 말했다.

"한강에 인어가 살아?"

나는 바보처럼 그 말을 되풀이했다.

"이백 명쯤 살걸. 두 그룹이 있는데, 한 그룹은 중상류에 살고 다른 한 그룹은 밤섬 근처에 살아."

이현수는 중상류에 사는 그룹은 자신도 직접 본 적은 없다고 했다. 사실 이현수는 밤섬 근처에 사는 인어 그룹과도 데면데면한 사이였는데, 부분적으로는 그가 당주 후계자 수업을 제대로 마치지 못한 게 원인이었다. 인어들은 이현수가 노래의 힘을 제대로 부릴 줄 모른다는 사실을 알아차리자마자 그와 거리를 두었다.

"원래 인어들이 인간들이나 물 위 사정에 무심하긴 해. 자기들끼리 편하게, 천천히 망해 가겠다는 거지. 그래도 새홀리기 당주가 있을 때는 벌벌 떨면서 그분 눈치를 봤다던데…."

이현수가 말했다. '새홀리기'는 전전대(前前代) 당주가 썼던 신명(神名)이었다. 현 당주인 이현수는 '나그네새'라는 이름을 썼다.

"새홀리기 당주의 힘이 워낙 강력하기도 했고, 그 시절에는 한강이 상당히 오염됐었거든. 인어들이나 물고기들이나 살아 가는 게 힘들 정도로. 그래서 새홀리기 당주에게 부탁할 일들 이 많았던 것 같아. 노래의 힘으로 밤섬 부근 물을 정화하는 일에서부터 자잘한 필수품을 구입하는 데까지."

그러나 새홀리기의 자리를 긴몰개 당주가 이어받을 무렵 한 강은 깨끗해졌고, 인어들에게도 밤섬 당주 외에 다른 교두보 가 생겼다. 인어 한 명이 현수동에 사는 한 여인과 사랑에 빠 져 사람이 된 것이다. 그 인어를 사람으로 만들어 준 것은 당 주 자리에서 물러난 새홀리기였다. 새홀리기는 그 인어가 낮 에도 땅을 걸어 다닐 수 있게 해 주었다.

"다리를 주는 대신 목소리를 빼앗은 거야?"

새홀리기 당주의 잔인한 면을 익히 아는 내가 물었다.

"그렇지는 않지만, 뭔가 복잡한 대가를 요구한 것 같아. 새 홀리기가 한 일들은 수수께끼에 싸인 게 많아. 인간이 된 그 인어분도 거기에 대해서는 입을 꼭 다물더라고."

"아, 그 인어를 만나 봤어?"

"광흥창역 앞에 있는 늘푸른약국 약사님이야. 사람이 된 다 음에 약대를 다니신 모양이야."

"거기 약사님이 두 분 계신데…. 젊은 약사님이랑 나이 든 약사님이랑…."

"그 두 분이 커플이었어. 인어들이 나이를 잘 안 먹거든. 옛

날에는 두 분이 같은 나이대로 보였는데 이제는 어머니랑 딸처럼 보이지. 사실 이제는 그다지 사이도 좋지 않은 것 같아."

하긴. 인어도 동성애자일 수 있고, 종을 초월한 사랑도 시간이 지나면 흩어진다. 나는 화제를 돌렸다.

"그런데 이번에 인어들은 왜 만나는 거야? 그다지 친한 사이도 아니면서."

"그쪽에서 만나자고 요청한 거야. 이유는 나도 잘 모르겠어."

이현수가 말했다.

이현수와 나는 주민들이 달맞이공원이라고 부르는 작은 공원 아래서 인어들을 만났다. 새벽 세 시, 그믐달이 뜨는 시각이었다.

인어들이나 밤섬 당주나 힘이 과거 같지 않기는 피차일반이었다. 불과 몇 세대 전만 해도 꽤 많은 인어가 달의 모양과 관계없이 뭍으로 올라올 수 있었고, 심지어 어떤 인어들은 해가 아직 다 지지 않았는데도 꼬리를 다리로 바꿀 수 있었다고 한다. 그러나 이제는 그믐달의 도움 없이 뭍으로 올라올 수 있는 한강의 인어는 없다. 적어도 우리가 알기로는 그랬다.

늘푸른약국의 '젊은' 약사는 우리와 몇 걸음 떨어져서 검은 강물을 바라보고 있었다. 우리, 특히 이현수를 경계하는 듯한 분위기였다. 젊은 약사는 긴 머리에 30대 초반 정도로 보였는데, 어딘지 남미 여인을 연상시키는 강렬한 인상이었다. 그녀는 배낭을 메고 있었다. 나이 든 약사는 그 자리에 나오지 않았다.

약속한 시간이 되자 늘푸른약국의 젊은 약사가 손전등을 켜 강물 위로 원을 두 번 그렸다. 잠시 뒤 그 자리의 수면이 천천히 솟아오르더니 물로 된 작은 산이 생겼다. 산이 두 개로 갈라지면서 각각의 봉우리에서 사람 머리가 하나씩 드러났다.

물로 된 봉우리는 부드러운 해일처럼 한강 공원으로 미끄러져 들어왔다. 거기서 두 인어가 나오는 모습은 우아하게 미끄럼틀을 타는 사람 같기도 했고 두꺼운 코트를 벗는 모습 같기도 했다.

인어들은 젊은 여성의 몸이었는데 물 밖으로 나오면서 꼬리가 희고 매끄러운 다리로 천천히 갈라졌다. 가슴은 물론이거니와 사타구니에도 아무것도 걸치지 않은 맨몸이었고 그걸 딱히 부끄러워하지도 않는 것 같았다. 인어들은 깡마른 중년 여성처럼 보이기도 했고 10대 소녀처럼 보이기도 했다. 비인간적으로 아름다우면서 차갑고 미끈한 얼굴과 몸이었다.

젊은 약사가 배낭에서 수건과 옷가지 등을 꺼내 인어들에게 건넸다. 인어들은 옷을 받아 들고도 입을 생각을 않고 나를 빤히 바라보았다. 옷을 벗고 있는 상태나 벗는 동작이 아니라 옷을 입는 것이 인어들에게는 더 민망한 행위임을 그때의 나는 알지 못했다. 고개를 숙이고 땅바닥을 바라보고 있던 나는 이현수가 아예 인어들에게서 등지고 선 자세임을 보고는 얼른 따라 몸을 돌렸다.

"이제 돌아보셔도 돼요."

약사의 말에 이현수와 나는 강 쪽으로 몸을 돌렸다. 이제 우리 앞에는 눈이 번쩍 뜨일 정도로 매력적이기는 하지만 그래도 현실적으로 보이기는 하는 두 20대 여성이 서 있었다. 키가 크고 광대뼈가 두드러진 인어는 티셔츠에 청바지, 운동화 차림이었고, 키가 작은 쪽은 노란색 원피스에 샌들을 신고 있었다.

"밤섬 인어 파솔미레입니다."

티셔츠에 청바지, 운동화 차림인 인어가 자신을 소개했다.

"밤섬 인어 솔솔미도입니다."

노란색 원피스를 입고 샌들을 신은 인어가 수건으로 머리의 물기를 닦다 말고 말했다. 밤섬 인어들 역시 이름을 여러 개 사용했는데, 외부인에게 말하는 용도의 이름은 12음계에서 서너 음을 따서 지었다. 비교적 최근에 생긴 전통이라고 했다. 하긴, 12음계 자체가 한국에 들어온 지 얼마 되지 않았으니까.

"밤섬 당주 나그네새입니다."

이현수가 말했다.

나는 '글 쓰는 장휘영이라고 합니다' 하고 자기소개를 해야 하나 잠시 망설였다. 그러나 나를 바라보는 사람도 없었고, 늘 푸른약국 젊은 약사도 자기소개를 않는 걸 보고 그냥 잠자코 있기로 했다.

"나그네새 당주님, 만남을 허락해 주셔서 감사합니다. 저희가 갑자기 뵙자고 한 이유가 궁금하시겠지요."

파솔미레가 말했다.

"그 이야기는 좀 더 편안한 장소에서 하면 어떨까요? 근처에 있는 전망 좋은 카페를 빌려 놨습니다."

그러면서 이현수는 노래 한 소절을 흥얼거렸다. '문 리버(Moon River)'의 앞부분과 비슷한 느낌의, 느린 가락에 알아들을 수 없는 노랫말이었다. 그러자 검게 반짝이는—이렇게 묘사할 수밖에 없는 점을 양해해 주시길— 작은 별들이 나타나 두 인어를 부드럽게 휘감았다.

잠시 뒤 인어의 몸에 물기라고는 남아 있지 않았다. 그들이 걸친 옷은 막 다림질을 마친 것처럼 보송보송하고 주름 하나 없이 잘 펴져 있었으며, 긴 생머리도 윤기 있게 찰랑거렸다. 그때까지 꽤나 고압적인 자세이던 파솔미레의 얼굴이 처음으로 부드러워졌다. 나쁘지 않은데, 하는 표정이었다.

"청어들이 몰려오고 있어요. 수백만 마리, 어쩌면 수억 마리일지도 몰라요."

솔솔미도가 말했다.

"청어들이 그렇게 몇십 년에 한 번씩 터전을 바꾼다는 사실은 물론 알고 계시겠지요. 그들이 개미나 벌보다 훨씬 거칠고 끈질긴 군체(群體)라는 사실도."

파솔미레가 거들었다.

"험, 험!"

단발머리를 쓸어 넘기며 헛기침을 하는 모양새를 보니 이현수는 그 사실을 몰랐던 듯했다. 나 역시 마찬가지였다. 나는 휴대전화를 꺼내 문자 메시지를 확인하는 척하면서(그 야밤에) 인터넷으로 청어에 대해 검색했다. 그런데 인어들은 스마트폰이 뭔지 알까?

우리는 한강이 내려다보이는 현수동의 이름난 카페이자 레스토랑인 '서강8경'에 있었다. 새벽 3시가 넘은 시각이라 물론 카페에는 종업원이 한 명도 없었다. 우리를 자리에 앉히고 이현수가 직접 와인 한 병과 크래커를 들고 왔다.

"청어들이 방귀로 소통하는 거 아세요? 그런 족속들이 이 강 한구석을 차지한다고 생각해 보세요. 징그럽지 않아요?"

솔솔미도가 말했다.

"험, 험!"

카페는 어둑어둑했는데 나를 제외한 사람들은 아무도 어둠을 불편해하지 않는 것 같았다. 우리는 조명 대신 양초만 하나

켰을 뿐이어서, 덕분에 바깥 경치가 잘 보였다. 이 카페는 남쪽으로 시원한 전망창이 여러 개 나 있었는데, 건너편으로는 여의도 야경이 있었고 아래로는 서강대교와 밤섬이 바로 내려다보였다. 근사했다. 와인도 상당히 고급인지 향이 그윽하고 기품 있었다.

나는 이현수가 제대로 허락을 받아 이 카페를 빌린 것인지 아니면 주술로 카페 주인을 홀리거나 마법 노래로 잠금장치를 멋대로 푼 건지 알지 못했다. 와인 값을 치른 것인지도. 그러나 인어들과 대화를 나눌 장소로 이곳을 택한 데에 전략적인 이유가 있다는 생각은 들었다. 이현수는 인어들에게 물속에서는 절대 볼 수 없는 화려한 경치, 특히 새홀리기나 긴몰개가 보여 주지 못한 풍경을 보여 주고 싶었던 것이다.

정작 나는 의심했어야 할 것은 전혀 의심하지 못했다. 왜 그 자리에 이현수가 나를 불러냈는지, 왜 이 사건을 모두 내게 보여 줬는지. 그런데 그 이야기는 이 글에서 다룰 내용은 아니고….

어쨌든 그날 서강8경을 택한 현수의 노림수는 아주 성과가 없지는 않았다. 솔솔미도는 창밖을 흘끔흘끔 보는 것을 멈추지 못했다. 파솔미레는 대도시에 올라온 자존심 강한 지방 청년 같은 표정을 짓고 있었다. 그러나 인어들이 하는 말을 이현수가 무슨 얘기인지 하나도 알아듣지 못한다는 사실이 곧 모든 참석자에게 명백해졌고, 이현수가 그 사실을 숨기려 할수록 대화의 주도권은 인어들에게로 넘어갔다.

"얼마 전 남중국해 쪽에 살던 청어 집단으로부터 갈매기 몇 마리가 날아왔어요. 한강에 올라와 다음 10년 동안 밤섬 일대에서 머물겠다더군요. 갈매기들은 청어들로부터 떨어져 있어서 우리 질문에 대답하지는 못했어요. 그냥 일방적인 통보였던 셈이죠. 그 갈매기들은 지금 밤섬에 머물고 있답니다."

파솔미레가 말했다.

"험, 험!"

늘푸른약국 약사가 끼어들어 나와 현수에게 설명을 해 주었다.

"청어 집단은 세계 곳곳의 바다를 돌아다니며 머물 곳을 찾지요. 자신들의 마음에 드는 장소를 발견하면 갈매기들을 사신으로 보내 그곳에 살고 있는 다른 지성체들에게 자신들과 함께 살든지 물러나든지 선택하라고 알립니다. 청어와 함께 사는 갈매기들은 그런 메신저 역할을 하는 대가로 청어 일부를 사냥할 권리를 얻습니다. 청어 떼를 중심으로 여러 동물이 역할을 분담하며 공생하죠. 때로는 청어 군체 안에 돌고래나 혹등고래 같은 똑똑한 동물이 머물며 뇌 역할을 하기도 해요. 청어, 고래, 갈매기, 정어리, 펭귄이나 물범까지 한 덩어리로 하나의 집단의식을 이루는 거예요."

"하지만 청어는 바다 생선 아닌가요? 한강은…."

내가 물었다.

"밀물이면 한강 중류까지도 바닷물이 올라와요. 예전에는 길 잃은 고래도 가끔 볼 수 있었어요. 그리고 청어는 물에 관한 한 가장 강력한 마법을 쓸 줄 아는 군체예요. 개미 집단이 흙의 단단함을, 벌이 주변 온도를 마법으로 다스리는 것과 마찬가지죠."

파솔미레가 말했다.

"청어들은 바닷물을 밤섬 부근까지 끌고 올 작정인 거예요. 민물에서 살던 한강의 물고기들은 상류로 쫓겨나든지 아니면 죽임당하겠죠. 어마어마한… 당신들은 이걸 뭐라고 부르죠?"

솔솔미도가 물었다.

"환경 재앙."

늘푸른약국 약사와 파솔미레가 동시에 말했다.

"환경 재앙. 그거예요."

솔솔미도가 말했다.

"밤섬 당주께서도 당연히 저희와 함께 이 재앙에 맞서야 합니다."

파솔미레가 말했다.

"저는 별로 내키지 않는데요. 제가 왜 이 문제에 관심을 가져야 하죠?"

이현수가 말했다. 인어들이 입을 딱 벌렸다.

"제 역할은 밤섬이 연주하는 심오한 음악을 지키고 한때 그 섬에 살았던 사람들을 보호하는 겁니다. 청어들이 오고 한강 물이 짜진다고 해서 옛 밤섬 주민들이 큰 영향을 받을 것 같지는 않군요. 밤섬의 음악이 어떻게 달라질지는 아직 잘 모르겠고요. 어쩌면 섬은 청어들을 반길 수도 있어요. 섬이 꿈꾸는 음악은 보통 사람이나 인어가 이해하기 어렵습니다. 제 전전 대 당주인 새홀리기님은 심지어 섬을 폭파하기도 했음을 떠올려 주시길 바랍니다."

인어들 앞에서 이현수는 그렇게 말했다.

다음 날, 한때 긴몰개 당주였던 마리아가 운영하는 마리아 루나헤어에서 이현수는 이렇게 말했다.

"급하게 지어낸 이야기이긴 했지만 그럴싸하지 않았어? 인어들은 믿는 거 같던데."

"본심이 아니었다고? 그렇다면 왜 그렇게 얘기한 거야?"

내가 놀라서 물었다.

"글쎄, 설사 인어들을 도와주게 된다 해도 덥석 요청을 받아들이고 싶지는 않았어. 인어들이 지금까지 나한테 해 준 것도 없는데, 뭐. 그 녀석들이 나를 제대로 배우지 못한 당주라고 은근히 무시하는 거, 다 알고 있었다고."

이현수가 말했다.

"잘했어. 도와준다고 큰소리쳤다가 도울 힘이 없다는 게 들통나면 그것도 망신이지 뭐니."

한때 밤섬 당주였으나 갑작스럽게 실음악증(失音樂症)에 걸려 이현수에게 자리를 물려준 마리아가 말했다. 마리아도 인어들에게 호감을 품고 있지는 않다고 했다. 마리아는 그렇게 말하며 사과를 깎아서 접시에 올려놓았다.

"너희 두 사람 다 과일을 너무 안 먹어서 큰일이야. 둘 다 한 알은 의무적으로 먹어. 이거 다 먹기 전에는 못 일어난다."

마리아가 말했다. 그 사과는 푸석푸석한 데다 맛까지 떫어서 나와 현수는 떨떠름한 표정으로 접시를 바라봤다. 마리아가 왜 그렇게 나를 친밀하게 대했는지도 의심해 봤어야 하는 건데. 그런데 아까도 적었지만 그 이야기는 이번 글에서 다룰 내용은 아니라….

마리아는 전에 새홀리기 당주가 자신에게 과일 맛을 좋게 하는 노래를 가르쳐 준 적이 있다고 했다. 그러나 그 곡은 너무 어려웠고 마리아는 끝내 노래를 터득하지 못했다.

"중간중간 이상한 음정을 이상한 박자로 내야 했어. 딱 떨어지는 음이 아닌 음도 많았고. 가을이 길어지게 하는 노래보다도 훨씬 더 어려웠어. 노래 자체에 따라 부르기 어렵게 하는 마법이 걸려 있는 것 같았어."

마리아는 그런 이야기를 부끄러워하는 기색 없이 말했다. 삼각함수가 너무 어려워서 수학은 포기해 버렸지 뭐니, 하는 투였다.

이현수가 막 당주로서의 운명을 깨닫고 노래 연습을 시작했을 때 새홀리기가 프랑스에서 세상을 떠나고 마리아는 실음악증에 걸렸다. 이것이 기이한 우연인지 오싹한 운명인지 누군가의 계획인지 우리는 알지 못했다. 그게 안타까운 일인지 바람직한 일인지도.

"밤섬이 정말로 바닷물과 청어들을 좋아할까요?"

내가 물었다.

"아니겠지. 만약 밤섬이 해수와 바다 생선을 원했다면 이미 새홀리기 당주가 그걸 이리 불러왔을 거야."

마리아가 대답했다.

"그렇다면 문제는 우리한테 청어 군체를 막을 수 있는 능력이 있느냐인데…. 선생님, 이제 그 테이프를 들어 볼 때라고 생각해요. 언제까지고 이 상태로 기다릴 수는 없잖아요?"

현수가 마리아를 향해 말했다.

"테이프가 뭔데요?"

내가 물었다.

"내 의견은 그대로야. 너무 위험해."

마리아가 말했다.

"테이프가 뭔가요?"

내가 다시 물었다.

"새홀리기 당주께서 마법 노래 몇 곡을 테이프에 녹음해서 남겨 뒀어요. 지난달에 미용실 리모델링을 하다가 발견했죠. 이전에 대청소할 때는 볼 수 없었는데 마치 이때를 기다리기라도 한 것처럼 나타났어요. 그 테이프에 뭔가 해법이 들어 있을 거라고 생각해요."

이현수가 말했다.

"아직 안 들어 본 건가요?"

내가 물었다.

"처음 1, 2분을 듣고 새홀리기 당주님의 마법 노래가 녹음돼 있다는 사실을 확인하고는 바로 멈췄어요. 어떤 내용의 노래들인지 알 수가 없었으니까요. 마법 노래에는 무시무시한 힘이 담긴 게 많아요. 새홀리기님의 노래는 특히 강력했고요. 만약 듣는 사람을 저주하는 내용이면 어쩌죠?"

마리아가 말했다.

"듣는 사람을 저주하는 노래를 새홀리기님이 뭐하러 저희 미용실에 숨겨 뒀겠어요?"

이현수가 말했다.

"새홀리기님은 한때 마법 노래의 어두운 면을 탐구하셨고, 단순히 옛 노래를 물려받은 게 아니라 많은 곡을 새로 만들기도 하셨어. 저 테이프에 담긴 건 그런 작업의 파편인지도 몰라. 도로공사를 하다가 6·25 때 불발탄을 발견한 것과 비슷한 상황이야. 그 테이프는 함부로 건드리면 안 되는 물건이라고."

"단순히 연구 작업을 기록해 둔 메모장이라거나, 아니면 우리가 들어 주길 바라며 남겨 놓은 타임캡슐 같은 것일 수도 있잖아요?"

이현수가 말했다.

"저기, 이렇게 하면 어떨까요?"

이현수와 마리아의 논쟁이 끝날 것 같지 않아서 내가 끼어들었다. 전현직 당주 두 사람이 일제히 나를 쳐다봤다.

"요즘 휴대폰용 블루투스 카메라가 엄청 싼 거 아세요? 몇만 원 안 한다니까요."

"이쯤 놓으면 될까? 갑자기 폭발하거나 그러지는 않겠지?"

내가 항아리처럼 생긴 어항을 들고 말했다. 원래는 매실주를 담그는 용도의 투명 플라스틱 통이었다. 안에는 개운죽과 작은 열대어 몇 마리가 들어 있었다. 내가 집에서 키우는 관상어들이었다. 물이 넘치지 않게 들고 오느라 애 좀 먹었다. 어항 근처에는 0.3리터, 0.5리터, 0.9리터, 1.5리터, 1.8리터까지 다양한 크기로 생수병을 한 병씩 세워 놓았다.

우리는 상수역 근처의 오디오 스튜디오에 있었다. 한 시간에 4만 원을 받고 녹음실과 녹음 장비를 빌려주는 곳이었다. 마리아는 블루투스 카메라 두 대를 녹음실 책상 위에 서툴게 설치하는 중이었다. 녹음실 밖에서는 이현수가 태블릿 PC와 노트북을 만지며 블루투스 카메라가 찍은 영상이 제대로 화면에 잡히는지 살피고 있었다.

"카메라는 잘 설치됐어. 내가 여기서 있는 힘껏 소리 질러 볼 테니까 방음이 확실히 되는지 봐줘. 어항이나 물병이 화면에 잘 나오는지도."

녹음실에 들어온 이현수가 말했다. 마리아와 나는 스튜디오 홀로 나갔고, 이현수가 녹음실 문을 잠갔다. 테이블 위에 올려 둔 태블릿 PC와 노트북 화면으로 녹음실의 어항과 생수병들, 그리고 이현수가 보였다. 이현수는 테너처럼 포즈를 취하더니 입을 벌리고 노래를 부르는 것처럼 보였다.

"유튜브 영상도 촬영하시나 보죠?"

녹음실 매니저가 고개를 숙이고 노트북 화면을 보는 마리아와 내 앞을 지나가면서 한마디했다. 레게 스타일로 머리를 볶고 헤어밴드를 한 청년이었다. 그는 우리에게 커피 머신 사용법을 알려 주고는 자기 사무실로 들어갔다.

"어때요? 들려요?"

"아니, 하나도 안 들려. 장 작가가 얘기한 대로네. 한번 실험해 봐도 될 거 같아."

홀로 나온 이현수에게 마리아가 말했다.

방음이 잘 되는 곳에서 카세트플레이어로 새홀리기의 테이프를 틀고, 그 주변에 물병과 어항을 세워 놓고 거기에 어떤 일이 일어나는지를 밖에서 관찰하자는 아이디어는 내가 냈다. 이 스튜디오는 전에 어느 독서 팟캐스트에 출연하느라 와 본 적이 있는 곳이었다.

새홀리기의 노래가 겨울을 더 길게 하는 힘을 지녔다든가, 돼지고기 맛을 더 좋게 하는 용도라든가, 수중 생물들에게 천천히 심리 공격을 가하는 무기라면 우리는 아무것도 알아낼 수 없을 터였다. 그러나 만에 하나 근처의 물에 물리적인 변화를 일으키거나 물고기들에게 눈에 보이는 타격을 주는 힘을 지닌 노래가 녹음되어 있다면 블루투스 카메라로 지켜보다가 테이프의 어느 지점에 그런 노래가 있는지 찾을 수 있을 것이다.

"방음벽이 있다고 안심할 일은 아니야. 강력한 지진을 일으키는 노래일 수도 있고 이 자리에 번개를 떨어뜨리는 노래일 수도 있어. 주변 공기를 투명한 독가스로 바꾸는 노래라면 우리는 아무것도 모르고 있다가 저 방음문을 열었을 때 숨이 막히겠지."

마리아가 말했다. 무서운 얘기를 왜 이렇게 차분하게 한담.

이현수는 가방에서 구식 소니 워크맨을 꺼냈다. 마리아루나 헤어에서 발견한 테이프에 새홀리기의 육성이 녹음되어 있다는 사실을 알게 된 뒤 곧바로 중고시장에서 구입한 제품이라고 했다. 여전히 쌩쌩하게 잘 돌아가는 물건이었는데 거기에 대고 이현수가 기계 고장을 막는 노래까지 여러 번 불렀다. 자칫 테이프가 씹히기라도 하면 큰일이니까.

현수는 워크맨의 재생 버튼과 자기 휴대폰의 스톱위치를 양손으로 동시에 누르고 재빨리 녹음실을 빠져나왔다. 우리는 노트북과 태블릿 PC 화면으로 녹음실 안에서 벌어지는 일을 관찰했다.

생수 다섯 병과 어항 바닥에서 작은 공기 방울이 동시에 하나씩 생기더니 위로 올라가서 수면 위에서 터졌다. 잠시 뒤에는 공기 방울이 병마다 두 개씩 생겨나더니 위로 올라갔다. 그 다음에는 공기 방울 네 개가 생겨나더니 제자리에서 빙글빙글 돌다가 사중 나선을 그리며 위로 올라갔다. 다음에는 작은 공기 방울이 하나 생겨나 위로 올라가다가 수면 근처에서 멈추더니 다시 아래로 내려왔다. 그 공기 방울은 그렇게 복잡한 모양을 그리며 물병과 어항 안을 돌며 커졌다가 작아지더니 회오리바람을 일으켰다.

테이프는 물속에서 공기 방울을 만들고 다루는 방법을 가르치는 실습 교재였다.

"이럴 줄 알았어! 역시 새홀리기님!"

환호성을 지르며 녹음실 안으로 들어가려는 현수를 마리아가 잡았다.

"함정일 수도 있어. 끝까지 다 보고 가."

현수는 입맛을 다시며 자리에 앉았다. 마리아의 말을 무시하고 녹음실에 들어간 것은 이현수가 아니라 나였다. 열대어들이 공기 방울 안에 갇혀 괴로워하는 모습을 두고 볼 수가 없었기 때문이다.

"무섭진 않아? 오늘은 날씨도 꾸물꾸물한데."

내가 이현수에게 물었다. 나는 다리가 후들거려서 제대로 서 있기도 힘든 상태였다. 현수의 마법 노래 덕분에 강철 잠수함만큼이나 튼튼한 공기 방울 속에 있을 터였고, 만일을 대비해 구명조끼까지 입었지만, 그래도 무서웠다.

우리는 절두산 성지 아래, 잠두봉선착장 옆에 있었다. 머리 위에 양화대교가 있었고, 그 위로 기러기 떼가 V자 대열을 이뤄 평화롭게 날아갔다. 막 해가 지려는 참이었는데, 자욱한 구름과 미세먼지 탓에 하늘은 한껏 붉어졌다. 그냥 이대로 가까운 편의점에서 캔 맥주와 안주를 사 와 한강공원에 앉아 늘어지게 먹고 마시면 얼마나 좋을까 싶었다.

"흥분되는데. 넌 재미있지 않아? 어디 가서 이런 구경거리를 보겠어."

이현수가 준비운동을 하며 말했다. 나도 그 옆에서 우물쭈

물 몸을 풀었다.

오늘 밤은 내가 태어나서 두 번째로 한강에 들어가는 날이었다. 한강의 인어들과 남중국해에서 올라온 청어들이 전쟁을 벌인 지 닷새째되는 날이기도 했다. 언론은 바닷물고기들이 한강에 올라왔다고 난리였다. 과학자들은 물론 이 괴현상이 기후 온난화 때문이라고 했다.

그저께 처음으로 커다란 공기 방울 안에 들어가 인어들과 청어들의 전투를 눈앞에서 지켜봤다. 《라이언 일병 구하기》를 아이맥스 3D 영화로 보는 기분이었다.

닷새 동안 싸워 본 결과, 이현수는 인어들이 청어들한테 질 것 같지는 않다고 했다. 이현수는 다만 인어들이 최종적으로 청어들을 물리칠 수 있을지도 지금으로서는 장담할 수 없다고 했다. 청어 군체는 예상보다 규모가 작았다. 청어뿐 아니라 정어리, 문어, 오징어, 귀상어, 플랑크톤까지 포함된 다국적군이었다. 그런데 그들은 규모는 작았지만 예상보다 훨씬 더 교활하고 집요했다.

"서강8경에서 만난 인어 중에 무섭게 생긴 쪽 있죠? 키가 크고 광대가 튀어나온."

이현수가 말했다.

"파솔미레라는 인어요?"

"네. 파솔미레 씨가 인어들 사이에서 특공대장 역할이더라고요. 그분은 이 청어 군체가 빠르고 강한 게 문어들 때문이라고 분석하세요. 머리 좋은 문어들이 곳곳에서 전황 정보를 수집하며 신경중추 역할을 하는 것 같다는 거예요. 강물을 희뿌옇게 만든 플랑크톤이 문어의 신경 신호들을 청어들에게 전달한다는 거죠. 그래서 이 청어 군체가 사방에 눈이 달린 것처럼 피해야 할 곳, 공격해야 할 곳을 정확히 안다는 거예요."

나는 청어들이 군체에서 총알처럼 튀어나와 인어들에게 박치기 공격을 가하는 모습을 목격했다. 간혹 정어리들 사이에서 귀상어가 입을 벌리고 나오기도 했다.

인어들은 주로 '어뢰'라는 기술로 청어 군체에 맞섰다. 특정한 노래와 손짓으로 거센 물살을 일으켜 장풍처럼 쏘는 기술이었다. 만약에 청어들과의 싸움에서 이기게 되면 인어들이 이현수에게 가르쳐 주기로 약속한 열두 가지 마법 중 하나였다. 인어들은 그 외에도 '작살'과 '물총'이라는 공격 기술을 함께 썼다. 사람이 만든 게 분명한 단도를 들고 직접 청어들과 육탄전을 벌이기도 했다.

새홀리기가 남긴 테이프로 특별훈련을 한 이현수는 공기 방울을 이용한 기술을 다양하게 펼쳤다. 그는 빛을 내는 공기 방울로 청어들의 시선을 분산하거나 여러 개의 공기 방울을 갑자기 터뜨려 그 충격파로 청어들에게 둔중한 일격을 가하는 기술을 자주 썼는데, 그게 가장 쉽고 빠르게 연속으로 쓸 수 있어서였다. 수십만 개의 공기 방울로 회오리를 일으켜 청어 군체를 직접 공격하는 기술은 세탁기에서 아이디어를 얻었다고 했다.

인어들에게 가장 호평받은 것은 공기 방울 장벽이었는데, 배구공만 한 공기 방울을 인어 부대 앞에 띄우는 것이었다. 이 공기 방울은 물을 제외한 다른 물체가 밖에서 안으로 들어가는 건 가능했지만 안에서 밖으로 나오는 것은 불가능했다. 미사일처럼 인어들에게 달려오는 청어가 이 공기 방울로 들어갔다가 기포 반대편 막에 부딪혀 내동댕이쳐지곤 했다. 청어들의 박치기 공격에 고전하던 인어들에게는 큰 안도감을 주는 방어책이었다.

"먼저 들어가. 난 곧바로 따라 들어갈게."

이현수가 마법 노래를 부르자 주변이 일시에 조용해졌다. 내 심장 반경 1미터쯤 되는 공간에 공기의 장벽이 생긴 것이다. 조금 뒤에는 눈에 치약을 바르는 듯 과하게 상쾌한 기분이 들었다. 어두운 물속에서 멀리 내다볼 수 있게 하는 마법이었다.

이현수가 노래를 마치고 나를 바라봤다.

"험, 험!"

당황하니 나도 이현수처럼 헛기침이 나왔다.

이현수는 계속해서 나를 바라봤다.

에잇, 모르겠다. 하루 구경한 걸로 충분한데….

풍덩! 나는 옷을 입은 채로 한강에 뛰어들었다. 바람 선선한 해 저물녘 한강 공원엔 소풍 나온 시민과 연인이 참 많았다. 하지만 그중에 후줄근한 티셔츠와 청바지 차림의 30대 남자가 강물에 뛰어드는 걸 알아차린 사람은 아무도 없었다. 이현수가 근처 사람들이 자신과 내가 있는 방향으로는 관심을 두지 못하게 하는 마법 노래도 부른 것 같았다.

풍덩! 주변에 보글보글 공기 방울들이 올라왔다. 이현수가 만든 게 아닌, 자연스럽게 생긴 기포였다. 나는 물이 주변에 몰려들지 않음을, 내가 계속해서 숨을 쉴 수 있음을, 내 두 발이 거대한 공기 방울 막 위에 단단히 서 있음을 확인하고 겨우 팔다리에서 힘을 뺐다. 우습다고 해도 어쩔 수 없다. 물속은 산 사람에게 익숙한 공간이 아닌걸, 뭐. 비행기를 탈 때 불안하지도, 불편하지도 않은 독자들만 나를 비웃으시길.

어둠에 익숙해지자 전투 상황이 눈에 들어왔다. 선유도 근처에서 피 튀기는 대혼전이 벌어지고 있었다. 청어 군체는 맥박을 치듯 커졌다 작아졌다 했고 인어들이 쏘는 어뢰와 작살이 피융피융 소리 내며 물속을 헤집었다. 청어들은 타격을 입을 때면 아주 듣기 싫은 쇳소리를 냈는데 그게 다 방귀 소리였다. 청어 방귀는 가끔 노랗고 파란 불꽃을 일으키기도 했다. 인어들은 공격이 뜻대로 통하거나 반대로 청어에게 얻어맞을 때면 새된 비명을 질렀다. 그 소리 역시 듣기 편안한 것은 절대 아니었다.

현수가 만들어 준 커다란 공기 방울은 스케이트보드 같아서, 발에 무게를 두는 방식에 따라 물속을 미끄러져 나갈 수 있었다. 나는 서툴게 앞으로 나아갔다. 선유도 쪽으로 갈수록 전장의 굉음이 크고 분명해졌다.

가까이에서 보니 청어 군체는 납작하고 위가 조금 뭉툭한 원뿔 형태였다. 원뿔 아래의 지름은 20미터, 높이는 남자 어른 한 사람의 키 정도였다. 군체는 조금 전까지는 돌기가 솟은 구 형태였는데, 인어들이 어뢰로 돌기를 하나씩 집중공격하자 원뿔형으로 모양을 바꿨다.

파솔미레와 솔솔미도는 최전선에서 싸우고 있었다. 후방에 있는 인어들이 어뢰를 쏘아 청어들을 흩뜨리면 파솔미레와 솔솔미도를 비롯한 젊은 인어들이 용감하게 그 틈을 파고들었다. 파솔미레는 내가 보는 앞에서만 작살로 청어를 스무 마리쯤 해치웠다. 작살 기술에 맞은 청어는 피격당한 헬리콥터처럼 빙빙 돌며 아래로 떨어졌다.

하지만 그렇게 하나하나 쓰러뜨리기에는 청어가 너무, 정말이지 너무 많았다. 그렇게 몇 마리가 공격받으면 청어 군체는 유연하게 진형을 바꾸며 순식간에 공격자인 인어를 포위했다. 마치 거대한 슬라임이나 촉수 생물 같았다.

파솔미레와 솔솔미도 앞으로 거대한 청어 떼가 몰려온다 싶더니 그 사이에서 뜬금없이 대왕오징어 한 마리가 튀어나왔다. 길이가 족히 10미터는 넘을 듯한 분홍빛 괴물이었다. 괴물 오징어는 물보라를 일으키며 두 다리를 파솔미레에게 뻗었다. 생각지도 못한 대왕오징어의 출현에 파솔미레와 솔솔미도뿐 아니라 근처에 있던 인어들이 모두 움찔 놀랐다.

나는 청어들이 조금 전에 승부수를 던졌음을 깨달았다. 대왕오징어는 여태까지 숨겨 왔던 그들의 최종병기였다.

아니면 설마 저 안에 다른 생명체들이 더 있는 걸까? 더 무시무시한 것들이?

파솔미레는 대왕오징어의 다리를 간신히 피했지만 그 뒤에 숨어 있던 청어의 박치기 공격은 피하지 못하고 정통으로 얻어맞았다. 파솔미레의 머리가 뒤로 휘청 넘어갔다가 다시 앞으로 돌아왔다. 등 뒤에서 다른 청어가 또 일격을 가해 온 것이다. 청어들에게 앞뒤로 2연타를 맞은 파솔미레는 정신을 잃었는지 아래로 추락했다. 대왕오징어가 파솔미레를 쫓아 밑으로 내려갔다.

"안 돼!"

솔솔미도가 파솔미레와 대왕오징어를 쫓아가려 할 때 이번에는 아래에서 귀상어가 솟구치듯 올라왔다. 솔솔미도는 꼬리를 머리까지 끌어올리며 몸을 구부려 귀상어를 간신히 피했다. 귀상어의 지느러미에 솔솔미도의 꼬리 비늘 하나가 스쳐 떨어져 나갔다.

솔솔미도는 꼬리를 부드럽게 저으며 몸을 세웠다. 청어들이 솔솔미도와 귀상어 주변을 에워싸고 빙빙 돌았다. 솔솔미도는 귀상어와 서로 노려보았다. 머리에 흉터가 여럿 있는 것으로 보아 전투 경험이 풍부한 성체였다.

솔솔미도는 오른손으로 작살 쏠 준비를 하면서 왼손을 슬그머니 허리띠로 가져갔다. 거기에는 단도가 하나 달려 있었다. 나는 솔솔미도가 팔이나 다리 하나를 귀상어에게 기꺼이 내줄 각오임을 알았다. 마법 작살을 일부러 빗나가게 쏜 다음 귀상어가 달려들면 팔이나 다리를 물게 하면서 단도로 끝장을 볼 생각인 것이다.

젠장, 대체 이현수는 뭘 하고 있는 거지?

나는 앞으로 내딛 왼발에 힘을 잔뜩 주어 귀상어를 향해 돌진했다. 귀상어는 솔솔미도를 향해 돌진했다. 솔솔미도는 나를 바라보고 뭐라고 외쳤다. 그때 아래에서 뭔가 거대한 것이 올라왔다.

턱. 터덕. 턱. 턱. 터더덕. 엄청나게 많은 물건이 몇 미터 아래로 후드득 떨어지는 소리가 들리고… 발아래가 꺼지면서 나도 아래로 떨어지면서…. 쿵! 아오, 아파라….

정신을 차려 보니 나는 거대한 터널 속에 있었다. 터널 안에는 생선 비린내가 진동했다. 한강 한가운데에 웬 터널? 위에서 청어들이 터널 안으로 우르르 쏟아졌다. 아아, 이건 터널이 아니군. 거대한 공기 방울이군.

이현수가 아래에서 폭이 수십 미터나 되는 거대한 공기 방울을 만들어 위로 올린 것이었다. 이 공기 방울은 물을 제외한 다른 물체가 들어올 수는 있어도 나갈 수는 없게 되어 있었다.

공기 속에 갇힌 나온 바다 생선들은 펄떡펄떡 뛰며 몸부림쳤다. 바닥은 온통 청어와 청어 군체 속에 들어 있던 귀상어, 정어리, 문어, 대왕오징어 같은 다른 바다 생물들로 가득했다. 천지였다. 플랑크톤이 끈적끈적하게 그 위를 덮고 있었다. 나는 생선들을 밟지 않으려 조심스레 발을 옮겼다.

꼬리를 없애고 하반신을 다리로 바꾼 솔솔미도가 정신을 잃은 파솔미레를 청어들 사이에서 일으켜 몸을 흔들고 있었다. 둘 다 우리가 처음 만났을 때처럼 알몸이었다.

"청어 군체여, 대답할 수 있나? 그 안에서 오래 버틸 순 없을 거요. 순순히 물러나겠다고 약속하면 이 결계를 풀어 주겠소."

밖에서 이현수의 목소리가 들렸다.

물러나겠다. 약속한다. 우리가 졌다. 물러나겠다. 괴로워, 괴로워, 약속한다. 우리가 졌다. 물러나겠다. 약속한다. 우리가

졌다. 괴로워. 물러나겠다. 괴로워. 약속한다. 숨 막혀. 우리가 졌다. 물러나겠다. 약속한다. 우리가 졌다. 숨 막혀. 물러….

청어들이 공기 중에서 방귀를 뀌어 대답했다. 그네들의 의식이 흐려지고 있었다.

"맙소사. 당신이 이 군체의 핵이었어?"

정신을 차린 파솔미레가 꿈틀거리는 대왕오징어의 다리를 피해 어딘가로 가더니 청어들 사이에서 사람 손을 하나 잡아 쑥 일으켰다. 거기에는 피부가 가무잡잡하고 머리가 금색인 다른 인어가 있었다. 그 인어는 노란색 눈으로 말없이 파솔미레를 노려보았다. 허리 아래가 물고기 꼬리에서 다리로 변하는 중이었다.

한강을 습격한 청어 군체의 뇌는 인어였다. 그래서 이 군체가 그토록 영리했던 거다.

한강의 인어들은 청어와 문어, 오징어, 귀상어, 플랑크톤 등을 더 공격하지 않고 서해로 돌려보냈다. 그러나 청어 군체의 핵이었던 노란 눈의 인어만큼은 잡아 두었다. 한강 인어들은 보름 가까이 노란 눈의 인어를 심문했으나 그녀는 한마디도 대꾸하지 않았다.

"분명히 우리말을 알아듣고 있어요. 그런데 입을 열지 않습니다. 모든 게 수수께끼예요. 전에 한강에 와 본 일이 있는지, 왜 청어들을 이끌고 한강으로 왔는지, 혹시 한강 출신은 아닌지, 어쩌다 청어 무리에 들어가게 됐는지, 자의로 그런 건지, 청어들과 함께하기 전에는 어디서 무얼 했는지."

파솔미레가 전해 주었다. 우리는 다시 서강8경에 와 있었다. 다시 그믐이었고, 새벽 4시였다.

파솔미레와 솔솔미도는 이현수가 준비한 옷을 입고 있었다. 이현수는 서강대교 아래 마법 캐비닛을 두 개 세웠다. 다른 사람들 눈에는 띄지 않지만 인어는 열 수 있는. 그곳에 수건과 여성 의류를 여러 벌 챙겨 두었다. 한강 인어들은 이제 뭍의 조력자 없이도 그믐이면 현수동 일대를 돌아다닐 수 있게 됐다. 대신 이현수 역시 인어들의 허락을 받지 않고 원하는 때 한강으로 들어가고 물고기들을 부릴 수도 있는 권한을 얻었다.

"협박을 해도 애원을 해도 소용이 없어요. 마법 능력이 상당한 것은 확실해요. 며칠 전에는 물속에서 공기 방울을 만들더니 거기에 머리를 집어넣어 질식해서 자살하려고 했어요. 아마 이현수 당주님의 마법 노래를 어설프게 복기한 거 같아요. 그 뒤로는 입에 재갈을 물렸죠."

솔솔미도가 말했다. 그들은 철새들로부터 세계 곳곳의 인어에 대해 들었다. 그러나 노란 머리에 검은 피부, 노란 눈을 한 인어가 산다는 강이나 바다에 대해 아는 새는 한 마리도 없었다.

"이렇게 계속 놔둘 순 없어요. 그대로 풀어 주기에는 너무 위험합니다. 지난번 전쟁에서 다치거나 친지를 잃은 인어들은 이 인어를 죽여 버리자고 해요. 새벽에 강 위로 내쫓은 다음 해가 뜰 때 강으로 돌아오지 못하게 하자는 거죠. 하지만 어떤 인어들은 거기에 반대해요. 이 노란 머리, 노란 눈을 한 인어가 그렇게 죽지 않을지도 모르고, 또 실은 청어 군체에게 납치되어 이용당한 게 아닌가 하는 생각도 들고요."

파솔미레가 말했다.

"그건 아닌 거 같지 않나요? 느낌상."

내가 말했다.

"저도 아닐 거라고 생각해요. 그랬다면 자기 입으로 이야기했겠죠. 어쩌면 그 인어는 자기 과거나 정체를 제대로 모르는 건지도 몰라요."

솔솔미도가 말했다.

"오랫동안 잠을 자게 만들면 어떨까요? 수십 년, 어쩌면 수백 년 동안이요. 저한테 방법이 있거든요. 안전하게 재울 장소도요."

이현수가 말했다. 파솔미레와 솔솔미도는 서로 얼굴을 마주 보았다. 솔깃한 마음이 드는 모양이었다. 그들은 강으로 돌아가서 회의를 해 보겠다고 했다.

다음 날 새벽, 우리는 달맞이공원에서 다시 만났다.

늘푸른약국의 젊은 약사가 손전등을 켜서 강물 위로 원을 두 번 그리자 물로 된 작은 산이 세 개 생겼다. 거기서 각각 파솔미레와 솔솔미도, 그리고 노란 눈의 인어가 모습을 드러냈다. 노란 눈의 인어는 나일론 끈으로 허리 뒤에 손이 단단히 묶여 있었고, 입에 재갈도 물려 있었다.

손이 묶인 노란 눈의 인어에게 옷을 입힐 수가 없었다. 늘푸른약국 약사가 레인코트를 죄수 인어에게 주고 허리띠를 묶어 몸을 가리게 했다. 어차피 인어들은 옷을 입는 행위를 민망해할 뿐 알몸을 드러내는 일은 신경 쓰지 않으니 그 정도면 괜찮다고 여겼는지도 모른다.

그러나 내게는 노란 눈의 인어가 파솔미레나 솔솔미도와 다르게, 알몸 자체를 부끄러워하는 것처럼 보였다. 나는 그녀가 인간들 사이에서도 꽤 오랜 시간을 보내지 않았을까 싶었다. 느낌상.

이현수는 일행을 양화진외국인선교사묘원으로 안내했다. 우리는 서양식으로 꾸민 새벽 묘지를 한참 걸었다. 밝은 회색 비석들이 빼곡했다. 어떤 무덤 위에는 십자가가, 어떤 무덤 위에는 작은 오벨리스크가 서 있었다.

"여기가 좋겠어요. 나그네새 당주님도, 저도, 이 정도 위치가 편하겠죠. 이 자리면 묘원 안까지 들어오지 않아도 잘 보여요."

커다란 은행나무 앞에서 늘푸른약국 약사가 말했다. 절두산 성지 쪽 묘역이었다. 그녀는 앞으로 이 나무를 감시하는 역할을 맡게 될 터였다.

파솔미레와 솔솔미도가 고개를 끄덕였다. 이현수는 가방에서 대바늘을 꺼냈다. 새홀리기가 전에 썼다는 뜨개질바늘이었다.

"마지막 제안이야. 당신 정체를 털어놓고 우리한테 합류하지 그래? 용서를 빌기만 하면 예전 일은 없던 것으로 하고 밤섬 인어의 일원으로 받아 주겠어."

파솔미레가 노란 눈의 인어를 은행나무 앞에 세우며 말했다. 노란 눈의 인어는 파솔미레를 빤히 쳐다보기만 했다.

이현수가 느리고 우울한 노래를 불렀다. 자장가 선율을 닮았지만 어딘지 불안하고 섬뜩했다. 공기 중에 작은 비누 거품 같은 것들이 생겨나더니 노란 눈의 인어 주변을 돌았다. 이현수는 이제 곧 깊은 잠에 빠질 인어의 몸을 돌리고 대바늘로 그녀의 손가락을 찔렀다. 손가락에서 피 한 방울이 떨어지자 비누 거품이 갑자기 확 늘어나더니 용오름처럼 위로 솟았다.

거품 속에서 노란 눈의 인어가 고개를 돌려 말했다. 내게 하는 말이었다.

"이름이 장휘영이라고 했지요? 당신은 당신이 있던 세계를 잘 기억하고 있나요? 다른 이름으로 불린 적은 없나요?"

뜻밖에도 노란 눈의 인어가 하는 말을 이현수나 늘푸른약국 약사, 파솔미레, 솔솔미도는 알아듣지 못하는 것 같았다. 말뜻을 이해하지 못한 게 아니라, 아예 노란 눈의 인어가 말하고 있다는 사실 자체를 알아차리지 못하는 것 같았다. 노란 눈의 인어가 그 정도로 엄청난 마력의 소유자인 걸까? 아니면 이 순간이 자리에 특정한 사람에게 작동하는 마법이 걸려 있는 걸까?

내가 놀라서 말을 못 하는 사이에 노란 눈을 한 인어의 몸은 녹아내리듯 사라져 버리고 비눗방울들이 하늘로 날아갔다. 바람 한 점 없는 조용한 밤이었는데도 방울들은 순식간에 수십 미터를 날아올랐다. 그러더니 은행나무 속으로 들어갔다. 그러자 은행나무에 잔가지들이 부쩍 자라나며 잎이 풍성해졌다. 은행나무의 키 자체가 몇십 센티미터가량 높아졌다.

나, 이현수, 늘푸른약국 약사, 파솔미레, 솔솔미도는 기묘한 압박감을 느끼며 나무에서 멀어졌다. 그사이에 주변 비석에는 거무튀튀한 반점들이 생겨난 것 같았다.

"모든 견고한 것은 대기 속으로 녹아 버리고, 모든 신성한 것은 더럽혀지며, 인간은 마침내 자신의 진정한 생활 조건에, 그리고 타인과의 관계에 냉정히 직면하지 않을 수 없게 된다."

내가 불쑥 말했다. 외우고 있는 줄도 몰랐던 문장이다.

"아까 그거, 무슨 말이었어?"

외국인선교사묘원에서 나와 한강 공원에 다다랐을 때 이현수가 물었다.

"공산당 선언의 한 구절."

내가 대답했다.

"공산당 선언? 그게 뭔데?"

이현수가 다시 물었다. 밤섬 인어들은 물론이고 옆에서 걸어가는 늘푸른약국 약사도 그런 말은 처음 듣는다는 표정이었다.

나는 "공산당 선언 몰라?"라고 되물으려다가 참았다. 아주 오래전에 알았던 것과 다른, 어딘가 뒤틀리고 뭔가 이상한 세계에 내가 있는 것 같다는 생각이 들었다. 그 이후로는 달맞이 공원에 이를 때까지 아무도 입을 열지 않았다.

정해연

1981년에 태어나 오늘을 살고 있다. 2012년 장편소설『더블』로 데뷔했
다. 장편소설『유괴의 날』『용의자들』『홍학의 자리』『누굴 죽였을까』, 앤
솔러지『마티스×스릴러』『처음이라는 도파민』등을 썼다.『유괴의 날』은
ENA에서 드라마로 만들어졌고, 일본에서 리메이크되었다.

한강이

보이는 집

1

정신이 들기가 무섭게 날카로운 통증이 머리를 쑤시고 들어왔다. 가슴은 뜨거운 불덩이가 든 것처럼 타는 듯이 쓰렸다. 양민은 신음을 흘리며 몸을 뒤척이다 상체를 일으키고 앉았다. 통증이 사그라지지 않아 머리에 손을 댄 채 인상을 썼다. 사위는 조용했다.

"야! 물!"

양민은 문밖을 향해 소리를 질렀으나 바깥에서는 아무런 소리도 들려오지 않았다. 다시 한번 외쳐도 여전히 아무런 기척도 없었다.

"씨발."

낮게 욕설을 내뱉으며 머리를 헝클어뜨렸다. 이 할 일 없는 여자가 또 어디 간 건지 알 수 없었다. 자신이 집에 있을 때는 외출도 하지 말라고 몇 번씩이나 얘기했건만 이번에도 말을 듣지 않은 것 같았다. "내가 어떻게 하나 두고 봐라." 양민이 낮게 중얼거리며 침대에서 다리를 내렸다. 침대 옆에 놓인 보조 테이블 위의 시계를 보니 오전 10시 13분이었다.

침대 옆에는 어제 입었던 양복이 아무렇게나 던져져 있었다. 아내가 옷을 벗긴 건 아니라는 생각이 들었다. 아내였다면 양복을 의류 관리기에 넣었을 것이다. 술에 취한 자신이 벗어 던진 게 분명했다.

어젯밤에 양민은 평소 주량보다 훨씬 더 마셨다. 친구들이 그를 붙잡고 놓아주지 않았다. "네가 없으면 무슨 재미야." 하지만 2차도 3차도 그가 지갑을 열 거라고 믿기 때문이라는 걸 알았다. 그래도 기분이 나쁘지는 않았다. 자신을 부러워하는 친구들의 시선과 거기서 얻는 우월감이 양민의 기분을 고조시켰다. 양민은 아무 거리낌 없이 들어가는 술집마다 카드를 긁어댔다.

얼마 전 양민은 한강이 보이는 집을 구입했다. 대출 1원 없이 전액 현금이었다. 요즘 유럽 리그에서 제일 잘나간다는 축구선수와 할리우드에 진출한 배우가 사는 아파트를 디자인한 업체가 지은 단독 주택이었다. 인터넷에 올라온 사진은 근사했다. 모두 최고급 자재로 마감되었으며, 조경은 대기업 회장 집이 부럽지 않았다. 그중에서도 가장 사람들의 추앙을 받는 건 4베이 구조의 탁 트인 거실에서 보는 뷰였다. 한강이 바로 보이는 거실에서는 아름다운 석양을 조망할 수 있었다. 소식을 들은 친구들이 한턱내라고 아우성이었다. 그 소식을 전한 것은 양민 자신이었다.

집에 어떻게 왔는지 잘 기억나지 않았다. 한 놈이 택시를 태운 것 같긴 한데 누구인지 떠오르지 않았다. 그건 중요하지 않다. 당장 타오르는 갈증을 해소하는 게 급했다.

양민은 비틀거리며 일어서 안방 문으로 다가갔다. 속으로는 연신 아내 욕을 해댔다. 또 친정에 간 건지도 모른다. 아내의 오빠는 사업을 했다. 화상 입은 피부의 복원을 도와주는 의료용 팩과 붕대를 개발한다고 했다. 특허는 출원했다지만 효과는 미미한지 그다지 재미를 보는 것 같지 않았다. 생활비를 갖다 줄 정도도 안 되는지 몇 번이나 아내가 돈을 빌려줬다가 걸렸다. 한 번만 더 그런 짓을 벌이면 가만두지 않겠다고 엄포를 놓았다. 친정에 가는 것도 자신의 허락 없이 갔다가는 요절이 날 줄 알라고 했었다. 그걸 어겼다면 제대로 된맛을 보게 할 참이었다.

양민이 단단히 벼르며 안방 문을 열었다.

"허어억!"

양민은 비명인지 신음인지 알 수 없는 소리를 내며 주저앉고 말았다. 문을 열고 나가자 거실 한가운데에 아내가 하늘을 보고 쓰러져 있었다. 배에 식칼이 꽂혀 있지 않았다면 평소 앓던 빈혈 때문이라고 생각했을지도 모른다. 배에서부터 흘러내린 피는 등 밑까지 이어졌지만 벌써 말라붙어 있었다. 아내의 얼굴은 퍼렇다 못해 시커맸고 허옇게 뜬 두 눈동자는 뒤로 넘어가 보이지 않았다. 헤벌린 입에서 흘러나온 침이 입 옆으로 지나온 자국을 만들어 냈다.

온몸이 부들거리며 떨렸다. 대체 무슨 일인지 정신을 차릴 수가 없었다. 밤새 무슨 일이 난 건지 감도 잡히지 않았다. 그때 머릿속으로 기억의 편린이 모습을 드러냈다.

—이 씨발 년아! 네가 무슨 권리가 있어!

자신의 목소리 뒤로 분명 비명이 있었다.

—지금 뭐라고 했어? 본때를 보여 줄까?

칼을 든 자신이 아내를 덮쳤었다. 양민은 머리를 감쌌다가 천천히 손을 뗐다. 자신의 티셔츠가 그제야 보였다. 그와 함께 거친 숨을 삼켰다. 티셔츠에 잔뜩 피가 묻어 있었기 때문이다. 떨리는 눈길로 손을 내려다보니 손등에도 피가 묻어 있었다. 손도 약간 부었다.

"아니야…"

힘껏 부정해 보았지만 양민의 기억은 아내를 죽인 건 자신이라고 말하고 있었다.

"내, 내가 죽인 거야?"

그때 벨 소리가 울려 양민은 화들짝 놀랐다. 벨 소리가 들려오는 곳은 소파 밑에 떨어진 휴대폰이었다. 아내의 것이었다. 누가 전화했는지 생각할 틈도 없이 양민은 입고 있던 티셔츠부터 벗었다. 그러고는 침대 옆에 마구 던져 놓은 양복을 주워 입었다. 머릿속에는 한 가지 생각뿐이었다. 여기서 도망쳐야 한다.

양민은 피 묻은 티셔츠를 손에 든 채로 집 밖으로 뛰어나갔다. 마당을 가로질러 대문을 열고 무작정 뛰었다. 화요일 오전이라 동네는 조용했다. 혼자서 미친 사람처럼 뛰는 동안 아무런 생각도 나지 않았다. 자신에게 무슨 일이 벌어진 건지 현실감이 없었다.

얼마쯤 뛰었을까. 한 편의점 앞에서 멈췄다. 도로변에 엉성하게 묶어 내놓은 쓰레기봉투가 있었다. 얼른 들고 있던 옷을 핏자국이 보이지 않게 뭉쳐 봉투 틈에다 쑤셔 넣었다. 주변을 둘러보니 어느새 옆 동네까지 와 있었다.

편의점으로 들어가 소주를 세 병 샀다. 계산하려고 보니 손등에 피가 묻어 있어 얼른 손을 주머니에 넣었다. 직원이 본 것 같진 않았다. 편의점을 나서자마자 소주 한 병을 따서는 손등에 부었다. 소주에 젖은 손을 마구 문질렀더니 핏자국은 금방 지워졌다. 남은 소주는 소주병에 입을 대고 들이붓듯 마셨다. 도저히 제정신으로 버틸 수가 없었다. 차갑고 쓴 액체가 목으로 넘어가자 타는 듯한 통증 때문에 절로 인상이 쓰였다.

'내가 죽인 거여선 안 돼.'

정신 차려야 했다. 어떻게든 이 일을 수습해야 했다. 다행히 어젯밤에는 아버지도, 함께 사는 서연도 들어오지 않았다. 아직 아내의 죽음을 알고 있는 것은 자신뿐이었다. 어떻게 수습해야 할까. 아내는 체구가 작았다. 집에 있는 여행용 캐리어가 떠올랐다. 아내를 거기 넣어 유기한다면 살아날 구멍이 있을 것도 같았다. 그 캐리어는 한 번도 사용한 적이 없었다. 가전제품을 사면서 사은품으로 얻었는데 여행 갈 일이 없어 보일러실에 처박아 두었었다. 그러니 그것이 자신의 집에 있던 것임을 확인해 줄 사람은 없으리라. 아내의 배에 꽂힌 칼에 남아 있을 지문을 지우고 캐리어 안에 넣어 버리자. 그리고 아내가 사라졌다고 신고하는 거다.

조금씩 할 수 있겠다는 자신감이 들었다. 모든 것이 문제되지 않을 거라는 확신도 있었다. 일이 잘못될 가능성에 대해서는 조금도 생각하지 않았다. 천천히, 확실하게 처리할 수 있을 거라는 믿음이 들었다.

그런 생각들이 이어지자 술을 마셨는데도 정신이 또렷해졌다. 술병 하나를 더 땄다. 안주도 없이 들이켜는 술은 정신을 더욱 맑게만 했다. 그렇게 계속 술을 마셨다. 취하지 않으면 아내의 시신을 다시 대면할 자신이 없었다. 시간이 얼마나 갔느지도 알 수 없었다. 급히 나오는 통에 휴대폰을 들고나오지 않았기 때문이다. 대충 두 시간쯤 지났을 것 같았다. 양민이 비틀거리며 파라솔 의자에서 일어섰을 때는 이미 세 번째 술병마저 비어 있었다.

양민은 왔던 길을 돌아 집으로 향했다. 머릿속은 아내의 시신과 집에 남은 혈흔을 처리하기 위한 생각으로 가득했다. 생각은 하면 할수록 구체화되어 자신감이 되어 갔다. 그러나 하늘은 양민의 편이 아닌 것 같았다.

집 앞에 누군가 서 있었다. 그 남자는 문을 흔들었다가 초인종을 눌렀다. 그러고는 돌아서다 양민을 발견했다. 그가 빠른 걸음으로 다가왔다.

"자네, 전화도 안 받고 어디 갔었어?"

"그게…."

"어제부터 희숙이가 연락이 안 돼. 집에 무슨 일 있어?"

아내의 오빠 박종철이었다.

2

박종철은 격앙되어 있었다. 양민이 보기에 동생에 대한 걱정이 유난스럽다고 생각한 적이 한두 번이 아니었다. 부부 싸움 뒤에 전화가 올 때도 있었다. 집에 무슨 말을 해서 네 오빠가 저러냐며 싸운 적도 있었다. 박종철은 아내의 오빠가 아니라 아빠처럼 굴었다. 어렸을 적 아버지가 돌아가셔서라는 이유도 있지만, 직접적인 이유는 다른 데 있다는 걸 양민은 알았다. 아버지가 돌아가신 후 병을 얻어 앓아누운 어머니 대신 실질적인 가장 노릇을 했던 것이 아내였기 때문이다. 굴곡진 집안의 여자아이들이 그러하듯 아내도 고등학교 졸업 후 곧장 공장에 취업했다. 그 돈은 집안의 생활비와 오빠의 학비로 쓰였다. 하지만 아내가 버는 돈으로 학비를 전부 감당할 수 없어 대출까지 떠안으며 오빠의 졸업을 도왔다. 이후 취업한 오빠가 쭉쭉 승진을 이어 갔다면 해피엔딩이었겠지만 실상은 그렇지 못했다. 박종철은 번번이 회사에 적응을 못 했고 몇 번이나 회사를 옮겨 다녔다고 들었다. 그러다 내린 결론이 사업에 발을 들이는 것이었다. 그 무렵에 아내를 만났다. 지금 양민에게 가장 후회되는 일이 그거였다. 가족을 위해 희생하는 아내를 안쓰럽다고 생각한 것. 마치 한 떨기 꽃처럼 연약해 보이는 그녀를 지탱해 주고 싶었던 것. 그 이유로 결혼한 것. 그것이 이 사달의 원인이었다.

결혼 후 아내는 은근슬쩍 오빠의 회사가 어렵다며 돈을 지원해 주길 원했다. 몇 번은 들어주었지만 양민은 인내심이 많지 않았다. 경제적인 문제가 있었던 건 아니다. 그까짓 돈 몇 푼쯤은 보태 줄 수도 있었다. 다만 그게 깨진 독에 물 붓기라면 이야기가 다르다. 양민이 지원을 거부했을 즈음 아내는 몰래 돈을 빼돌려 오빠에게 보냈다. 그 사실을 양민에게 들켰을 때부터 불화가 시작됐다. 양민이 아내에게 손을 올리기 시작한 것도 그쯤이었다. 화를 참지 못해 아내를 때리고, 다음 날 퉁퉁 부은 아내의 퍼런 눈을 보고는 용서를 구하며 박종철에게 돈을 부친 적이 몇 번이나 되었다.

그런 사정을 박종철이 아는지 모르는지는 잘 알지 못했다. 자신이 없는 사이 아내가 박종철에게 말했을지도 모른다. 그러나 양민에게 박종철이 항의를 하며 찾아오거나 화를 내며 전화한 적은 없다. 대신 아내를 끔찍이 여기며 기라면 기기라도 할 것처럼 굴었다. 아내가 감기라도 걸려 목소리가 갈라지면 직접 배와 도라지를 끓여 싸 들고 오기도 했다. 돈줄에 문제가 생기면 안 된다고 생각하는 것이리라. 양민은 아내에게 유난스러운 박종철의 태도를 그렇게 받아들였다.

"어디 나갔나 보죠, 뭐."

아내와 연락이 안 된다는 말에 양민은 눈길을 피하며 말했다. 박종철은 흥분하여 목소리를 높였다.

"그런데 전화를 왜 안 받는단 말이야? 어젯밤부터 연락이 되지 않았다고. 혹시 무슨 일 있었어?"

그렇게 말하던 박종철이 인상을 썼다.

"자네, 술 마셨어?"

술 냄새를 맡은 것 같았다. 양민은 대답 없이 얼굴을 돌렸다.

"대낮부터 무슨 술을 마시고 들어오는 거야? 분명 무슨 일이 있었구나, 무슨 일이 있었어. 바른대로 말해. 대체 뭐야, 무슨 일이야?"

"있기는 무슨 일이 있어요?"

"없어? 그럼 대문 열어."

"뭐, 뭐요?"

양민은 눈을 크게 떴다. 박종철이 무서운 얼굴로 그를 노려보았다. 땅에 붙이고 서 있는 두 다리에서 물러서지 않겠다는 각오가 보였다. 그가 무슨 생각을 하는지 양민은 알고 있었다. 이전에도 이런 일이 있었기 때문이다. 퉁퉁 붓고 멍이 든 아내의 몰골을 보일 수 없어 찾아온 박종철을 돌려보냈었다. 하지만 오늘은 그 정도의 일이 아니다. 절대 박종철을 안으로 들일 수 없었다.

"오늘은 그냥 돌아가세요. 집에 와이프 없어요. 어젯밤에 싸우고 나갔다고요. 연락 오겠죠. 연락 오면 전화하라고 할 테니까…."

"싸웠다고? 무슨 일로!"

그게 기억나면 양민도 속이 시원할 것 같았다. 어젯밤은 정말로 만취해 집에 돌아왔다. 싸운 기억은 드문드문 있지만 무슨 일로 싸웠는지 생각이 나지 않았다. 바락바락 소리를 지르는 아내의 목소리와 주먹을 날리는 자신의 모습, 칼을 쥔 손에 대한 기억은 있지만 내용은 생각나지 않았다. 대체 무슨 일이 있었기에 아내를 죽였는가.

"부부만의 문제도 있는 거죠. 형님한테 다 말씀드릴 수는 없잖습니까?"

"좋아. 말 안 한다면 희숙이한테 들으면 돼. 안에 같이 들어가 보자고."

"왜요?"

"희숙이가 있는지, 없는지! 내 눈으로 봐야겠어."

"있었으면 문을 열었겠죠."

"전에도 그래서 돌아갔었지. 내 동생 얼굴이 곤죽이 된 줄도 모르고 말이야."

양민은 입을 다물었다. 그런 일이 있기는 했었다. 불과 한 달 전이었다. 아내의 얼굴을 보일 수 없어 박종철에게는 아내가 잠들었다고 하고 대문 앞에서 돌려보냈다. 그 사실을 박종철은 나중에 알았다. 화가 나 달려온 박종철을 아내가 겨우 말렸다.

박종철이 단호하게 말했다.

"문 열어."

양민이 머뭇거리면 박종철은 더 이상하게 생각할 것이다. 그런다고 열 수도 없다.

"열어."

절대 물러서지 않겠다는 태도였다. 양민은 주머니를 더듬거려 대문 열쇠를 꺼냈다. 그러고는 열쇠 구멍 안에 꽂아 넣고 천천히 돌렸다. 머릿속은 엉망진창이었다. 이 순간을 어떻게 벗어날지에 대한 생각으로 정신이 하나도 없었다. 그 사이 문이 열리는 것을 확인한 박종철이 양민의 몸을 밀치고 성큼 안으로 들어섰다. 양민은 화들짝 놀라며 그의 뒤를 따랐다. 그러던 중 마당 한쪽에 던져져 있는 줄넘기가 눈에 들어왔다. 올해 초 양민이 운동을 다짐하며 샀던 것이다. 몇 번 써 보지 않고 던져 버린 줄넘기가 마치 하늘에서 내려온 동아줄처럼 느껴졌다.

큰 보폭으로 성큼성큼 현관을 향해 들어가는 박종철의 뒤에서 양민은 줄넘기를 손에 쥐었다. 그리고 한쪽을 손에 감았다. 일이 이렇게 된 이상 양민도 어쩔 수 없었다. 어차피 한 사람을 죽이나 두 사람을 죽이나 살인자가 되기는 마찬가지였다. 시체를 치우는 데 힘이 조금 더 들 뿐이었다.

박종철이 현관문을 열었다.

"희숙아!"

양민은 줄넘기를 쥔 손에 힘을 주며 그의 뒤에 바짝 따라붙었다. 박종철이 신발을 벗는 것과 동시에 중문에 손을 댔다. 문을 여는 즉시 아내의 시신이 보일 것이었다. '동시에 이 줄로 박종철의 목을 조르자.' 긴장감 때문에 양민은 숨도 쉬지 못했다. 심장이 조여들었고 온몸의 혈류가 빠르게 도는 기분이었다. 술김에 사람을 죽인 것과 명백히 살인을 인식하며 저지르는 건 완전히 다른 일이다.

드디어 문이 열렸다. 양민은 박종철의 목에 줄을 걸려고 했다. 그러나 손에서 줄넘기가 떨어졌다.

열린 문 안쪽으로 보여야 할 아내의 시신이 보이지 않았다.

3

"거, 거봐요! 아무것도 없잖습니까?"

목소리를 높이면서도 양민의 머릿속은 엉망이었다. 도대체 시신이 어디로 갔는지 알 수 없었다. 혹시 살아 있었던 걸까? 잠깐 그런 생각이 들었지만 그건 아니라고 확신할 수 있었다. 그 시커먼 얼굴은 죽어 자빠진 게 확실했다. 헤 벌린 입, 뒤로 넘어간 눈은 분명 죽은 사람의 그것이었다. 만에 하나, 정말로 자신이 술에 취한 데다 너무 갑작스레 벌어진 일에 놀라 잘못 봤다고 쳐도 배에 칼이 꽂힌 아내가 자력으로 일어나 어디론가 사라졌다는 것은 믿을 수 없었다. 게다가 바닥에 있던 엄청난 양의 핏자국까지 사라졌다. 아내가 지웠을 리는 없다. 누가? 대체 왜?

"그렇다면 애가 전화도 안 받고 어디로 갔다는 거야? 아니,

잠깐."

박종철이 하던 말을 끊고 갑자기 어느 지점을 뚫어져라 보았다. 양민은 온몸이 굳을 만큼 긴장했다. 아내의 혈흔이라도 발견한 걸까? 그런 생각을 하는 사이 박종철은 신발을 벗고 거실 위로 성큼 올라섰다. 양민의 시선은 그가 가는 방향을 따라 향했다. 박종철은 어느새 소파 앞에 서서 허리를 굽히곤 밑을 내려다보고 있었다. 잠시 후 몸을 일으키는 박종철의 손에 휴대폰이 걸려 있었다. 화려한 비즈 장식이 달린 휴대폰은 아내의 것이었다.

"핸드폰도 두고 얘가 어딜 갔다는 말이야?"

"뭐, 장이라도 보러 갔나 보죠. 좀 기다려 보세요, 형님."

양민은 일부러 느긋한 목소리를 냈다. 그러나 박종철은 양민의 말이 귀에 들어오지 않는 것 같았다. 박종철이 바로 앞까지 다가와 양민의 멱살을 움켜쥐었다.

"솔직히 말해. 어제 무슨 일이 있었지?"

머리에 들어 있던 피가 단숨에 발밑으로 빠져나가는 것 같았다. 박종철이 뭘 알고 있는지 가늠이 되지 않았다. 양민은 박종철의 손을 뿌리쳤다.

"있기는 무슨 일이 있어요? 전 어제 모임이 있어서 늦게 들어왔단 말입니다."

"몇 시에 들어왔어?"

잘 기억나지 않았다. 양민은 그대로 말했다. 아마도 친구들이 택시를 태워 보낸 것 같다고. 이후의 기억은 하나도 없다고 말이다. 거짓말이 아니었다. 그래서 박종철의 눈을 똑바로 보고 말할 수 있었다. 그러나 박종철은 믿지 않는 듯 고개를 가로저었다.

"그럴 리가 없어. 분명히 너, 우리 희숙이랑 무슨 일이 있었던 거야."

"왜 자꾸 그런 말도 안 되는 억지를 쓰시는 겁니까?"

양민이 목소리를 높였다. 그러자 그보다 높이 박종철이 소리를 질렀다.

"희숙이는 너와 이혼해야 할 것 같다고 했어!"

머릿속에 휑하니 바람이 부는 것 같았다. 그 바람을 따라 뇌가 좌우로 흔들리는 기분을 느꼈다. 동시에 양민의 귓가에 울리는 음성이 있었다.

"이혼해! 이렇게는 못 살아!"

분명 어제의 기억이었다. 그 목소리는 아내의 것이 확실했다. 그리고 자신은 주먹을 휘둘렀던 것 같다.

"그 문자를 받고 나서 희숙이한테 전화했어. 그랬더니 희숙이가 자네가 왔다면서 다시 전화하겠다고 했지. 하지만 아무리 시간이 지나도 전화는 오지 않았어. 문자도 보냈지만 읽지 않았고. 그사이에 무슨 일이 있었던 거지?"

양민은 눈을 슬쩍 피했다.

"일이 있기는 뭐가 있어요? 술 취한 사람한테 그런 애길 했
겠어요?"

박종철이 눈을 가늘게 떴다.

"희숙이가 왜 이혼 얘기를 꺼냈는지는 이상하게 생각하지
않네?"

속이 뜨끔했다. 이혼 얘기를 전혀 몰랐다면 아내가 그런 소
리를 왜 했는지 모른다고 했어야 옳았다.

"아니, 그건….'

그렇게 말하는 순간, 박종철이 양민의 손을 잡았다. 살짝 통
증이 느껴져 양민은 저도 모르게 인상을 썼다. 그보다 더 무서
운 얼굴로 박종철이 양민을 노려보았다.

"손이 왜 이렇게 부어 있어?"

양민은 대답하지 못했다.

"자네 설마…. 또 희숙이를 때린 건가?"

처음 아내를 때렸을 때는 양민도 무척이나 당황했다. 집을
나가겠다는 아내의 손을 붙잡기도 했고 무릎을 꿇고 빌기도
했다. 술이 죄라고 했다. 그 말을 아내도 공감하는 것 같았다.
술을 줄이기로 약속하고 용서를 받았다. 그렇지만 약속은 지
켜지지 않았다. 그다음부터 아내가 잔소리할 때마다 주먹이
먼저 날아갔다. 다음 날 빌면 그만이었고, 목걸이나 반지 같

은 걸 사 주면 된다고 생각했다. 아내는 점점 이혼 애기를 꺼내지 못하게 되었다. 그 이유를 양민은 알고 있었다. 자신이 없는 것이다. 자신이 벌어다 주는 돈에 맛을 들인 아내는 이제 그 돈이 없이는 살 수 없다. 게다가 이혼하면 박종철에게 빌려 준 돈을 당장 갚으라고 할 테니 걱정되기도 했을 것이다. 아내의 잔소리가 줄어 갔다. 가끔 마음에 안 들어 집에 있는 물건을 엎을 때면 다신 잔소리하지 않겠다고 빌기도 했다. 신경을 건드려 미안하다고 되려 사과한 적도 있었다.

대답을 망설이는 사이 박종철이 양민의 손을 홱 내쳤다. 그러고는 서슬 퍼런 얼굴로 곧장 안방으로 들어갔다. 여기저기를 뒤지던 성마른 손길은 화장대 서랍장을 열었을 때 멎었다. 박종철은 떨리는 손으로 안에 든 물건을 꺼냈다. 아내의 지갑이었다. 박종철이 천천히 양민 쪽으로 고개를 돌렸다.

"장을 보러 나간 애가 지갑도 핸드폰도 안 가져간단 말이야?"

박종철이 한달음에 양민에게로 쫓아와 멱살부터 쥐었다.

"희숙이 어떻게 했어?"

"어, 어떻게 하다뇨. 험한 말씀을 하십니다. 제가 제 마누라를 죽이기라도 했을까 봐요?"

한눈에도 박종철의 얼굴이 파랗게 질렸다. 손이 파들거리며 떨렸다.

"죽였어?"

양민이 그 손을 뿌리쳤다.

"말도 안 되는 소리 마세요. 제가 왜요? 제가 왜 그런 짓을 하냐고요. 뭐가 아쉬워서요? 그래요. 잘 기억은 안 나지만 어제 좀 싸운 것 같아요. 그것 때문에 화가 나 집을 나간 모양이네요. 일부러 전화를 안 받으려고 핸드폰도 가지고 나가지 않았겠죠."

"집 나간 애가 지갑을 왜 안 가지고 나가? 걔가 갈 곳이 어디 있다고? 자네와 결혼하면서 친구 한번 제대로 만나지 못한 애야. 나 아니면 연락할 곳도 없는데, 나한테 아무 말도 없이 어딜 간단 말이냐고? 아무래도 어제 그런 연락이 마지막이었던 게 마음에 걸려."

그렇게 말한 박종철이 양민을 노려보았다.

"네가 무슨 짓을 한 게 분명해."

박종철은 그 자리에서 경찰에 전화를 걸어 아내의 실종신고를 했다.

4

박종철이 전화를 건 지 한 시간도 되지 않아 형사가 집으로 왔다. 여성 실종사건이다 보니 더 빠르게 움직이는 것 같았다. 초인종을 누를 때 인터폰 화면에는 두 명이 보였는데 들어올 때는 한 명이었다. 다른 한 명은 어디로 갔는지 보이지 않았다. 집에 들어온 형사는 명함을 내밀며 인사했다.

"광진경찰서 최종서 형사입니다."

양민은 명함을 받으며 최종서를 물끄러미 보았다. 40대 초반쯤 되었을까. 단정한 머리 스타일에다 하의는 면바지, 상의는 허리에서 끊어지는 레더 재킷을 입었다. 형사보다는 IT업계 종사자처럼 보였다. 박종철이 앞으로 나서며 최종서의 손을 부여잡았다.

"제 동생을 꼭 좀 찾아 주세요. 제발 부탁드립니다."

최종서는 박종철의 어깨너머로 양민을 보았다. 누군지 묻는 시선이었다.

"아내의 오빠입니다."

"아, 그러시군요. 심려가 크시겠습니다. 최선을 다할 테니 너무 걱정하지 마세요."

양민은 최종서를 거실로 안내했다.

"박희숙 씨가 사라진 게 언제였습니까?"

양민을 보는 박종철의 시선에 양민은 자기도 모르게 침을 삼켰다. 목 안이 사막처럼 마르는 것 같았다.

"실은 어제 제가 술에 취해 들어왔습니다. 근데 아침에 깨보니 아내가 없었어요."

"들어오셨을 때는 계셨고요?"

"네…."

양민은 자기도 모르게 말끝을 늘였다. 그걸 느꼈는지 최종
서가 눈에 힘을 주었다.

"뭔가 걸리는 게 있습니까?"

"사실은… 어제 들어와 술김에 좀 다퉜던 것 같습니다."

옆에서 듣고 있던 박종철이 발작하듯 소리 질렀다.

"다퉜다고? 일방적으로 때린 건 아니고? 여기 보세요, 형사
님. 이 사람 손 부은 것 좀 보시라고요. 분명 동생을 때린 겁니
다. 평소에도 자주 애를 때렸어요."

양민은 신경질적으로 손을 뿌리쳤다.

"무슨 소리예요? 형님이 보셨어요? 전 기억이 안 난다고요!
나 혼자 열받아서 벽을 쳤나 본데 이런 거로 사람 잡으시면 안
되죠!"

"잠시만요. 두 분 싸우지 마시고요."

최종서가 두 사람을 자제시켰다. 머쓱해진 양민이 먼저 고
개를 돌렸다.

"무슨 일로 싸운 건지는 기억이 안 나시고요?"

"예, 완전히 필름이 끊겼습니다. 어제 만난 친구 중 누가 절
택시에 태운 것 같은데 그 기억도 없고요. 분명 마누라가 제
성질을 긁었을 겁니다. 술 먹고 들어왔다고 잔소리했겠죠."

그 말에 박종철이 반박하려는지 등을 곧추세웠다가 참는 듯

아랫입술을 깨물었다. 최종서는 거실을 한번 훑어보았다. 그의 눈은 소파 옆 협탁에 닿았다. 거기에는 양민의 가족사진이 담긴 액자가 세워져 있었다.

"이분이 박희숙 씨군요."

"맞습니다."

"그럼 앞에 계신 분은?"

"아버지입니다."

최종서는 사진을 응시했다. 앞에는 70대 후반으로 보이는 노인이 앉아 있고, 그 뒤로 부부가 다정히 그를 감싸듯 상체를 가볍게 숙이고 카메라를 보고 있었다. 노인은 탈모인지 훤한 이마에 양옆 머리카락만 남아 있었지만, 혈색이 좋고 체격도 건장했다. 최종서가 물었다.

"이 집에는 아버님까지 세 분이 사십니까?"

"아버지는 다른 곳에 혼자 사세요. 여기서 멀지 않은 곳에요."

"그럼 두 분이 사시는 거죠? 자녀분은 없고요?"

"아이는 없습니다. 대신…."

양민이 다시 말끝을 늘였다. 입술을 한번 안으로 말아 넣었다가 뺐다. 무언가 신경 쓰이는 듯 박종철 쪽을 흘깃 보았다.

"…동생이 함께 살고 있었습니다."

"동생이요?"

순간적으로 양민이 시선을 피하는 것을 최종서는 놓치지 않고 보았다. 그사이 박종철이 입을 열었다.

"매제의 사촌 여동생입니다."

"그분은 지금 어디 계십니까?"

양민이 고개를 저었다.

"…출근했겠죠."

최종서가 사촌 동생의 이름과 직업, 그리고 연락처를 물었다. 양민은 이름은 천서연이고 피부관리실에서 일한다고 답했다. 전화번호는 외우고 있는 그대로를 불러 주었다. 최종서는 하나하나 받아 적었다. 그사이 현관문이 열리며 한 남자가 들어왔다. 운동을 많이 했는지 어깨가 넓고 피부도 보기 좋게 그을렸다. 짧은 스포츠형 헤어 때문에 자칫 험악하게 보일 수 있지만 표정이 밝고 부드러워 위압적으로 느껴지진 않았다. 남자를 본 최종서가 같이 일하는 서태훈 형사라고 소개했다. 양민이 인사하자 짧게 묵례했는데 얼굴이 조금 굳어 있는 게 느껴졌다.

"선배님."

서태훈이 최종서를 불렀다. 눈길이 오가고 최종서가 일어나 서태훈에게로 갔다. 서태훈이 목소리를 낮추고 최종서에게 나직이 말했다. 그러고는 들고 있는 태블릿 PC로 뭔가를 보여주었다. 박종철은 왠지 모르게 긴장되어 그 모습에서 눈을 뗄 수가 없었다. 문득 이상한 소리가 들려 옆을 보니 양민이 다리를 떨고 있었다.

곧이어 최종서가 두 사람의 맞은편에 있는 소파로 돌아왔다.

"마침 이 댁 대문을 비추고 있는 CCTV를 입수했습니다. 박희숙 씨는 어제인 4월 15일 낮 1시쯤 집으로 들어갔습니다. 손에 들고 있는 장바구니로 보아 장을 보셨겠죠. 그 이후 집을 나오는 모습은 없습니다. 현재까지요. 그러니까 집에는 들어왔는데 사라졌다는 말씀을 드리는 겁니다."

무서운 눈빛으로 최종서가 양민을 보았다.

"지금부터 이 사건은 실종만이 아니라 살인까지 염두에 두고 조사하겠습니다."

"무슨 말이에요! 살인이라니!"

양민이 벌떡 일어섰지만 최종서는 차가운 눈길로 그를 올려다보았다. 그러고는 태블릿 PC를 내밀었다. 화면에 영상이 재생되고 있었다. 화면 속 장소를 양민은 알고 있다. 바로 자신의 집 대문이다.

"어제와 오늘, 이 집에 드나든 것은 실종자인 박희숙 씨의 오빠인 박종철 씨를 빼고 세 명이군요. 남편인 김양민 씨와 김양민 씨의 사촌 동생인 천서연 씨, 그리고 김양민 씨의 아버님. 지금부터 조사에 협조해 주시기 바랍니다."

"CCTV 검색 결과를 말씀드리겠습니다. 피해자 박희숙은 4월 15일 낮 1시경 집으로 들어갔고, 이후 집을 나온 모습은 없습니다. 같은 날 밤 11시 50분에 박희숙의 남편 김양민이 집으로 들어갑니다. 본인 진술과 CCTV 속 비틀거리는 모습으로 미루어 만취 상태 같습니다. 그리고 16일 새벽 1시 20분에 같이 사는 천서연이 집에 들어갑니다. 하지만 1시 45분에 다시 집을 나옵니다."

작은 사무실 안은 조용했다. 모두 최종서의 발표에 집중하고 있는 탓이었다. 일자로 놓인 책상을 사이에 두고 두 개 팀 소속 형사 일곱 명이 모여 앉았다. 최종서와 가장 가까운 자리에 앉은 팀장은 최종서가 칠판에 적은 타임라인과 옆에 놓인 모니터 화면 속 CCTV 영상을 번갈아 보고 있었다.

최종서가 말을 이었다.

"16일 오전 10시 42분, 김양민이 집을 나섭니다. 그런데 잘 보면."

말을 멈춘 최종서가 키보드를 조작하자 화면 속 김양민의 모습이 클로즈업되었다. 최종서는 김양민의 손 부근을 가리켰다.

"손에 옷을 들고 있습니다. 화질이 좋지 않아 잘 보이지는 않지만 검붉은 무언가에 젖어 있습니다. 혈흔이 아닌가 싶습니다."

"그 옷은 어떻게 됐지?"

팀장이 묻자 최종서가 몸을 살짝 돌렸다.

"지금 김양민의 동선을 따라 CCTV를 추적하면서 찾고 있습니다. 김양민이 집에 들어오던 시각의 CCTV에는 그 옷이 없는 걸 봐서 어딘가에 버렸다고 추정됩니다."

"뭔가 있구먼."

"중요한 것은 시신을 어떻게 했냐인데요."

최종서는 다시 CCTV 영상을 플레이했다.

"16일 김양민이 집을 나온 이후 두 사람이 집을 다녀갔습니다. 먼저 김양민이 집에서 나가고 나서 20분 후에 찾아온 김양민의 아버지 김춘수입니다. 30분가량 집에 머물다 나온 모습이 찍혔고, 나올 때 여행용 캐리어를 끌고 있었습니다."

그 말에 팀원들이 술렁거렸다. 아무래도 그가 시신을 처리했다고 생각하는 것이 분명했다. 처음엔 최종서도 그렇게 생각했다. 그런데 문제가 하나 있었다.

"김춘수가 떠난 후 채 10분도 되지 않아 다른 한 명이 들어옵니다. 같이 살고 있다는 김양민의 사촌 동생 천서연입니다. 천서연 역시 나올 때 손에 캐리어가 있었습니다. 행동으로 봐서는 꽤 무거워 보입니다."

그의 말대로 화면 속 천서연은 대문 문턱 넘기가 힘에 부친 듯했다. 낑낑거리며 문턱을 넘은 후 짐을 내려놓고는 한숨 쉬는 게 보였다.

음, 하고 팀장이 뭔가를 생각하더니 고개를 들었다.

"시신을 처리했다면 아버지 쪽이 더 가능성이 있지 않나? 자식의 살인을 무마하려는 마음도 강할 테고. 만약 천서연이 집에 들어갔을 때 박희숙의 시신이 있었다면 신고했겠지. 뭐, 아버지가 시신을 옮긴 게 아니라고 하더라도 시신이 있었으면 신고부터 해야 했어. 아무런 조치를 취하지 않고 나왔다는 건 상식적으로 말이 안 돼."

"김양민이 미리 시신을 어딘가에 감춰 두고 집을 나섰을 수도 있습니다."

오른쪽 열 가운데에 앉은 형사가 가볍게 손을 들고 의견을 말했다. 처음 발령받은 신입이 내놓을 만한 아이디어라 그의 의견은 쉽게 부정할 수 있었다. 당장 최종서가 반박했다.

"그건 아닐 겁니다. 국과수에서 김양민의 집을 수색한 결과 혈흔은 거실에 집중되어 있었고, 시신을 움직인 흔적은 없어 보인다고 했습니다. 아무리 상대가 여자지만 혼자 옮기려면 시신을 끌어야 했을 텐데 루미놀 시약으로 검사한 피의 흔적 중 끌림의 형태가 보이는 것은 없었다고 합니다."

"천서연과 김춘수가 시신을 함께 옮겼을 가능성은? 김양민은 혼자 못 옮겼어도 김춘수와 천서연이 각각 머리와 다리를 들고 옮겼다면 흔적이 안 남겠지. 화장실에서 시신을 절단해 캐리어에 넣고."

팀장의 의견에 으윽, 하고 누군가 거북스러운 듯한 신음을 냈지만 최종서는 신경 쓰지 않고 계속 말했다.

"그 역시 국과수에서는 가능성이 희박하다고 했습니다. 시신을 손괴했다면 혈흔이 다량 발견되어야 합니다. 물론 화장실을 화학물질로 완벽히 청소했을 수도 있지만 CCTV상 두 사람이 집에 있었던 시간은 각각 30분 내외입니다. 그 시간 안에는 불가능합니다."

"그럼 시신을 옮긴 건 역시 김양민 아버지 혼자인가?"

"지금으로서는 김양민이 박희숙을 살해했다는 증거와 누가 시신을 옮겼는지에 대한 정확한 증거를 찾는 게 중요합니다. 박희숙의 시신도 찾아야겠고요."

김양민과 김춘수, 그리고 천서연에게는 모두 혐의점이 존재했다. 일단 김양민은 혈흔이 묻은 옷을 어디에 버렸느냐가, 김춘수는 아들의 집에 갔을 때 박희숙의 시신을 보았는지가, 그리고 천서연은 왜 16일 새벽과 정오에 집에 들어갔다 다시 나왔는지가 중요했다. 팀장이 조사 계획을 묻자 최종서가 대답했다.

"각각 소환장을 보냈습니다."

"혹시 주변에 목격자는 찾아봤나?"

최종서가 서태훈을 쳐다보았다. 둘 다 형사1팀 소속으로, 2인 1조로 조사 나갈 때 서태훈은 주로 최종서와 팀을 이루었다. 이번 사건에서는 최종서가 집 내부와 CCTV를 입수하는 동안 서태훈이 주변 탐색을 맡았다. 서태훈이 앉은 채로 답했다.

"바로 옆집에서 꽤 흥미로운 얘기를 들었습니다. 15일 밤에 남녀가 싸우는 소리가 크게 들렸다는 겁니다. 진술한 것은 옆집에 혼자 사는 청년인데, 잠자는 방이 김양민의 집과 벽 하나 차이로 붙어 있어 잘 들린 모양입니다. 남자와 여자들이 싸우는 소리 같았는데 남자의 고성과 욕설이 무척 컸다고 하네요. 그러다 어느 순간 조용해졌다고 합니다. 그게 16일 새벽 1시 51분입니다. 대체 몇 시야, 하면서 시간을 확인했기에 정확하다고 합니다."

"그 시간이면 천서연이 집을 나간 이후잖아?"

"그렇습니다."

직원들이 다시 한번 웅성거렸다. 그렇다면 김양민이 살인한 것이 명확하지 않느냐는 뜻이었다.

"16일 캐리어를 끌고 나간 두 사람의 동선은?"

"그게…."

최종서가 의혹이 담긴 목소리로 대답했다.

"모두 한강 쪽으로 향했습니다. 아시다시피 한강에는 CCTV가 없어서 더 이상 추적할 수 없었습니다."

"누구였든지 간에 한강에 시신을 유기했을 가능성이 크군. 최선을 다해 시신을 찾는 데 주력하도록."

"알겠습니다."

그때 노크 소리가 들렸다. 최종서가 대꾸하자 옆 팀의 배 경위가 들어왔다. 그는 최종서를 향해 말했다.

"박희숙 씨 오빠라는 분이 찾아왔는데? 꼭 할 말이 있다고 말이야."

"곧 나가겠습니다."

최종서가 대답하자 배 경위가 문을 닫고 나갔다.

"오늘은 이만하지."

팀장이 말하며 일어섰다. 최종서도 나가려 몸을 돌렸다. 그런 그를 잡아 세우듯 서태훈이 일어섰다.

"한 가지 더 말씀드릴 사안이 있습니다."

최종서가 서태훈을 돌아보았다.

6

최종서가 회의실을 나와 사무실에 들어섰을 때 박종철은 최종서의 책상 맞은편에 앉아 있었다. 고개를 숙이고 있었지만 얼핏 봐도 며칠 사이에 얼굴이 해쓱해졌다. 봄 점퍼를 입은 어깨는 축 처져 있었다. 배 경위가 내주었을 비타민 음료는 뚜껑도 따지 않은 채 책상 위에 놓여 있었다.

"오셨어요."

최종서가 책상으로 다가서자 박종철이 퍼뜩 고개를 들더니 자리에서 일어섰다. 최종서는 손을 내밀며 앉으라고 했다. 그제야 박종철이 자리에 앉았다.

"무슨 일로 오셨습니까? 필요한 사항이 있으면 출석 통지서를 보내드린다고 했었는데요."

"그냥 있기가 너무 답답해서…. 수사는 어떻게 되어 가고 있는지…."

박종철은 초조해 보였다. 말끝을 흐리면서도 간절한 눈을 최종서에게서 떼지 못했다. 최종서는 애석한 얼굴로 대답했다.

"조사는 진행 중에 있습니다."

따라서 자세한 사항을 말할 수는 없었다. 열심히 조사하고 있으니 형사들을 믿어 달라 같은 형식적인 말을 할 수밖에 없었다. 그런 대답은 박종철도 예상했던 것 같았다. 푹 숙인 고개를 천천히 끄덕거렸다.

"저는 그놈이라고 생각합니다."

최종서가 아무 말 없이 박종철을 보았다. 당장 바쁜 일이 쌓여 있지만 그의 말을 다 들어줄 요량이었다. 그렇지 않으면 피해자의 가족들은 울분도, 억울함도, 답답함도 마땅히 풀 데가 없다.

"김양민 말입니다. 그 자식이 죽였을 거예요."

"왜 그렇게 생각하십니까?"

차분한 말투로 최종서가 물었다.

"그 자식은 평소에도 술만 먹으면 개가 되는 놈이었습니다. 늘 잘난 척했고 제 동생을 무시했어요. 아니, 무시라는 말로는 부족해요. 제 동생을 쓰레기보다 못하게 대했다고요."

"평소 김양민 씨가 폭력을 자주 행사했나요?"

그 말에 박종철은 아랫입술을 잘근 깨물었다.

"자주, 라고까지는 아니지만 몇 번 그런 일이 있었습니다. 그렇지만 그게 전부라고 생각하지 않아요. 제 동생이 저한테 말을 안 했을 뿐 한두 번이 아니었을 거예요."

그건 김양민을 조사하며 확인해야겠다고 최종서는 생각했다. 박종철이 말을 이었다.

"처음부터 마음에 안 드는 놈이었습니다. 아버지를 잘 둔 덕에 돈은 많았지만 한량이나 다름없는 놈이었어요. 그때 제 동생은 공장에 다니고 있었습니다. 거기 공장장이 그놈 아버지 친구였더군요. 사돈 어르신은 그 녀석에게 사업을 시키려고 했습니다. 그렇다고 아무것도 모르는 놈에게 회사를 차려 줄 순 없으니 여기저기 보내 봤던 거죠. 거기서 그놈이 제 동생에게 눈독을 들였습니다."

그때는 박희숙도 김양민이 마음에 들었던 것 아닐까? 남녀

사이를 오빠가 자세히 알 리 없었다. 하지만 최종서는 그런 생각을 굳이 입 밖으로 내지 않았다.

"그때 말렸어야 했어요. 그런데 동생이 고집부렸죠. 한 번도 그런 적이 없었는데."

후회스럽다는 듯 박종철은 한숨을 내쉬었다.

"분명 저 때문이었을 겁니다. 그놈은 돈이 많았고 동생의 어깨에는 가족이라는 짐이 얹혀 있었어요. 그래서 그놈과 결혼하기로 마음먹었던 겁니다."

"아까 결혼 생활 중에 맞은 적이 있다고 하셨죠? 어떻게 아셨습니까?"

"동생이 직접 말한 건 아니었어요. 제가 찾아가서 본 것만 세 번입니다. 얼굴이 멍들었을 때도 있었고 다리를 절고 있을 때도 있었죠. 동생은 넘어졌다고 했지만 제가 바보입니까? 한 번은 저도 눈이 돌아 그놈 멱살을 잡기도 했습니다. 당장 이혼하라고 소리 질렀죠. 그랬더니 그 자식이 뭐라고 한 줄 아십니까?" 김양민의 말이 생각났는지 박종철이 잠시 말을 끊었다.

"'지금까지 당신 동생이 먹고 입고 쓴 돈, 당신 아가리에 털어놓은 돈까지 모두 돌려준 다음에 얘기해.' 어처구니가 없었죠. 그놈의 돈 좀 있다고 엄청난 유세를 부렸어요. 잘은 모르지만 유산으로 받은 돈도 꽤 많다는 것 같은데, 그 죽일 놈이 돈복 하나는 타고났는지 코인 초창기에 투자해서 한몫 단단히 챙겼다고 들었어요. 이번에 산 집도 전액 현금으로 샀다고 자랑했거든요. 그 집 가지고 엄청나게 유세했어요. 자기 아니면 희숙이가 한강이 보이는 집에 어떻게 살아 보겠냐고 제 앞에서도 유세를 떨더라고요. 그런 말을 매일 들어서인지, 아니면 정말로 그렇게 생각하는 건지 그런 말을 해도 희숙이는 입도 벙긋하지 않더군요. 동생은 결혼하고 일은 안 했지만 성심성의껏 집안 살림을 했어요. 그 새끼가 친구도 만나지 못하게 해서 그나마 있던 연도 다 끊어졌다고 알고 있습니다. 저한테도 자주 전화를 안 했어요. 그놈이 못 하게 했던 게 분명합니다. 물리적으로 전화를 뺏거나 막은 건 아니더라도 분명 싫은 티를 냈겠죠. 제가 전화할 때도 받지 않은 적이 많았어요. 한번은 답답해서 찾아갔는데 동생은 나오지 않고 그놈이 나왔어요. 들어오라는 말도 없이 희숙이가 아파서 누워 있다고 하더라고요. 제가 들어가 보겠다고 했더니 나중에 오라고 한사코 막고요. 그날도 때렸을 겁니다. 그걸 감추려고 못 들어오게 한 거고요."

"그런데 왜 박희숙 씨는 이혼하지 않으셨을까요?"

"저 때문이 제일 클 거예요. 제가 아직 빌린 돈을 갚지 못했으니까요. 회사를 팔아서라도 갚으려고 했는데 희숙이가 말렸어요. 대신 희숙이도 그 자식 뒷바라지를 열심히 했습니다. 그 자식은 희숙이에게 돈을 맡기지 않았어요. 매달 생활비 조로 푼돈이나 쥐여 줬죠. 그러고도 돈을 어디에 쓰는지 가계부를 쓰게 해서 철저히 검사했습니다. 그놈은 희숙이를 무시했어요. 배운 것도 없고 자기 돈을 쓰기만 하는 쓸모없는 인간이라고 폭언도 했습니다. 그런 이야기를 자주 했다고 했어요. 그건 저도 이번에 알았고요."

"4월 15일에 말이죠? 그때 박희숙 씨가 이혼하겠다고 메시지를 보냈다고 하셨죠?"

"맞아요. 그날에서야 저도 사실을 알았습니다. 문자를 받고 전화를 걸었거든요. 그때 평소에도 그런 식의 폭언이 자주 있었다고 들었고요. 자꾸 그런 소리를 들으니까 자기도 자신이 없었대요. 이혼녀 딱지를 붙인, 제대로 된 경력도 없는 40대 후반의 아줌마가 어디서 어떻게 돈을 벌어서 먹고살 수 있을지가요. 그 자식이 때린 다음 날은 잘못했다고 빌긴 했나 봐요. 그러면서 잘 대해 주면 그래, 술이 죄다. 술만 아니면 이럴 일도 없다. 이 사람은 고쳐질 거다. 그렇게 생각했대요. 혼자 세상에 나가는 두려움보다 자기 눈을 가리는 게 더 쉬웠다고, 그런 바보 같은 선택을 했다고 울었습니다."

통화 내용이 생생하게 떠오르는지 박종철의 얼굴에는 분노가 일렁였다.

"그런데 왜 갑자기 마음을 바꾸셨을까요? 이혼을 두려워하다가 마음먹게 된 계기가 있었을 텐데. 그런 얘기는 못 들으셨습니까?"

박종철은 고개를 저었다.

"뭔가 이유는 있었던 것 같습니다. 근데 물어도 대답하지 않았어요. 나중에 얘기해 준다고만 했습니다. 그 애는 자주 그랬어요. 제가 속상해할 만한 얘기는 혼자 꾹 삼켰죠. 그 자식 사촌 여동생이 와서 한집에 살 때도 그랬어요. 동생에게 의논도 없이 데리고 왔죠. 내 집인데 어떠냐고 했대요. 처음엔 집 구할 때까지만이라더니 벌써 1년도 넘었습니다. 사촌 여동생도 싹수가 노랬어요. 집안 살림을 돕기는커녕 속옷 빨래까지 동생에게 시켰습니다. 피부관리사라서 퇴근이 늦는 편인데 꼭 새로 지은 따뜻한 밥을 해 먹었대요. 지금 사는 집으로 이사 올 때도 아주 당연하다는 듯이 따라왔고요."

이야기를 듣던 최종서가 잠시 생각에 잠겼다. 곧 결심했다는 듯 고개를 들었다. 어차피 박종철도 알아야 했다.

"그분 말입니다."

박종철이 의아한 눈으로 최종서를 보았다.

"사촌 여동생이 아닙니다. 김양민 씨와 내연 관계였습니다."

7

"꼭 그런 얘기까지 하셔야 했나요?"

자리에 앉자마자 천서연은 인상을 찡그리고 물었다. 특유의 날카로운 목소리가 신경에 거슬렸다. 최종서는 무슨 얘기인지 바로 알았다. 김양민과의 관계를 박종철에게 알린 게 불만인 듯했다. 그럼 언제까지 숨길 수 있다고 생각했을까? 이 여자는 부끄러운 게 없어 보였다. 뻔뻔한 천서연을 보면서도 최종서는 아무 표정을 짓지 않았다. 혐오는 형사가 겉으로 보일 사항이 아니었다.

"그 오빠라는 사람이 와서 매장을 난장판 만들어 놓고 갔다고요."

살짝 옆으로 돌아앉은 천서연은 다리를 꼬며 입술을 잘근잘근 물었다. 얼굴을 보니 맞은 것 같지는 않았다. 무엇보다 상대가 와서 난리 친다고 순순히 당하고만 있을 여자로는 보이지 않았다.

"오늘은 조사를 위해 오신 겁니다."

최종서가 말하자 천서연은 흘깃, 옆눈으로 그를 보았다.

"알아요."

그렇지만 바로 앉을 마음은 없는 것 같았다. 최종서는 조사 파일을 열고 키보드에 손을 얹었다.

"김양민 씨 댁에서는 1년 정도 같이 사셨죠?"

네, 하고 천서연이 대답했다. 처음부터 박희숙을 농락하려는 생각은 아니었다고, 변명처럼 덧붙였다.

"양민 오빠랑은 제가 피부관리실에 다니기 전에 일했던 미용실에서 만났어요. 처음엔 손님으로 왔는데 이런저런 얘기를 하다 보니 친해졌죠. 오빠가 말을 많이 걸었어요. 미용실 직원이니까 손님 말에 응답 안 할 수 없잖아요. 그러면서 오빠가 점점 자주 미용실에 왔어요."

어느 날 김양민이 천서연을 집에 데려다주었다. 예약 시간보다 늦게 온 그를 천서연이 혼자 남아 미용해 준 날이었다. 미안하다며 집에 데려다준다는 그를 거절하지 못한 것은 천서연 역시 김양민에게 호감이 있었기 때문이다.

"유부남인 줄은 진짜 몰랐어요."

차를 잘 모르는 천서연이 봐도 김양민이 끄는 차량은 외제차 중에서도 굉장히 하이 클래스로 보였다. 천서연이 그걸 보고 마음이 더 동했을 거라고 최종서는 생각했다. 천서연은 그런 말을 하지 않았지만 굳이 차 얘기를 꺼내는 걸 보면 빤했다. 김양민이 입은 옷과 차를 보고 그의 재정 상태를 파악했을 것이다. 당연히 호감 요소로 작용했을 터이고.

"그때 오빠가 나중에 밖에서 차 한잔하자고 했어요. 저도 싫지는 않아서…. 만나다 보니 이렇게 됐죠."

"그럼 어떻게 김양민 씨 집에 들어가게 된 겁니까? 그때까지도 김양민 씨가 유부남인 걸 모르셨나요?"

천서연은 아랫입술을 잘근 깨물었다. 별로 이야기하고 싶지 않은 눈치였다. 최종서는 그녀를 빤히 바라보는 걸로 답을 재촉했다. 천서연이 마지못해 입을 열었다.

"그땐 알았어요. 사귀고 나서 한두 달 있다가 오빠가 말했죠. 유부남이라고요. 네, 그래도 만났어요. 비난하고 싶으면 하세요."

"조사를 위해 드린 질문입니다."

"그러시겠죠."

천서연은 코웃음을 치고는 말을 이었다.

"그런데 제가 전세 사기를 당했어요. 당장 들어갈 집이 필요해서 오빠한테 돈을 부탁했는데, 오빠가 제안했어요. 자기 집에 들어와 살라고."

천서연도 물론 아내가 있는 집에 들어간다는 데 거부감이 들었다. 그러나 김양민이 말하길 아내는 집안일을 하는 도우미나 다름없다고 했다. 집을 구할 때까지만, 이라고 단서를 단 건 천서연이었다. 급하니 별도리가 없었다. 집에 들어가서 보니 박희숙은 정말로 가사 도우미와 다름없었다. 설거지할 때 뒤에서, 샤워 중인 화장실 문밖에서 무슨 일이 벌어지는지 아무것도 알지 못했다. 스릴이 있었다.

"16일 새벽 1시 20분, 집에 들어갔을 때 박희숙 씨와 김양민 씨가 집에 있었죠?"

형사의 질문에 천서연의 눈이 휘둥그레졌다.

"제가 그때 집에 들어간 건 어떻게 알아요?"

그렇게 묻더니 형사가 대답하기도 전에 눈을 가늘게 떴다.

"벌써 조사하실 만큼 하셨군요?"

"들어가셨을 때 두 분 사이는 어땠습니까?"

흠, 하면서 천서연은 팔짱을 꼈다.

"싸우고 있었어요."

"뭣 때문에 싸우고 있었죠?"

천서연은 입술을 비쭉거렸다. 별로 하고 싶은 이야기가 아닌 듯했다.

"다 아신다니까 그냥 말씀드릴게요. 그 언니, 저랑 양민 오빠 사이를 알았더라고요."

천서연의 예상과 달리 그 부분에서 최종서는 놀랐다. 그래서 그날 밤에 큰 다툼이 벌어졌던 거다. 꽤 긴 시간 동안 싸우는 소리를 들었다던 옆집 청년의 말은 그때의 소란인 듯했다.

"난리도 아니었어요. 그 언니가 그러는 거 처음 봤어요. 눈이 완전히 뒤집혀서는⋯. 제가 들어가니까 제 머리카락을 휘어잡고 뒤흔들었어요. 덕분에 머리카락이 한 움큼은 뽑혀 나갔죠. 아우, 그럴 줄 알았으면 집에 안 들어갔을 거예요."

"그날 폭행도 있었습니까?"

"그 언니한테 머리를 쥐어뜯겼다니까요?"

"아니요. 김양민 씨가 박희숙 씨를 때렸다거나."

그러자 천서연이 눈을 내리깔았다. 잠시 말을 고르는 듯하더니 고개를 끄덕였다.

"제가 들어가기 전에 이미 엉망으로 맞은 것 같았어요. 얼굴이 시커멓게 보일 정도로 부었고 입술도 터져 있었고요. 게다가 제 머리채를 휘어잡으니까 그거 뜯어내겠다고 양민 오빠가 희숙 언니 머리채를 잡아채 바닥에 내팽개쳤죠. 발로 밟았어요."

"그래서 어떻게 됐습니까?"

"뭐가 어떻게 되긴 어떻게 돼요? 이미 다 걸린 마당에 더 있어 봐야 무슨 좋은 꼴을 본다고요. 도망치듯 집에서 나왔죠."

"그러고 나서 다시 집에 가셨죠? 다음 날 정오에. 나올 때는 캐리어를 들고 있었고요."

"맞아요."

"그 안엔 뭐가 들어 있었습니까?"

기가 막힌다는 듯 허, 하고 천서연이 눈을 부릅떴다.

"지금 제가 거기에 시체라도 넣었단 말인가요?"

"조사를 위해 드리는 질문입니다."

천서연은 화를 참는 듯 눈을 깊게 감았다 천천히 떴다.

"제 짐이요. 옷이랑 가방 같은 거요. 더는 그 집에 있을 수 없잖아요."

"들어갔을 때 집에서 이상한 걸 발견하지는 않았습니까?"

"이상한 거요?"

"뭐든지요."

천서연은 아주 짧게 생각하고는 고개를 저었다.

"아무것도, 아무도 없었어요. 바로 제 방에 들어가 옷가지만 챙겨 나왔어요."

그날 저녁, 천서연의 집에 찾아간 조사관이 캐리어를 압수했다. 국과수 조사 결과 캐리어에서 발견된 것은 아무것도 없었다.

8

"가끔 아들 녀석의 집에 들르곤 합니다. 혼자 사니까 적적하기도 하고, 며느리가 음식을 차려 놓고 초대할 때도 있었고요. 사실은 아들이 며느리한테 손대는 걸 진즉 알고 있었어요. 미안했지만 한편으론 겁도 났어요. 둘이 이혼이라도 하면 저 녀석은 더 엉망이 될 게 뻔했습니다. 제가 할 수 있는 일은 며느리한테 잘 대해 주는 것밖에 없었어요. 그날도 며느리에게 점심도 사 주고 용돈도 주려고 갔습니다."

김양민의 아버지 김춘수는 사진보다 훨씬 젊어 보였다. 그건 헤어스타일 때문이라고 최종서는 생각했다. 사진 속에서는 머리가 벗어져 거의 뒤통수까지 비어 있었는데 오늘은 앞머리까지 멋스럽게 올렸다. 약간은 부자연스러운 것이 가발을 썼다는 걸 말해 주었다. 하지만 안색이 좋지 않았다. 며느리의 죽음을 이야기할 때는 크게 낙심한 표정이었다. 최종서는 김춘수의 대답을 조서에 입력하면서 다음 질문을 이어 나갔다.

"안으로 들어갔을 때, 특별한 점은 없었나요?"

"특별한 점…."

김춘수는 혼잣말하며 눈을 내리떴다. 최종서는 그의 눈꺼풀이 파르르 떨리는 것을 놓치지 않았다. 지금 상황에서 시신을 발견했다면 김춘수일 가능성이 컸다. 김양민이 맨손으로 집에서 나간 뒤 처음으로 집에 들어온 사람이 그다. 국과수 조사에 의하면 혈흔으로 보아 실종자가 사망했다면 거실이었을 테고, 시신도 다른 곳으로 옮겨지지 않았을 거라고 했다. 나이는 들었지만 남자의 힘이면 시신을 캐리어에 넣을 수 있다. 박희숙의 키는 150이 조금 넘었다. 또 아버지는 아들의 죄를 감쌀 충분한 명분이 있다.

김춘수가 고개를 들었다.

"별로 특별한 건 못 느꼈습니다. 안방 이불이 너저분하더군요. 그건 지금 생각하니 이상하네요. 며느리는 집 청소를 완벽히 했거든요. 하지만 그때는 그게 큰일이라고는 느끼지 못했습니다. 외출이라도 했겠거니 했죠."

"거실은요? 어떤 흔적 같은 건 없었습니까?"

그 질문에 김춘수가 멍한 얼굴을 했다.

"흔적이요?"

"혈흔 같은 것 말입니다."

그러자 김춘수는 펄쩍 뛰듯 고개를 들었다.

"그런 건 없었습니다. 있었다면 제가 먼저 신고했을 거예요."

그러나 그의 말을 믿어 줄 수는 없었다. 최종서는 박희숙을 죽인 것은 김양민, 그리고 박희숙의 시신을 옮긴 것은 김춘수라고 결론 내렸다. 순서가 모든 것을 말했다. 옆집 남자는 16일 새벽 1시 51분까지 소란이 있었다고 했다. 천서연은 그 이전인 1시 45분에 집을 나섰다. 천서연이 죽였다면 시끄러운 소리가 날 리 없다. 또 자기가 범인으로 몰리고 있는 판국에 김양민이 집 나간 천서연을 감싸고 있을 수는 없다. 그리고 김양민은 피에 젖은 옷을 들고 다음 날 아침에 집을 나섰다. 돌아올 때는 그 옷이 없었다. 어딘가에 버리고 온 게 분명했다. 그사이 집에 온 김춘수는 모든 상황을 파악했을 것이다. 그리고 그는 시신을 치웠다. 아버지라서 가능한 일이다. 내연녀인 천서연이 김양민을 위해 그런 수고를 했을 리 없다. 게다가 천서연은 여자다. 혼자 시신을 캐리어에 넣기 힘들다.

"그럼 그 캐리어는 뭡니까?"

김춘수가 눈을 깜박였다. 최종서는 화면을 조작해 영상 하나를 찾아 김춘수에게 보여 주었다. 김춘수가 캐리어를 끌고 집에서 나오는 장면이었다.

"그건 김치랑 반찬이었어요. 며느리가 포장해 둔 걸 가지고 나왔습니다."

하, 하고 최종서가 어이없는 웃음을 지었다.

"지금 그 말을 믿으라는 겁니까?"

"경찰 양반도 나이 들어 봐요. 조그만 것도 들고 다니려면 힘에 부칩니다. 그래서 캐리어에 넣은 거예요."

김춘수는 막힘없이 술술 말했다. 하지만 이 정도는 미리 준비할 수 있었을 것이다.

"들어가실 때는 캐리어가 없었습니다."

"갈 때는 아무 생각이 없었는데 짐이 생각보다 많아서 아들네 집에 있던 캐리어에 담아서 나온 거요."

"들어가셨을 때는 며느님도, 아드님도 없었다면서요. 그럼 혼자 반찬을 발견하고 그걸 넣을 캐리어를 찾은 다음 직접 싸서 나왔다고요?"

"그래요."

그 답을 할 때는 최종서와 눈을 마주치지 못했다.

"선생님 댁에 가면 며느리가 만든 반찬이 있겠군요? 캐리어도요."

마침내 김춘수의 눈동자가 힘을 잃고 흔들렸다. 최종서는 확신했다. 김춘수는 이 사건과 밀접한 관련이 있다.

"저희 직원들을 보낼 테니 확인시켜 주시죠."

"그건…."

그때 같은 팀 서태훈이 다가왔다. 그는 허리를 굽혀 자신의 입을 최종서의 귓가에 가까이 가져갔다. 김춘수가 불안한 눈으로 두 사람을 보았다. 서태훈이 최종서에게 속삭였다.

"박희숙 씨의 시신이 발견됐습니다."

최종서는 일단 김춘수를 돌려보냈다. 서태훈에게 곧장 김춘수의 집으로 가 김양민의 집에서 가져왔다는 반찬과 캐리어를 입수하라고 지시한 뒤였다.

박희숙의 시신은 서울 올림픽대교 남단 한강 변에서 발견됐다. 발견 당시 시신은 이미 부패가 상당 부분 진행되었다. 사진과 동일 인물이라고 할 수 없을 만큼 얼굴이 끔찍할 정도로 상해 있었다. 어류의 공격이 있었을 테고, 부패와 동시에 물살에 살결과 근육이 많이 소실되었을 것이다.

발견자는 한강 변 인근에서 플로깅을 하는 30대 여자 두 명이었다. 플로깅은 조깅하면서 쓰레기를 줍는 운동인데 최근 환경에 관심이 높아지면서 플로깅하는 사람들이 많아졌다. 두 사람 모두 운동복 차림이었는데 둘 중 한 명이 특히나 얼굴에 핏기가 없었다.

"그냥 쓰레기인 줄 알았어요. 한강 변에는 옷 같은 것도 많이 버려져 있거든요. 술 먹은 사람들이 입던 옷을 던지기도 하고 그게 쓸려 내려오기도 하니까요. 별생각 없이 가까이 다가 갔는데…."

긴 집게로 건드린 순간 시신이라는 걸 알았다. 기절하지 않은 것만도 다행이라고 했다.

최종서는 두 사람의 이름과 연락처 등을 받고 집으로 보냈다. 그는 아랫입술을 깨물었다. 상황이 안 좋았다. 한강에는 CCTV가 없다.

"목격자를 찾는 현수막이라도 걸어야겠는데요."

함께 나온 서태훈이 말했다. 최종서는 그러라고 했지만 딱히 기대를 걸지는 않았다. 그동안 한강에서 꽤 많은 시신이 발견됐다. 그러나 목격자는 대부분 나오지 않았다. 봄은 사람이 많은 계절이고 밤까지 인파는 줄어들지 않는다. 그들은 각자의 행복에 젖어 있다. 행복에 젖어 있는 사람의 눈에는 행복의 즐거움밖에 보이지 않는다. 어딘가에서 시신을 버리는 사람이 있을 거라고는 생각하지 못한다. 악의 그늘을 깨닫지 못한다.

이제 그가 기대할 것은 하나뿐이었다. 박희숙의 시신이 들려줄 이야기다.

9

박희숙의 1차 부검은 국립과학수사연구소에서 진행되었다.

부검이 진행되는 동안 최종서와 서태훈은 부검실 바깥에서 기다리고 있었다. 긴 시간이 더욱 더디게 지나갔다. 문이 열리기까지는 세 시간도 넘게 걸렸다. 문을 열고 나온 윤 박사는 두 사람을 마주 대하며 마스크를 벗었다. 그의 얼굴에 땀이 송글맺혀 있었다. 안색도 좋지 않았다. 물에 빠진 채 시간이 흐른 시신이 얼마나 끔찍한지 잘 알고 있는 두 사람이었기에 이해할 수 있었다.

"알겠지만 근육이며 뭐며 많이 상했어."

"사인이 나왔습니까?"

"이 사람 성격 참 급하네." 윤 박사는 최종서를 향해 웃어 보이고 말을 이었다.

"폭행 흔적이 있어. 갈비뼈가 두 대 나갔고, 7, 8번 뼈는 골절되었다가 붙은 흔적이 보여. 처음이 아니라는 거지."

최종서는 대답 없이 윤 박사를 보았다. 윤 박사는 팔로 이마의 땀을 훔치며 말했다.

"사인은 복부 자창이야. 흉기에 찔려 과다출혈로 사망한 것 같아. 흉기는 발견됐어?"

"아직…."

앞으로 조사해야 할 부분이었다. 만약 김양민이 흉기를 숨겼다면 일은 복잡해진다. CCTV에는 그가 옷을 가지고 나온 영상이 찍혀 있었다. 옷 안에 흉기를 숨겼다면 외부에 버렸다는 얘기다. 수사원들이 애쓰고 있지만 찾을 수 있을지는 미지수다.

"그런데 우리 검시관이 중요한 걸 발견해 냈어."

"뭡니까?"

최종서가 눈을 반짝였다. 윤 박사는 의미심장한 미소를 지으며 말했다.

"피해자의 옷에서 머리카락이 발견되었어. 피해자는 지퍼가 있는 니트를 입고 있었는데 시신을 옮기다가 머리카락이 낀 것 같아. 그것도 세 가닥이나 발견되었으니 기대를 걸어도 좋을 거야."

"다행이네요."

대답하면서 최종서는 김양민과 김춘수, 그리고 천서연의 유전자를 미리 채취해 놔야겠다고 생각했다.

최종서는 일단 경찰서로 돌아갔다. 세 사람에게 보낼 2차 조사를 위한 출석요구서를 작성해야 했다. 김양민이 버린 옷을 찾으러 나갔던 수사원들은 빈손으로 돌아왔다. 이제 박희숙의 지퍼에서 발견되었다는 머리카락에 기대를 걸 수밖에 없었다.

그로부터 하루가 지났다. 최종서는 아침부터 김양민이 16일 집에서 나오는 영상을 돌려 보고 있었다. 몇 번을 되돌려 봐도 김양민의 손에 들린 옷가지는 축 처져 있다. 만약 그 안에 칼이 숨겨져 있다면 조금이라도 태가 나야 했다. 캐리어를 가지고 나온 김춘수나 천서연의 가방에 있는 걸까? 최종서는 천서연은 이 사건에 개입하지 않았다고 생각했다. 내연녀이기는 해도 범죄자가 될 것을 무릅쓰고 김양민을 도왔을 것 같지는 않았다.

"선배!"

사무실 문이 열리고 빠른 걸음으로 서태훈이 들어왔다. 손에는 서류가 들려 있고 얼굴은 상기되어 있었다. 반사적으로 좋은 소식이라는 느낌이 들었다. 서태훈을 향해 고개를 들자 책상 앞까지 온 그가 조금 높은 목소리로 말했다.

"머리카락 유전자 검사 결과가 나왔습니다."

서태훈이 서류를 넘겼다. 최종서는 바로 핵심이 있는 곳으로 눈길을 옮겼다. 그걸 본 최종서의 눈이 커다래졌다.

세 가닥의 머리카락에서 나온 유전자형은 남성의 것으로 확인되나 모두 다른 인물의 것으로 파악됨. 모근이 균일하게 잘려 있는 걸로 보아 가발의 가능성이 있음.

최종서는 단박에 한 사람의 얼굴을 떠올렸다. 바로 김양민의 아버지 김춘수였다.

"그날 오전에 아들 집에 갔을 때 며느리가 죽어 있는 걸 보고 깜짝 놀랐습니다. 얼굴을 맞아서 엉망이었어요. 며느리만큼 아들을 참아 주는 여자도 없었어요. 그래서 저라도 다독이면서 살아왔는데…. 아들 녀석은 술에 취하면 뵈는 게 없죠. 아무리 그래도 며느리를 죽일 거라고는 상상도 하지 못했습니다. 그래도… 그렇다고 해도 제 아들이잖습니까? 살인자로 만들 수는 없었어요."

"흉기는 어떻게 하셨습니까?"

"식칼이었어요. 며느리의 배에 꽂혀 있었죠. 시신을 버릴 때 같이 한강에 던져 버렸습니다."

김춘수가 거기까지 말했을 때 조사실 문이 열렸다. 서태훈이 수갑을 찬 김양민을 데리고 들어왔다. 김양민은 김춘수를 한번 흘끗 보고는 옆에 있는 빈 의자에 털썩 주저앉았다. 아버지를 보고 놀라지 않는 것으로 봐서 김춘수가 시신을 유기했음을 짐작하고 있었던 듯했다.

최종서는 기본 인적 사항을 확인하고 김양민에게 물었다.

"박희숙 씨를 살해하셨습니까?"

"전 기억이 하나도 안 난다고요!"

"그러면 왜 박희숙 씨의 시신을 발견했을 때 신고하지 않았죠?"

김양민의 입이 꾹 다물렸다. 최종서는 책상을 내리쳤다.

"아무것도 기억나지 않는다면 왜 시신을 발견했을 때 신고

하지 않았습니까? 기억이 있었던 거죠? 박희숙 씨와 다퉜고 폭행도 했죠?"

"그건 그렇지만…. 제가 죽였다는 걸 믿을 수가 없었어요."

"칼을 든 기억이 전혀 없습니까?"

최종서의 질문에 옆에 있던 김춘수가 아들의 팔을 붙잡았다.

"사실대로 말해라. 이제 그거밖에 방법이 없어."

그러자 김양민이 아랫입술을 깨물었다. 사실은 칼을 휘두른 기억이 있다.

"시신을 보고 나니까 무서웠어요. 내가 사람을 죽였다는 걸 믿을 수가 없었습니다. 그래서 인근 편의점에 가서 술을 마셨어요. 근데 제가 정말 죽인 걸까요? 아닐 수도 있잖아요. 서연이! 그래, 천서연이도 그날 집에 들어왔다면서요?"

"천서연 씨는 그날 김양민 씨와의 관계가 들통났다는 걸 알게 돼서 바로 집에서 나왔다고 했습니다. 그다음 날 집에 간 것도 짐을 가져가기 위해서였고요. 그리고 김양민 씨가 죽었다는 결정적인 증거가 있어요."

최종서는 옆에 있던 박스에서 티셔츠를 꺼내 책상 위에 올려놓았다.

"저희 수사관들이 고생을 좀 했죠."

티셔츠를 본 김양민의 표정은 지진이라도 난 것처럼 흔들렸다. 자기도 모르게 옆으로 고개를 돌렸다.

"이 옷에 묻은 피는 박희숙 씨의 혈액으로 확인되었습니다. 이래도 발뺌하실 겁니까?"

"술에 완전히 취해 있었어요. 싸운 기억도 나고… 예, 뭐 조금 때린 기억도 납니다. 칼을 가져온 것 같기도 해요. 그런데 칼로 찌른 기억은 안 납니다. 진짜로요."

그러면서 말을 멈추고 눈을 홉떴다.

"이러면 심신미약 아닙니까?"

최종서는 불같이 화가 치밀었다. 이런 상황에서도 자신만 빠져나가려는 김양민이 혐오스러웠다. 그러나 큰소리를 내서는 안 된다. 흥분해서도 안 된다. 마음을 가라앉히며 숨을 깊게 내쉬었다.

그날 오후, 최종서는 김양민과 김춘수를 기소 의견으로 검찰에 송치했다.

10

짐칸에 캐리어를 밀어 넣고 버스에 올랐다. 검표를 받은 뒤 자리에 앉자 안도감이 밀려들었다. 천서연은 고향인 영인으로 돌아갈 생각이었다. 서울로 올라올 때는 많은 꿈이 있었지만, 이제는 서울을 등지는 데 조금도 미련이 없었다. 아니, 돌아보고 싶지도 않을 만큼 정이 떨어졌다.

처음부터 김양민을 만난 게 잘못이었다. 천서연은 김양민이 처음 미용실 문을 밀고 들어왔을 때의 표정을 아직도 기억했다. 자신을 보는 눈이 부신 듯한 눈빛. 그녀는 그의 호감을 명백히 알고 있었다. 김양민이 타고 온 BMW 7시리즈는 천서연의 드림카였다. 재력가임은 보지 않아도 빤했다. 그가 내미는 손을 잡지 않을 이유는 없었다.

부인이 있을 거라는 건 짐작했다. 50이 되도록 미혼일 리가 없었지만 모르는 척 만났다. 카페를 가거나 영화를 보기도 했지만 주로 호텔로 직행했다. 그러던 중 전세 사기를 당했다. 이건 고의가 아니었다.

"그럼 우리 집에 들어와."

집이라도 하나 해 주지 않을까, 적어도 전세금은 대 주지 않을까 생각했었다. 그런 천서연에게 김양민의 말은 황당 그 자체였다. 그때쯤에는 김양민도 아내가 있다는 걸 고백한 상황이었다.

말도 안 된다고 생각했다. 아내가 있는 집에 들어가 살 정도로 뻔뻔하진 않다. 그러나 상황이 양심을 밀어냈다. 어쩔 수 없이 김양민이 하자는 대로 그의 집에 들어갔다. 김양민은 곧 이사 계획이 있다고 했다. 한강이 보이는 집 사진을 보고는 완전히 마음이 들떴다. 이런 집에 사는 남자라면 더 뜯어낼 게 많을 것 같았다. 유부남인 건 전혀 문제되지 않았다.

김양민은 박희숙이 등 돌리고 있을 때 천서연의 가슴을 쥐거나 입술을 맞춰 오기도 했다. 처음엔 마음에 걸렸다. 그러나 인간은 긴장 끝에 오는 전율에 중독된다. 김양민이 아내 몰래 그런 짓을 벌일 때, 천서연도 남 모르게 쾌감을 느꼈다. 아무것도 모르는 박희숙이 자신의 속옷이며 빨래를 해댈 때도 죄책감 같은 건 없었다. 박희숙에게 장을 보고 오라고 시키곤 둘이서 안방 침대를 차지한 적도 여러 번이었다.

잘했다고는 생각지 않는다.

그러던 와중에 그 일이 벌어졌다. 집에 갔을 때는 이미 난리가 나 있었다. 바락바락 대드는 박희숙의 눈에는 살기가 서려 있었다. 그와 반대로 얼마나 맞았는지 얼굴은 곤죽이 되어 있었다. 박희숙은 천서연의 머리채를 잡아 쥐었다.

"네 잘난 입으로 말해 봐! 사촌 여동생이라고? 사촌 동생이랑 오빠랑 그 짓거리를 하니?"

어떻게 알았는지는 모르지만 박희숙은 진실을 알고 있었다. 천서연은 박희숙에게 뺨따귀를 맞았다. 대번에 얼굴이 부어오르는 게 느껴졌다. 이번엔 김양민이 박희숙의 배를 발로 걷어찼다. 박희숙이 나동그라졌다.

"밥버러지 같은 년이 어디다 손을 대!"

김양민에게서는 술 냄새가 진동했다. 몸을 제대로 가누지 못했다. 그러면서도 쓰러진 박희숙의 머리채를 잡고 두꺼운 손으로 박희숙의 뺨을 후려갈겼다. 입술에 피가 터져 줄줄 흐르는데도 박희숙은 악을 썼다.

"이 더러운 것들아! 내가 너희들을 가만둘 것 같아!"

"이년이!"

김양민이 주방으로 들어가더니 칼을 들고나왔다.

"오빠, 왜 이래!"

천서연은 말렸다. 하지만 김양민은 칼을 든 채 비틀거리면서도 박희숙을 향해 말했다.

"다시 한번 지껄여 봐."

"그런다고 내가 무서워할 줄 알아? 찔러! 찌르라고!"

"하라면 못 할 줄 알아?"

그렇게 말하면서도 김양민은 칼을 든 손이 아닌 맨손을 들었다. 그런데 박희숙을 때리려던 김양민이 그만 발을 헛디뎠다. 넘어진 김양민은 뭐라고 몇 마디 중얼거리더니 잠에 빠져들었다. 어이가 없어 김양민을 두드려 깨워 보았지만 꿈쩍도 안 했다. 그사이 박희숙이 벌떡 일어났다. 자신을 때리려고 손을 쳐들기에 천서연이 그 손을 막았다.

"나갈게요. 나간다고요."

"그 말이면 이 일이 다 해결될 것 같아?"

"해결 안 되면요? 솔직히 남자가 바람피우는 거 아줌마 탓도 있잖아요?"

"뭐가 어째?"

그러고도 몇 마디 설전이 더 오갔다. 뭐라고 했는지 기억이 나지는 않지만 천서연은 주로 자신은 잘못이 없다는 말을 했던 것 같다. 그런데 박희숙이 그 말을 했다.

"남자 등골 파먹는 걸레 같은 년 주제에!"

귓속에 이명 같은 게 들렸다. 지금 생각하면 그때 정신이 어떻게 된 것 같았다. 바닥에 자빠져 있는 김양민 근처에 놓인 칼을 쥐어 들었다.

"너도 찌르게? 찔러 봐, 찔러 보라…. 억!"

정신을 차리자 칼이 박희숙의 뱃속 깊숙이 들어가 있었다. 박희숙은 그 자리에서 털썩 무릎을 꿇더니 쓰러져 버렸다.

"아줌마. 아줌마!"

몇 번을 흔들었지만 움직임은 없었다. 두려움이 왈칵 쏟아졌다. 벗어나야 한다. 그 생각만 하고 현관 쪽으로 뛰었다. 그러다 멈췄다. 살인자가 나서서는 안 된다.

천서연은 박희숙의 몸에서 나온 피를 김양민의 옷에 잔뜩 묻혔다. 그리고 김양민을 안방으로 끌고 와 눕혔다. 집을 나와 인근 공원 화장실에서 손을 씻으며 자신은 아무 일도 벌이지 않았다고 몇 번이고 되뇌었다.

일은 생각보다 훨씬 더 순조롭게 흘러갔다. 김양민에게서는 아무 연락도 오지 않았다. 다음 날 집에 갔을 때 박희숙의 시신은 없었다. 그의 아버지가 시신을 처리했다고 들었다. 김양민은 박희숙을 죽인 건 자신이라고 생각할 것이다.

다만, 자신이 16일 새벽 집에서 나온 시각 이후에도 다투는 소리가 났다는 이웃의 증언이 있었다고 한다. 그건 의문이었지만 만취한 김양민이 혼자 소리 지른 건지도 모른다. 처음엔 다 같이 싸우던 소리에서 한 명의 목소리만 남아도 듣는 사람은 '싸우는 소리' 한 덩어리로 느꼈을지도.

정신을 차리자 올림픽대교 위였다. 김양민은 자주 말했다. 자신이 산 한강이 보이는 집에서 나올 때는 단둘이 나오자고. 아내와는 이혼하겠다고. 천서연은 고개를 저었다. 그렇게 됐다면 한강에 쑤셔 박히는 것은 박희숙이 아니라 자신이었을지 모른다. 이제 모든 걸 잊자. 그렇게 생각하며 천서연은 한강을 수놓은 윤슬에서 눈을 뗐다.

임지형

작가이자 마라토너. 글과 달리기를 삶의 두 축으로 삼아 지금도 한강 변을 달리며 이야기를 길어 올린다. 대학에서 문예창작을 전공하고 무등일보 신춘문예로 등단했다. 광주문화재단 창작지원금을 받아 첫 책 『진짜 거짓말』을 펴냈다. 장편소설 『나는 동화작가다』 『오늘도 책방 자서점이 열렸습니다』 『연희동 러너』 등을 출간하며 활발한 작품 활동을 이어 오고 있다. 2009년 제1회 목포문학상을 받았다.

한강을

달리는 여자

1

결혼 후 줄곧 목동에서만 살아온 주하가 합정동으로 이사 온 지 어느덧 1년이 되었다. 처음 이곳에 발을 들였을 때, 주하에게 합정은 어딘가 거친 풍경이었다. 넓은 아파트 단지와 단정한 가로수가 질서 있게 이어졌던 목동과 달리, 합정은 금이 간 보도블럭, 제각각인 담벼락의 색과 질감, 그리고 서로 다른 시간이 겹겹이 쌓인 듯한 골목의 집들이 뒤엉킨 낯선 곳이었다.

오래된 주택에 처음 들어선 그날 밤, 주하는 생경한 냄새와 소음 속에서 좀처럼 잠들지 못했다. 배수구를 타고 올라오는 비릿한 냄새가 코끝을 찌를 땐 어김없이 후회의 그림자가 밀려왔다. 왜 하필 이곳이었을까. 왜 혼자가 되었을까. 그리고 왜 나는 그런 선택을 했을까. 질문은 끝이 없었고, 대답은 오지 않았다.

그럼에도 이 동네에 마음 붙일 수 있었던 건, 가까이 한강이 있었기 때문이다. 이사 오고 며칠 지나지 않은 어느 저녁, 주하는 처음으로 강변을 산책했다. 유난히 노을이 좋은 날이었다. 붉은 태양이 천천히 수면 아래로 잠기던 순간, 주하는 문득 생각했다. 어쩌면 이 강은, 처음부터 나를 기다리고 있었던 게 아닐까? 그저 조용히, 아무 말 없이.

그 생각을 한 이후로 틈만 나면 한강으로 나갔다. 처음엔 그냥 걸었다. 그러다 언제부터인가는 마음이 복잡하면 뛰었다. 특히, 아들이 그리울 때면 무조건 달렸다. 고개를 푹 숙인 채 울음을 참고 뛰거나 어떤 날은 울음을 터뜨리며 뛰었다. 때때로 그리움이 심장을 조용히 짓눌렀고, 바람이 눈물을 식혀 줄 때면 주하는 살아 있다는 사실만으로 버텼다. 한강은 묻지 않았다. 왜 그렇게 뛰느냐고, 무슨 일이 있었냐고, 잘 지내냐고 단 한 번도 묻지 않았다. 물은 흘렀고, 바람은 지나갔다. 주하의 발소리를 따라 수면이 잔물결을 일으킬 뿐이었다.

"얘기 좀 해."

막 아이가 잠든 걸 보고 나온 주하에게 남편이 말했다. 저녁 먹는 내내 말이 없던 남편의 얼굴은 석고상처럼 굳어 있었고, 목소리는 온기라곤 찾아볼 수 없을 만큼 싸늘했다. 순간, 주하의 가슴이 철렁했다. 뭔지는 모르지만 올 것이 오고야 말았다는 예감이 들었다.

"무슨 얘기? 나 글 써야 하는데."

무슨 말이 나올지는 모르지만, 일단 피하고 싶은 마음이 컸다. 솔직히 피할 수만 있다면 영원히 피하고 싶었다.

"그을? 글을 쓴단 말이지?"

한껏 비아냥대는 남편의 입꼬리가 미세하게 떨렸다. 조롱 섞인 말투와 달리 얼굴에는 억눌린 분노와 피로가 스쳐 지나갔다. 주하를 마주한 그의 눈은 마치 오래된 거울처럼 흐려 있었고, 깊숙한 어둠 속 무언가를 감추고 있는 듯했다. 그가 말 끝을 흐리며 시선을 돌렸을 때 주하는 직감했다. 그 말 속에 담긴 건 단순한 냉소가 아니라 오래 버티다 못해 스스로를 다 태워 버린 사람의 잿빛 심정이라는 걸.

"무… 무슨 이야기를 하려고 그러는데?"

"잘 알지 않아?"

"아니, 나 몰라."

이쯤 되자 주하도 뻔뻔해졌다. 마른침이 넘어가기도 전에 냉큼 대답을 내놓았다. 이번엔 남편이 감정을 간신히 억누르며 나지막이 물었다.

"이… 남자 누구야?"

그는 주하 앞으로 한 장의 사진을 내밀었다. 순간, 주하의 심장이 바위처럼 가라앉으며 천천히 금이 가기 시작했다. 시선은 사진에 박힌 채 움직이지 않았고, 속은 맹렬한 파도로 일렁였다. 손끝이 차가워지고 입술이 바짝 말랐다. 숨을 쉬는 것조차 속마음이 들키는 것 같아 조용히 숨을 들이켰다.

'들켰다…. 이제 다 끝이구나.'

누군가에겐 스쳐 지나갈 사진 한 장일지 모른다. 하지만 주하는 알고 있다. 내내 혼자만 알고 있던, 달콤한 비상금 같은 비밀이었으니까. 사진 속의 호텔 로비 앞에 선 두 사람. 그리고 자신의 손을 감싸 쥔 익숙한 손등. 그 손이 연석의 것임을 알아채는 데 단 1초도 필요치 않았다. 마치 오래전부터 예감해 온 결말처럼 진실은 무방비로 그녀를 덮쳤고 주하의 몸은 돌처럼 굳어 버렸다.

남편의 말이 이어졌지만 주하에겐 아무것도 들리지 않았다. 그저 귓속에서 '쿵 쿵' 심장이 고막을 두드리는 소리만이 커져 나갔다. 무슨 말이라도 일단 내뱉어야 했다.

"그… 그게 여보. 오, 오해야."

몸이 덜덜 떨렸고 입안에서는 피비린내 같은 긴장감이 맴돌았다. 무너지는 자신을 들키고 싶지 않아 이를 앙다물었지만 억누르던 감정이 목울대까지 차올랐다.

"작가? 그것도 동화작가가 바람을 피워? 애들한테 도덕을 말하는 척하면서 말이지. 네가 제일 더러운 거 몰라? 부끄러운 줄 알아야지!"

남편은 차곡차곡 쌓아 올린 분노를 마침내 터뜨렸다.

"그동안 글 쓴다는 핑계로 집안일은커녕 애한테 관심이나 있었어? 가족은 뒷전이면서 바람까지? 겨우 동화 몇 편 쓰고선 세상 이치 다 꿰뚫은 사람인 척 나대는 꼴이라니. 넌 현실을 너무 가볍게 봐. 상상 속 이야기만 좇다 보니 진짜 소중한 건 다 놓친 거야."

남편은 거침없었다.

"끝내자."

멍하니 앞만 보고 달리던 주하가 달리다 말고 멈췄다. 헤어지기 전 했던 남편의 말이 칼날처럼 주하의 옆구리를 꾹 찔러 댔다. 달리기는 다 좋은데 이게 문제였다. 먼 데 두고 온 생각들이 와락 들이닥칠 때가 있다.

"하악하악."

달리다 멈춘 주하는 허리를 숙인 채 숨을 골랐다. 무심코 강물 위로 시선을 던졌다. 강물 위 교두보가 있는 부근에 온갖 쓰레기가 둥둥 떠 있었다. 신기하게도 쓰레기는 한곳에 모여 있었다. 주하는 난간 가까이 가 그곳을 찬찬히 응시했다. 머릿속의 생각이 꼭 저 쓰레기처럼 느껴졌다.

다시 달렸다. 더는 떠올리고 싶지 않은 생각들을 빨리 떨치려면 그 수밖에 없었다. 그렇게 서강대교를 지나 마포대교까지 달렸다. 희부옇게 날이 밝아 오기 시작했다.

2

─작가님! 오늘 몇 시까지 가면 되나요?

창작반 수업을 하러 막 집을 나설 때였다. 문자 하나가 들어
왔다. 발신자는 얼마 전 등록한 수강생이었다.

─네, 10시까지입니다. 좀 이따 뵐게요.

주하는 빠르게 답장을 보냈다. 지난주에 이미 시간과 장소
를 알려 줬던 터라 또다시 같은 질문이 온 게 조금은 의아했
다. 한번 들은 내용을 반복해서 묻는 걸 보면 꼼꼼히 확인하는
성격이거나 반대로 대충 읽고 넘기는 사람인지도 몰랐다. 주
하는 괜히 답답함이 들었다. 요즘 아이들의 문해력이 떨어진
다며 걱정하지만, 주하가 보기엔 어른들도 별반 다르지 않았
다. 글을 쓰겠다고 나선 이들도 그랬다. 천천히, 제대로만 읽
으면 다 나와 있는 내용인데도 묻고 또 물었다.

집 밖으로 나온 주하는 잰걸음으로 버스 정류장으로 향했
다. 출근 시간이 지난 거리엔 적막이 감돌았다. 오가는 차량도
사람도 드물었고, 정류장 역시 한산했다. 사거리 너머에서 주
하가 탈 버스가 느릿하게 다가오는 것이 보였다. 그 순간, 주
하의 입에서 저도 모르게 한숨이 흘러나왔다.

불과 1년 전만 해도 주하는 버스 탈 일이 없었다. 늘 자가용을 이용했고, 지방 강연을 갈 땐 KTX나 비행기를 탔다. 하지만 이제는 버스와 지하철이 일상이 되었다. 언제나 든든한 발이 되었던 자동차는 진작에 처분했다. 새로 이사 온 집의 보증금을 마련하기 위한 어쩔 수 없는 선택이었다.

불륜은 주하에게 너무 많은 것을 앗아 갔다. 집도, 차도, 그리고 무엇보다도 아들까지. 그것들을 떠올리자 심장이 저릿했다. 누구를 탓할 수 있을까. 결국 자신 때문에 벌어진 일이었다.

"면접 교섭권 같은 건 바라지 마. 나중에 호수가 커서 당신을 찾을지 어쩔지 모르겠지만…. 내가 키우는 동안엔 절대 안 돼. 내가 원하는 조건은 이거야."

남편은 10년간의 결혼 생활을 조용히 끝내는 대신, 단 한 가지 조건을 내걸었다. 처음엔 버텼지만 결국 그의 뜻대로 할 수밖에 없었다. 아들을 볼 수 없다는 사실은 참기 어려운 고통이었다. 그보다 자신의 잘못으로 인해 아이가 상처받는 게 더 두려웠다.

한산한 거리와 달리 버스 안은 제법 많은 사람으로 붐볐다. 승객들 사이를 비집고 들어간 주하는 간신히 자리 잡고 서서 창밖을 쳐다봤다. 유리창에 비친 얼굴은 이미 지쳐 보였다. 아직 수업하기도 전인데 벌써 이러면 어떡하나 싶어 한숨이 나왔다.

주하가 창작반을 운영하기 시작한 건 이혼 후였다. 한때는 돈 걱정 없이 오롯이 글만 쓰며 살았기에 다른 일을 해야겠다는 생각은 해 본 적도 없었다. 하지만 상황이 달라졌다. 매달 빠져나가는 월세와 생활비는 글을 써서 얻는 수입으로는 도저히 감당할 수 없었다.

주하의 글은 이제 밥이 되지 않는다. 이미 오래전부터 그랬는지도 몰랐다. 1년 넘도록 한 줄도 제대로 써내지 못했다. 출판사 편집자와 나누는 대화는 항상 비슷한 말로 끝났다.

"작가님, 저희 원고… 언제쯤 받아 볼 수 있을까요?"

"죄송해요. 조금만 더 기다려 주시면 안 될까요?"

창작반을 연 것은 선택이 아닌 생계를 위한 방편이었다. 뜻밖에도 가르치는 일은 주하에게 맞았다.

벌써 공모전에 당선된 수강생도 있었다. 주하의 말과 눈빛, 손끝에서 건져 올린 문장들이 누군가에게는 길이 되고, 출발선이 된 것이다. 그것만으로도 주하의 마음 한쪽이 위로받았다.

끼이익.

두 정거장을 지났을 무렵, 버스가 급정거했다. 그 바람에 주하의 몸이 앞으로 휙 쏠려서는 운전석 가까이 밀려났다. 기사가 다급히 외쳤다.

"아가씨! 손잡이 좀 꼭 잡아요!"

그 말이 주하에겐 마치 호통처럼 들렸다. 얼굴이 순식간에 화끈 달아올랐다. 민망하고 짜증도 나고 감정이 뒤엉켰다. 얼굴을 찡그린 채 손잡이를 단단히 움켜쥐었다.

그런데 문득 기사 말이 떠올랐다.

'아가씨라고?'

결혼도 했었고, 아이도 있고, 마흔도 넘은 자신에게 '아가씨'라니. 주하의 시선이 다시 차창에 비친 자신에게 향했다. 어깨를 타고 내려오는 긴 머리카락, 매끈하게 정리된 몸매, 또렷한 이목구비. 생각보다 괜찮았다.

'나 아직 살아 있네.'

내내 우울했던 마음이 버스 기사의 한마디 덕에 조금 가벼워졌다. 주하는 탈 때와는 달리 어딘지 모르게 당찬 걸음으로 버스 계단을 내려섰다.

"오늘부터 함께할 문우 지수원 씨를 소개합니다. 수원 쌤! 자기소개하고 인사 나누실래요?"

수업은 10시부터였다. 가끔 한두 명이 지각할 때도 있었지만, 오늘은 아무도 늦지 않아 바로 수업에 들어갔다. 게다가 새로 합류하는 수강생도 있었다.

"안녕하세요. 제 이름은 지수원이에요. 아시는 분이 계실지 모르겠지만 예전에 제 이름과 똑같은 탤런트가 있었어요. 그래서인지 한 번 이야기하면 금방 기억하시더라고요."

수원이 발그레한 얼굴로 인사했다. 동그란 얼굴과 달리 웃을 때 눈가에 주름지는 게 귀여웠다. 파마한 짧은 머리도 잘 어울렸다. 주하는 수원의 자기소개를 들으며 찬찬히 얼굴을 바라봤다. 오늘 처음 보는데 이상하게 낯이 익었다. 어디서 봤지? 분명 어디선가 본 것 같은데…. 곰곰이 생각해 봤지만 금방 떠오르진 않았다.

"아이가 어렸을 때 동화책을 많이 읽어 줬어요. 그러다가 동화의 매력에 푹 빠졌는데, 어느 날부턴가 내가 직접 써 보면 어떨까? 하는 생각이 들더라고요. 그래서 가끔 짧은 동화를 써서 아이에게 들려줬어요. 그럼 아이가 좋아하는 거예요. 그러다가 본격적으로 공부해 볼까 생각해서 들어왔어요. 아들이 작년에 초등학교 들어갔거든요."

수원의 자기소개는 유난히 길었다. 장황하게 이력을 늘어놓는 사이사이 주하의 얼굴을 슬쩍슬쩍 보는 것도 잊지 않았다.

"활기찬 분이 오신 것 같아서 기대되네요. 소개는 이쯤 하고 수업을 시작할까요? 오늘은 누구 작품부터 할까요?"

그런데 수업을 하는 내내 수원이 자꾸 주하를 힐끔거리며 시선을 거두지 않았다. 다른 수강생들이 말할 때도 시선은 주하에게로 향했다.

'왜 자꾸 나를 보는 거지?'

수원의 시선이 신경 쓰여 주하는 얼른 핸드폰 액정화면으로 자신을 비추었다. 얼굴에 뭐라도 묻었나 싶었지만 깨끗했다. 굳이 꼽자면 요즘 잠이 부족해 피곤해 보인다는 정도.

'괜히 신경 쓰이네.'

고개를 숙이며 다시 수강생의 작품으로 시선을 돌렸다. 어느덧 다섯 편의 합평이 끝났다. 시계를 보니 정오가 가까웠다. 주하가 수업을 마무리하려던 찰나, 수원이 느닷없이 입을 열었다.

"작가님! 오늘 제가 점심을 사고 싶은데 괜찮을까요?"

"수원 쌤이요?"

예상 밖의 제안에 주하가 눈을 크게 떴다.

"네. 오늘 첫날이잖아요. 앞으로 잘 부탁드린다는 의미로요. 쌤들 괜찮으시죠?"

수원이 수강생들을 둘러보며 웃고는 다시 주하 쪽으로 시선을 돌렸다. 그때였다. 별안간 수원이 소리 질렀다.

"어머! 그래, 어디서 많이 봤다 싶었는데…."

수원은 말을 흐리더니 급히 핸드폰을 꺼냈다. 몇 번 화면을 터치한 뒤, 주하 앞으로 핸드폰을 내밀었다.

"처음 작가님을 보는데 너무 낯이 익은 거예요. 그래서 계속 생각했는데 이제야 딱 떠올랐어요. 애랑 너무 닮았어요."

주하는 얼떨결에 수원이 내민 핸드폰 화면을 들여다보았다. 거기엔 야구복을 입고 친구와 어깨동무한 채 웃고 있는 호수가 있었다. 못 본 사이 한 뼘 자란 주하의 아들이 있었다.

"어머, 진짜 많이 닮았다."

다른 수강생들도 옆으로 와 사진을 들여다보며 감탄사를 터뜨렸다. 동시에 주하의 얼굴이 확 달아올랐다. 보고 싶던 아들의 얼굴을 불쑥 마주하니 울컥했다. 너무도 반가운데, 너무도 아려서 아무 말도 할 수 없었다.

수원은 마치 꽉 닫힌 수문을 연 것처럼 말을 쏟아 냈다.

"그죠? 우리 아들하고 절친이에요. 같은 반이고, 같은 아파트 단지에 살아서 자주 오가요. 그런데 집에 엄마 사진이 하나도 없다더라고요. 이혼했나 보더라고요."

함께 살 땐 집 곳곳에 주하 사진이 놓여 있었다. 지금은 하나도 남아 있지 않겠지. 이사하면서 두고 온 사진들은 아마 다 버려졌을 것이다.

"여긴 어디예요?"

간신히 입을 뗀 주하가 사진 속 장소를 물었다.

"아, 여기요? 망원한강공원에 있는 야구장이에요. 요즘 주말마다 이곳에서 야구를 배우거든요. 이 아이도 야구를 좋아해서 같이 다녀요. 그래서 주말엔 좀 바빠요. 픽업하느라."

순간, 귀가 번쩍 뜨였다. 호수가 주말마다 자신이 사는 합정 바로 근처까지 온다는 사실을 이제야 알게 된 것이다. 하긴 주말마다 도서관 강연이 있었고, 달리기는 새벽에만 했기에 호수가 야구를 하는 시간에 한강에 나가 본 적은 없었다.

"주말에 여기를 간다고요?"

"네. 덕분에 전 그 근처 스타벅스에 가서 여유롭게 브런치도 즐기고요. 아휴, 말이 길어졌네요. 배고프시죠? 얼른 나가요."

수강생들이 우르르 밖으로 나갔다. 방금만 해도 배가 고팠는데 지금은 아무것도 먹고 싶지 않았다. 그래도 주하는 수원을 따라나섰다. 이왕 이렇게 된 거, 아들에 대해 조금이라도 더 알고 싶었다.

식당으로 향하는 길, 주하의 머릿속엔 하나의 질문만 맴돌았다. 호수에 대해 어떻게, 무엇부터 물어야 할까?

3

일정을 마친 주하는 집으로 가는 대신 망원한강공원으로 갔다. 당장 야구장을 확인하지 않으면 안 될 것 같았다.

6월의 한강은 7시가 넘었는데도 환했다. 맑은 날씨 덕인지 평일인데도 생각보다 사람도 많았다. 특히나 젊은 연인들이 돗자리를 깔고 여기저기서 데이트를 즐기고 있었다.

야구장은 농구장과 축구 골대가 있는 공터를 지나 테니스장 바로 옆에 있었다. 뒤쪽으론 서울함공원이 있었다. 강에는 거대한 서울함이 보였다.

"여기였구나."

평소 달리던 코스가 아니라 서 있는 자리가 새로웠다. 몇 번이 방향으로도 뛴 적이 있지만 거의 새벽에 뛰기 때문에 야구장은 눈여겨보지 않았었다. 주하는 텅 빈 야구장 안을 들여다봤다. 주말이면 이곳에서 아들이 야구를 한다. 그 생각만으로도 꾹꾹 눌러 놨던 아들에 대한 그리움이 치고 올라왔다.

코끝이 찡해지더니 금방 눈물이 핑 돌았다. 못 본 사이 많이 자란 아들이 눈에 어른거렸다. 다신 볼 수 없을 거라고 여겼는데 볼 수 있을지도 모른다고 생각하니 가슴 한가운데 힘이 돌았다. 좋아! 주말에 꼭 오자. 멀리서라도 우리 호수를 꼭 보고 가야지.

다음 날, 주하는 평소와 다르게 야구장 방향으로 달렸다. 원랜 주말에 오려고 했지만 일어나니 마음이 바뀌었다. 아니, 몸이 저절로 그 방향으로 틀어졌다. 오늘은 수요일이니 아들을 볼 순 없겠지만 야구장 가까이 다가가기만 해도 마치 아들을 마주한 것처럼 마음이 놓일 듯했다.

5시를 갓 넘긴 시간, 어둠은 서서히 물러가는 중이지만 한강은 여전히 잠든 듯 적막했다. 간간이 걷는 사람들이 눈에 띄었다. 거의 노인들이었다. 아침저녁은 선선했으나 한낮의 더위는 한여름 그 자체였다. 더위를 피해 마음 편히 운동하려면 이 시간이 편할 것이었다. 주하는 천천히 뛰었다. 창밖을 감상하듯 느리게 달리면서 평소와 다른 풍경에 눈길을 던졌다. 조금 뛰고 나자 멀리 서울함과 함께 서울함공원이 보였다.

곧 야구장 앞에 도착했다. 어제 섰던 자리에 우뚝 서 안을 들여다봤다. 야구장 안은 어제나 지금이나 똑같이 텅 비었다. 주하의 마음처럼 휑뎅그렁했다. 한차례 모래바람이 불면서 사방의 현수막이 펄렁거렸다. 가을도 아닌데 왠지 스산하게 느껴졌다.

"끙."

나도 참 주책이지, 하며 주하는 몸을 돌렸다. 그때 불현듯 눈에 뭔가가 걸렸다. 얼른 조금 전 방향으로 다시 눈길을 돌렸다. 멀리 야구장 반대 방향에 누가 있는 것 같았다. 자그마한 체구인 걸로 미루어 아이 같았다. 이 이른 시간에 운동 나왔나? 주변을 둘러봐도 부모로 보이는 사람은 없었다. 그러다 뒤편의 화장실이 눈에 걸렸다. 아무래도 같이 온 부모는 화장실에 간 모양이라 생각하며 주하는 성산대교 방향으로 달려갔다.

주말이 되기 전까지 주하는 틈만 나면 야구장 근처를 배회했다. 그러나 막상 주말에는 야구장에 가지 못했다.

"미안해, 홍작! 하필 강연하기로 한 작가가 여름 감기에 걸릴 게 뭐야? 제발 부탁인데 와서 강의 한 번만 해 줘."

"내가 하던 강의도 아닌데 어떻게 해?"

"그건 내가 알아서 할 테니까 와서 그냥 해 줘."

작은 서점을 하는 친구가 금요일 밤에 강연을 부탁해 왔다. 주하는 일언지하에 거절하고 싶었지만 친구의 다급함을 알기에 차마 그럴 수 없었다.

"알았어. 몇 시까지 가면 되는 거야?"

토요일에 볼 수 없다면 일요일에 보자 생각하고, 승낙했다.

드디어 일요일. 아침부터 안절부절, 불안과 설렘이 번갈아 몰려왔다. 롤러코스터를 타는 듯한 감정의 파도 속에서도 주하는 씻고, 화장하고, 옷을 골랐다. 벌써 커피를 두 잔이나 마신 터라 심장은 빠르게 뛰고 있었다.

주하는 재빨리 한강으로 향했다.

토요일도 날씨가 좋았지만, 일요일은 완벽했다. 비가 온 다음 날처럼 청명했다. 바람도 적당히 시원했다. 주하는 챙겨 온 양산부터 펼쳤다. 전남편을 마주칠지도 모른다는 생각에 준비한, 일종의 방패였다.

야구장이 가까워지자 호흡이 가빠졌다. 긴장한 탓이었다. 주하는 걷던 발걸음을 멈추고 가로수 그늘 속으로 들어갔다.

"후욱, 후욱…."

몇 차례 깊은숨을 내쉬니 지나가던 사람들이 이상한 눈빛을 보냈다. 한참을 그렇게 서 있다가 다시 천천히 야구장 쪽으로 걸음을 옮겼다. 이제 곧 아들을 볼 수 있다는 생각에 온몸이 저릿저릿 떨렸다. 야구장이 가까워질수록 심장은 더 크게 뛰었다. 야구장이 훤히 보이는 지점에 이르렀을 때, 주하는 결국 발걸음을 멈췄다. 무심코 학부모들이 앉아 있는 벤치를 봤는데, 아이 아빠가 있어 몸이 굳어 버렸다.

"절대! 호수 앞에 나타나지 마! 만약에 호수 앞에 나타나면 그땐 그간의 일을 모두 까발릴 테니까."

남편이 마지막으로 남긴 말이 귓가에 쩌렁쩌렁 울렸다.

"흐읍!"

주하는 얼른 몸을 돌려 옆 테니스장 펜스에 몸을 기댔다. 그러고는 거칠게 호흡을 가다듬었다.

"화이팅~~~~~!"

야구장 안에서 선수들의 함성이 들렸다. 분명 호수의 목소리도 있겠지. 온 얼굴에 땀방울을 달고 힘차게 공을 던지거나 배트를 휘두르며 내는 아이의 소리가.

"캬악."

겨우 마음이 진정될 무렵, 누군가의 가래침 뱉는 소리에 화들짝 놀랐다. 놀란 주하는 얼른 테니스장과 축구장 사잇길로 빠져나갔다. 누가 뒤쫓아 오는 것도 아닌데 걸음은 점점 빨라졌다. 덕분에 호흡도 가빠져 길을 다 빠져나왔을 땐 이마에 땀방울까지 맺혔다. 주하는 손등으로 얼른 이마에 난 땀을 닦았다. 손수건이 필요할 정도였다. 그늘을 찾아 망원안내센터 건물 앞 그늘진 곳으로 갔다. 가방을 뒤적거리며 손수건을 찾았지만 보이지 않았다. 신경질적으로 계속 가방 안을 뒤적거리는 바람에 립스틱 하나가 툭 떨어져 데굴데굴 앞으로 굴러갔다.

"휴우!"

가지가지 하네. 얼른 쭈그려 앉아 립스틱을 주운 주하는 천천히 일어나며 고개를 들었다. 유난히 강한 햇살이 눈을 찔렀다. 순간 눈앞이 번쩍하며 어질어질해졌다. 주하는 본능적으로 눈을 감았다가 천천히 다시 떴다. 몇 미터 앞, 화장실 입구에 한 소녀가 보였다. 자신을 바라보고 있는 듯한 시선에 주하는 얼른 립스틱을 가방에 넣었다. 그러곤 다시 고개를 들었다. 소녀는 여전히 그 자리에 서 있었다. 자꾸 눈길이 갔다. 요즘 아이들 차림새와는 많이 달라서일까? 짧은 단발에 빛바랜 민소매 원피스, 앙상한 팔다리. 마르고 야윈 얼굴엔 커다란 눈만 보였다. 딱 '몽실언니' 스타일이었다. 몽실언니를 닮은 소녀가 주하를 뚫어져라 바라보고 있었다. 괜히 찔리는 기분이 들어 주하는 움찔했다.

'혹시 아는 애인가?'

주하는 고개를 갸웃거리며 소녀를 찬찬히 살폈다. 낯이 익지는 않다. 혹시 뒤에 나 말고 누가 있나? 슬쩍 뒤돌아봤지만, 곁엔 아무도 없었다. 100미터쯤 떨어진 곳에서 자전거를 타고 오는 사람이 두어 명 보일 뿐이었다.

다시 몸을 돌렸다. 조금 전까지 소녀가 서 있던 자리에 더이상 소녀는 없었다. 대신 썬 캡을 쓴 몸집 큰 중년 여성이 화장실에서 내려오는 게 보였다. 의아한 주하는 고개를 천천히 갸웃했다. 어딘가 현실 같지 않은 기분이었다. 기다리고 기다렸던 아들은 끝내 모습을 보이지 않았고, 대신 꿈결처럼 나타난 낯선 소녀로 인해 잠시 멍해졌다. 아들을 만나러 온 길인데, 전혀 다른 세계의 문턱 앞에 서 있는 듯했다.

4

이후 주하는 틈만 나면 야구장 부근을 배회했다. 정작 아들이 오는 주말에는 근처에 얼씬도 못 하면서 평일에만. 그때부터 이상한 일이 벌어졌다. 아니, 벌어졌다기보다 자꾸 보게 되는 사람이 생겼다.

바로 그 소녀였다. 몽실언니처럼 짧은 단발에 민소매 원피스를 입은.

주하는 야구장 근처에 갈 때마다 소녀를 보았다. 매번 가는 시간대가 다른데도 신기하게 그때마다 소녀가 있었다. 새벽, 오전, 오후, 심지어는 조금 어둑한 밤에도 늘 있었다. 날씨와도 상관없었다. 비 오는 날엔 비를 맞으며, 바람이 부는 날엔 바람을 맞으며 서 있었다. 소녀가 서 있는 자리가 같진 않았지만 늘 주하의 맞은편 쪽에서 지켜보듯 주하를 바라봤다.

주하는 점점 그 소녀가 궁금해졌다. 어디에 사는지, 왜 그곳에 있는지, 학교엔 가는지, 부모님은 계신지. 마음 같아선 붙잡고 이야기하고 싶은데 그러지 못했다. 늘 달리다가 봤고, 잠깐 멈춰 있을 땐 멀어서 다가갈 수 없었다.

한 달이 지난 어느 주말이었다. 내내 전남편과 마주칠까 봐 발길을 끊었던 야구장으로 다시 나갔다. 대신 전남편이 스치고 지나가도 못 알아볼 만큼 변장했다. 짧은 가발과 챙이 넓은 모자, 그리고 짙은 화장에 선글라스. 평소 잘 안 입던 공주풍 원피스까지 입고 나섰다.

"하아, 더워."

7월의 한강은 더워도 너무 더웠다. 온몸의 땀샘이 터졌는지 얼굴이고 등이고 땀이 줄줄 흘렀다. 치렁치렁, 덕지덕지 치장했으니 당연한지도 몰랐다. 이런 날씨에도 야구 연습을 할까 싶은 의구심이 들었다.

다행히도 연습은 하고 있었다. 중천에 뜬 해가 지글지글 끓어도 아이들은 훈련하느라 여념이 없었다. 똑같은 유니폼을 입은 아이들이 한쪽에선 공 던지기 연습을 하고, 한쪽에선 배트를 쥐고 타격 연습을 했다. 사이사이 함성은 또 얼마나 우렁찬지. 뜨거운 더위도 주춤할 정도였다.

주하는 그늘만 찾아 걸으면서도 은근슬쩍 야구장으로 시선을 돌렸다. 힐끔거리면서도 행여 아들을 볼 수 있을까 조심하며 걸었다. 어쩐 일인지 서울함공원에 도착할 때까지 호수는 보이지 않았다. 찾기 힘들었다는 게 맞을 것이다. 키가 큰 아이들과 작은 아이들의 차이는 엄청났지만 같은 유니폼과 모자 때문에 좀체 구분하기 힘들었다.

다시 길을 돌려 이번엔 수상택시 정거장 방향으로 걸었다. 이번엔 아까보다 더 자주 야구장 방향을 쳐다봤다. 저 멀리 부모들이 참관하는 벤치엔 몇 안 되는 어른이 보였다. 멀리서도 전남편은 없는 것 같아 안심이었다. 그렇다면 오늘이 아들을 보기에 안성맞춤일까.

하지만 전남편이 오지 않았다는 행운은 아무런 소용이 없었다. 아들도 없었기 때문이다. 아들이 없으면 전남편이 있거나 말거나 의미가 없었다.

잔뜩 기대했던 탓에 실망도 컸다. 주하는 털레털레 집 방향으로 걸었다. 그런데 허탈함과 상관없이 요의가 밀려왔다. 다행히 망원안내센터 옆 화장실이 보였다. 화장실을 보자 더 급해졌다.

"흐아, 시원해."

바깥의 뜨거운 기운 때문인지 화장실 안은 두 배로 시원했다. 서둘러 볼일을 본 주하는 잠시 에어컨 아래에 서서 땀을 식혔다. 진득거리는 땀을 식히며 유리문으로 바깥을 봤다. 다시 뙤약볕으로 나가는 게 엄두가 안 났다. 망설이는 사이, 그 소녀가 주하 눈에 띄었다.

"어?"

반가운 마음에 주하는 서둘러 문을 활짝 열고 밖으로 나갔다. 오늘은 기어코 말을 나눠 보리라 마음먹고 있던 터였다.

"더운데, 거기서 뭐 하고 있어?"

경계를 늦추고자 주하는 최대한 부드럽게 말을 건넸다.

소녀는 대답하지 않았다. 눈만 동그랗게 뜬 채로 주하를 말없이 바라봤다.

"덥지? 아이스크림… 사 줄까?"

말을 꺼내고 나서야 아차 싶었다. 아들에겐 모르는 사람이 뭘 사 준다고 해도 절대 따라가지 말라고 가르쳤는데 정작 자신이 그 '모르는 사람'처럼 굴고 있었다.

"어디 살아?"

급히 화제를 돌리며 조심스레 눈치를 살폈다. 소녀는 여전히 말이 없었다. 그저 주하만을 뚫어지게 바라볼 뿐이었다. 그 순간, 주하의 눈에 들어온 건 소녀의 팔과 다리였다. 얼룩덜룩하고 색이 다른 피부. 거무스름한 자국, 누렇게 번진 부분, 갓 든 듯 붉은 멍…. 여기저기 잘 부딪히는 아이들에게 있는 평범한 상처라고는 보기 힘든 흔적들이었다.

"누가… 때린 거야? 말해 봐."

주하가 가까이 가자 소녀가 움찔하며 뒤로 물러났다. 주하는 멈추지 않고 다시 다가갔다. 그러자 소녀가 불쑥 등을 돌리더니 달리기 시작했다.

"잠깐만! 얘, 기다려 봐. 나랑 말 좀 하자!"

주하도 달렸다. 양손으로 치렁치렁한 원피스 자락을 움켜쥐고 소녀를 쫓았다. 하지만 소녀의 발놀림은 놀랄 만큼 가벼워서 따라잡을 수가 없었다. 소녀는 어느새 망원나들목 쪽으로 달아나더니 순식간에 시야에서 사라졌다.

"하아… 하아…."

주하는 허리 숙인 채 헐떡였다. 일주일에 세 번은 달리는데도 오늘은 유난히 숨이 거칠었다. 아직도 두근거리는 심장을 진정시키며 주변을 둘러보았다. 이쪽 방향은 처음이었다. 조금 더 나가자 낮은 주택들이 드문드문 눈에 띄었다.

"근처에 사나 보네…."

주하는 작게 혼잣말했다. 소녀의 멍든 몸이 머릿속을 떠나지 않았다. 언뜻 보인 눈빛도 불안했다. 특히 말없이 달아나는 모습이 위태로워 보였다. 주하는 학대받는 아이들은 낯선 어른을 더 겁내고, 사람과의 접촉을 무서워한다는 걸 알고 있었다. 낯선 어른의 접근은 소녀에게 갑작스럽고 무서운 일이었을 거다. 그렇다면 오늘은 여기까지. 다음 기회를 노려야겠다. 주하는 남은 숨을 조용히 내쉬며 다시 발걸음을 돌렸다.

—작가님! 저 오늘 수업 못 나가요. 집에 일이 있어서요. 다음 주엔 꼭 가겠습니다. 죄송해요.

막 수업을 시작하려던 찰나, 수원에게서 문자가 도착했다. 곧 여름방학이다. 호수에 대해 물어보고 싶은 게 많은데. 수업에 빠지겠다는 말에 괜스레 맥이 풀렸다.

—네, 알겠습니다. 혹시 집에 무슨 일이 생긴 건 아니죠?

답장은 오지 않았다. 괜히 걱정됐다. 진짜 안 좋은 일이라도 생긴 건 아닐까. 자꾸만 마음이 불안해졌다.

30분쯤 지났을 무렵, 핸드폰 진동음이 울렸다.

—아니요. 아이 때문이에요. 다음 주에 말씀드릴게요. ㅎㅎ

아이 때문이라고? 호수와 관련된 일인가 싶어 더욱 궁금해졌다. 손이 저절로 액정 위로 갔지만, 이내 멈췄다. 더 물으면 오지랖이다.

하지만 궁금증은 쉽사리 사그라들지 않았다. 주하는 하루에도 몇 번씩 수원의 문자를 떠올렸고, 그때마다 온갖 상상을 했다.

그리고 마침내 화요일이 돌아왔다. 수업에 온 수원을 통해 궁금증이 풀렸다.

"전에 보여드린 사진 기억나세요? 왜 작가님 닮은 애 보여드렸잖아요? 그 아이가 필리핀으로 연수를 간대요. 그것 때문에 울 아들이 며칠 속상해했어요. 자기도 가면 안 되냐고 떼쓰고. 사실 그 아이도 우리 아들이랑 계속 야구하면서 한국에 있고 싶어 했는데 아빠가 무조건 보내는 거라 난리가 아니었어요. 그래서 둘 데리고 송별 파티를 해 줬어요."

수원은 핸드폰을 꺼내 사진을 보여 주었다. 근접 샷이라 얼굴이 한층 또렷했다. 두 아이는 양쪽에 서서 피자 조각 하나씩을 입에 물고 있었다.

'호수야….'

주하는 속으로 아들을 불렀다. 그러곤 입을 틀어막았다. 소리가 새어 나올까 싶어 겁났다.

"둘이 어찌나 죽고 못 사는지, 요즘 애들 같지가 않아요. 그 사이에서 저만 죽겠어요."

"그 아이는 언제 돌아온대요?"

주하가 최대한 무심한 듯 담담히 물었다.

"1년쯤이라고 했지만… 잘 모르겠어요. 울 아들 달래려고 그렇게 말한 거고, 아이 아빠는 더 길게 생각하나 보더라고요."

툭. 주하가 손에 쥐고 있던 펜이 테이블 위로 떨어졌다. 손끝이 떨렸다. 이제 다시는 아들을 못 보는 걸까. 갑작스러운 소식에 숨이 가빠지고 눈앞이 흐려졌다. 수강생들 앞에서는 내색할 수 없었다. 무슨 정신으로 수업했는지도 기억나지 않았다.

"그럼 오늘은 이만 정리할까요?"

겨우 목소리를 다잡아 말했다. 수강생들이 가방을 챙기며 일어섰다. 같이 점심 먹자는 누군가의 제안에 주하는 웃으며 거절했다.

주하는 조용해진 강의실에 주저앉았다.

"으어엉…."

억눌렀던 감정이 한꺼번에 터졌다. 울음소리는 커다랗고 거칠었다. 스스로 듣기에도 낯선 소리였다. 같은 서울 하늘 아래 살아도 못 보는 건 매한가지라고 스스로를 위로해 봤지만 소용없었다. 보고 싶다고, 마음먹는다고 만날 수 있는 거리가 아니었다.

그날 저녁, 주하는 눈이 퉁퉁 부은 채 집으로 돌아왔다. 에어컨을 켜지 않았는데 집은 이상하게 싸늘했다. 침대로 가서 쓰러지듯 누웠다.

5

짙은 먹구름이 온 하늘을 숨 막힐 듯 짓눌렀다. 한 걸음 내디딜 때마다 발밑의 그림자는 더 짙어지고 어두워졌다. 금방이라도 비가 쏟아질 것 같은 적막 속에서 바람 소리만이 요란했다. 윙윙, 마치 벌떼처럼 울어대는 바람 소리에 무섬증이 일었지만 주하는 무시했다. 가슴 위 바위를 걷어 내는 데는 달리기 만한 게 없었다. 한참을 쉬지 않고 달렸다. 숨을 쉴 때마다 더운 공기가 불에 타는 듯 목을 태웠다. 입술은 점점 더 말라갔고 혀도 바짝 탔다. 두 다리는 조금도 앞으로 나갈 수 없을 만큼 무거워졌다.

"헉헉."

한참 달리던 주하는 달리다 말고 멈췄다. 허리를 숙이고 서서 거칠게 쏟아져 나오는 숨을 토해 냈다. 온몸에서 줄줄 흐르는 땀이 땅 위로 뚝뚝 떨어졌다. "젖었네!" 나지막이 중얼거리며 고개를 들었다. 그때 이마 위로 빗방울이 떨어졌다. 먹구름도 우르르 몰려와 아까보다 더 어두워졌고, 강물 위로도 빗방울들이 떨어지기 시작했다.

"하아~~ 좋다!"

간만에 달리고 나니 상쾌했다. 주하는 물끄러미 강물 위를 바라봤다. 그때 가양대교 쪽에서 뭔가 검은 물체 하나가 둥둥 떠내려왔다. 크기는 성인만 한 까만 물체였는데 언뜻 관처럼도 보였다. 주하는 잠시 상상했다. 혹시 누가 사람을 죽여 나무짝에 실어 보냈나? 살짝 소름이 끼치면서도 왠지 궁금해졌다. 주하는 검은 물체를 가까이 볼 수 있는 위치로 향했다. 거의 손에 닿을 듯한 거리에 섰을 때 무심코 강물 속을 보았다.

"으악!"

주하는 너무 놀라 그대로 엉덩방아를 찧었다. 물속에서 뭔가 나풀거려 수초인가 했는데 아니었다. 놀랍게도 여자의 머리카락이었다. 길고 검은 머리카락이 물결을 따라 한들거리며 움직였다. 그리고 그 사이로 한 얼굴이 어슴푸레 드러났다. 어린아이의 얼굴이었다.

'누구지?'

놀라움 속에서도 누구인지 알고 싶다는 궁금증이 일었다. 설명할 수 없는 강한 호기심이 순식간에 두려움을 덮어 버렸다. 어디에서 그런 용기가 솟았는지 알 수 없었다. 주하는 덥석 몸을 앞으로 숙여 다시 물속을 들여다봤다. 그리고….

"아아아아악!"

비명과 함께 벌떡 일어났다. 꿈이었다. 마치 100미터 달리기라도 한 것처럼 거친 숨이 몰아쉬어졌다. 등에선 땀이 흘러내렸다. 주하는 가슴 위에 손을 올리고 한참을 안도의 숨을 내쉬다 문득 꿈속 얼굴을 떠올렸다. 어디서 본 얼굴인데, 분명히 익숙한 얼굴인데….

"캑!"

숨이 목에 걸렸다. 그건 툭하면 주하 앞에 나타나던 그 소녀였다. 순간, 벼락 맞은 듯 초조함이 밀려왔다. 소녀의 멍든 팔다리도 아른댔다. 혹시… 위험한 상황이라고 나에게 꿈으로 신호를 보낸 건 아닐까?

주하는 자리에서 일어나 핸드폰을 들었다. 새벽 3시였다.

"지금… 뭘 할 수 있지?"

중얼거리며 밖을 내다봤다. 아직 어둠이 깊었지만 가만 앉아 있을 수만은 없었다. 단순한 꿈이 아니길 바라면서도, 동시에 그냥 꿈이었기를 간절히 바랐다.

잠깐 눈을 붙인다는 게, 눈떠 보니 아침 9시였다.

벌떡 일어난 주하는 간밤의 꿈이 또렷이 떠올랐다. 심장이 쿵, 하고 내려앉았다. 대충 옷을 갈아입고 망원한강공원으로 달려갔다.

"있다….!"

혹시나 했는데 정말 소녀가 있었다. 강가 난간에 걸터앉아 있는 그 작은 등을 보자, 주하의 심장이 요동쳤다. 망설일 틈도 없이 발걸음을 재촉했다. 속으로는 "거기 너!" 하며 큰 소리로 부르고 싶었는데 꾹 참았다. 한마디만 잘못해도 또 도망칠 게 분명했다. 그 아이는 늘 그랬다. 다가가려 하면 순식간에 사라졌다. 주하는 사뿐사뿐 조심히 다가갔다. 그러나….

휙!

별안간 소녀가 뒤를 돌아봤다. 찰나의 순간이었다. 그리고 망설임 없이 달렸다.

"안 돼! 잠깐만, 얘기만 하자고!"

주하는 다급히 소리쳤지만 소녀는 이미 망원나들목을 향해 내달리고 있었다. 그 뒤를 쫓는 주하의 다리가 휘청거렸다.

"하악, 하악!"

잠을 설친 탓인지 발걸음이 무거웠다. 소녀의 머리칼이 한 줄기 바람처럼 휙휙 흔들리며 저만치 멀어져 갔다.

나들목을 빠져나온 주하는 그대로 도로 옆에 멈춰 섰다. 숨을 몰아쉬며 두리번거렸다. 어느새 주택가였다. 그러고 보니 지난번에도 이쯤에서 소녀가 사라졌다. 그때였다. 잔상처럼 스쳐 가는 그림자. 소녀는 고양이처럼 재빠르게 골목 사이로 몸을 숨겼다.

"저기다!"

주하는 잽싸게 그 방향으로 달려갔다. 조금 전 소녀의 그림자가 사라졌던 한 주택 앞에 멈췄다. 주변 집들과 달리 높다란 대문과 담장이 있는 집이었다. 나무로 된 울타리가 둥글게 둘러싸여 사람들의 시선을 막고 있었다. 그리고 그 틈. 담장 밑의 나무 사이로 파헤쳐진 작은 구멍이 있었다.

주하는 쭈그리고 앉아 그 틈을 들여다봤다. 개구멍은 어른의 팔뚝만 했다. 어둠이 뚫려 있는 듯한 그 틈을 들여다보며 주하는 아찔한 상상을 펼쳤다. 사람이 드나들기에 턱없이 좁아 보이지만 왜소한 소녀라면 가능할 수도 있다. 도대체 이 집에선 무슨 일이 일어나고 있는 걸까?

주하는 무릎을 털고 일어나 대로변 쪽으로 나섰다. 누군가 이 집의 비밀을 알고 있을까? 주위를 둘러보니 따가운 햇빛만 대지를 짓누르고 있었다. 움직이는 사람은커녕 바람 한 점 없었다. 그러다 맞은편의 편의점 간판이 눈에 들어왔다. 유리창 너머로 희미하게 선풍기 바람에 나부끼는 광고지가 보였다. 주하는 더위에 등을 밀리듯 그쪽으로 천천히 걸음을 옮겼다.

딸랑.

도어벨이 울리는 동시에 카운터 안쪽에서 졸고 있던 60대 여자가 흠칫 놀라 외쳤다.

"어서 오세요!"

주하는 짧게 고개 숙이고 곧장 냉장 코너로 향했다. 목이 마르고 배도 고팠다. 물 한 병과 바나나 우유를 꺼냈다.

"2,900원입니다."

"저기요, 사장님. 한 가지만 여쭤봐도 될까요?"

주하는 카드를 내밀며 조심스럽게 말을 건넸다. 여자는 눈 짓으로 말해도 된다는 신호를 보냈다.

"저기, 큰 대문 있는 주택 있잖아요? 담장은 나무로 둘러 있고요."

"아, 서연이네 집 말하는 거구먼."

여자는 카드 단말기에서 결제 영수증을 뽑아 주하에게 건넸다. 무료하던 참이었는지 목소리에 생기가 돌았다.

"그 집, 동네에선 좀 유명해요. 젊은 부부가 사는데 말도 못하게 착한 사람들이에요."

"착한 사람들이요?"

"응. 애를 셋이나 입양했거든. 자기들 아이는 어릴 때 교통사고로 잃고, 그 뒤로 아이들을 입양해서 키웠대. 진짜 대단하지."

주하는 바나나 우유 뚜껑에 빨대를 꽂다 말고 멈칫했다.

"근데 말이야…."

여자의 표정이 살짝 어두워지더니 고개를 돌려 주위를 힐끔 살폈다. 편의점 안에 두 사람 말고는 아무도 없었다. 그런데도 여자는 목소리를 낮췄다.

"그 집 아이들이 자꾸 아프더라고. 한 명은 병원에 들락날락하다 작년에 결국 죽었다지 뭐야."

"죽었다고요?"

"응. 그랬다더라고요. 나도 직접 본 건 아니지만…. 그게 단순한 병이 아니라는 말도 있고…. 하여간 동네 사람들 사이에서도 말이 많았어."

여자는 한참을 머뭇거리다가 결국 말을 잇지 않았다. 조금 전엔 '젊은 부부가 착하다'고 하지 않았나? 아무리 봐도 하고 싶은 말이 있는 느낌이었다. 주하는 바나나우유를 움켜쥔 채 조용히 숨을 골랐다. 후텁지근했는데 알 수 없는 오한이 등줄기를 타고 스며들었다.

주하는 어색하게 웃으며 편의점 밖으로 나올 수밖에 없었다. 다시금 담벼락 너머의 집을 바라봤다. 말끔하게 정돈된 외관, 나무로 둘러친 담장, 큼직한 대문까지. 겉으론 평화로워 보이지만 주하의 눈엔 그 고요함이 오히려 불길하게 느껴졌다.

'문제가 있어…. 분명히 뭔가 이상해.'

하지만 이내 한숨이 새어 나왔다.

"내가 뭘 어떻게 할 수 있지?"

손에 든 물병을 열어 한 모금 마셨다. 차가운 물이 목을 타고 넘어갔지만, 마음속 갈증은 조금도 가시지 않았다. 주하는 천천히 발걸음을 돌려 나들목 쪽으로 향했다. 굴다리를 빠져나오자마자 땡볕이 머리를 정통으로 때렸다. 숨이 턱 막히는 열기였다.

'이 길을 걷는 것도 벌이네.'

머리가 어질어질했다. 얼른 그늘을 찾아야 했다. 주하는 한 손으로 이마를 짚고 저만치 보이는 서울함공원 쪽을 바라봤다. 등나무 벤치 하나가 흐릿하게 눈에 들어왔다. 땀에 젖은 발걸음이 갈수록 빨라졌다. 걷다가 거의 뛰다시피 벤치 앞으로 다다랐을 때 숨을 몰아쉬었다.

"헉… 헉."

남은 물을 벌컥벌컥 마시고는 벤치에 털썩 주저앉았다. 머리가 식기도 전에 눈앞에 익숙한 풍경 하나가 들어왔다. 맞은편의 야구장이었다.

"파이팅!"

예전의 함성이 환청처럼 들렸다. 주하는 눈을 질끈 감았다. 한 순간 코끝이 찡해지더니 뜨거운 눈물이 뺨을 타고 흘러내렸다.

텅 빈 야구장 저편에서 아들의 모습이 어른거렸다. 자그마한 몸으로 야구 배트를 휘두를, 그물망에 공을 던지며 함박웃음을 지을, 그리고 친구들과 하이파이브를 나눌 반짝이는 손.

주하는 무릎 사이에 얼굴을 묻고 조용히 흐느꼈다. 이내 목울대가 떨리고 어깨가 흔들렸다. 그런데 그 순간, 머릿속에 또 다른 얼굴이 떠올랐다. 오늘 하루 내내 쫓았던 소녀. 그리고 편의점 여자의 이야기. 입양, 병원, 죽음… 같은 단어들이 이어지자 불현듯 오래전 기사 하나가 떠올랐다. 입양한 아이를 지속적으로 학대하다 결국은 죽음에 이르게 한 사건이었다. 모두가 '그럴 리가 없다'고 했지만, 진실은 집 어딘가에 숨어 있었다.

눈물이 마르기도 전에 주하는 자리에서 벌떡 일어섰다. 머릿속에 또렷한 문장 하나가 맴돌았다.

'모두가 모른 척하면, 결국 아이는 죽는다.'

주하는 핸드폰을 꺼내 들었다. 손가락이 떨렸지만 주저하지 않았다. 당장 그 집을 아동학대로 신고해야 한다.

"어디에 전화해야 하지? 그래, 112!"

숫자 버튼을 빠르게 누르기 시작했다. 1, 1….

그런데 손끝이 멈칫했다. 정확한 위치도 주소도 몰랐다. 마음만 급해 중요한 걸 놓치고 있었다. 신고한다고 해도 설명할 수 있는 게 부족했다. 직접 찾아가자!

주하는 곧장 지도 앱을 켰다. 가장 가까운 곳은 '망원한강치안센터'였다. 거리는 코앞이었다.

"그래, 거기로 가자."

숨을 고르며 핸드폰을 내려놓았다. 느슨해진 운동화 끈을 조였다. 물병은 오른손에, 핸드폰은 왼손에 단단히 쥐었다. 아들은 지키지 못했다. 외국에 가는 걸 막을 수 없었다. 자신의 잘못이 부른 결과였다. 아직도, 앞으로도 오래 마음 깊이 커다란 죄책감을 갖고 살 것이다. 하지만 이 소녀만은, 이번만큼은 포기할 수 없다. 이 아이를 구할 수 있다면, 어쩌면 아들을 다시 만날 자격이 주어질 수도 있지 않을까. 근거 없는 믿음이었지만, 주하에게는 그것으로 충분했다. 그 믿음으로 한 발 내디뎠다.

허공을 가르며 앞으로 나아간 발끝엔 설명할 수 없는 묵직한 결심이 실려 있었다. 그럼 됐다. 주하는 전력으로 달리기 시작했다.

차무진

한국 장르문학에서 대중성과 문학성을 고루 갖춘 작가로 평가받는다. 슬픔 뒤의 악함, 반전 속 유머, 서정이 깃든 공포 등 이율배반적인 서사에 능하다. 장편소설 『김유신의 머리일까?』로 데뷔했다. 장편소설 『해인』 『모크샤, 혹은 아이를 배신한 어미 이야기』 『인 더 백』 『여우의 계절』, 소설집 『아폴론 저축은행』, 작법서 『스토리 창작자를 위한 빌런 작법서』, 에세이 『어떤, 클래식』 외 다수의 앤솔러지를 썼다.

귀신은 사람들을 카페로 보낸다

1

"들어올 때 문 좀 세게 닫지 말아요, 사장님."

지연은 자신이 밀고 들어온 카페 문을 돌아봤다. 상부에 달아 놓은 종에서 여전히 퍼지는 미음(微音). 지연은 와플을 보관하는 유리 선반 옆에 서서 제빙기 얼음을 주방용 락앤락 상자에 퍼 담는 아르바이트생 유준의 등을 물끄러미 바라봤다. 검은색 슬랙스 속 그의 긴 다리와 니트 안에 있을 골 팬 등을 상상했다.

유준이 고개를 돌렸다. "왜요?"

"뭐가?"

"왜 그렇게 보시냐고요."

"보면 안 되냐?"

"하고 싶어요?"

"홍."

지연이 맥 빠진 표정으로 몸을 돌렸다. 유준은 지연을 보다가 혀를 한번 차고는 빙삭기에서 꺼낸 얼음 가루에 차가운 우유를 부었다.

"사장님, 어제 또 못 주무셨죠?"

지연은 구석 테이블에 털썩 앉았다.

일명 테라스 테이블이라고 불리는, 전면 유리로 둘러싸여 사방에 한강이 보이는 독립적인 공간에 놓인 그 테이블은 이 카페의 가장 인기 좋은 자리다. 그녀는 틈만 나면 거기 앉아 있었다. 그것은 손님이 늘 없다는 소리였다.

천장 모서리에 달아 둔 제네릭 스피커에서는 켄드릭 라마의 '낫 라이크 어스(Not Like US)'가 흐르고 있었다.

"야, 음악 좀 바꿔라."

유준은 음악을 바꾸지 않고, 제 할 일만 했다. 허리를 숙여 과일을 꺼내고, 망고를 꺼내고, 연유 통조림을 따고, 깎아 놓은 과일들도 소분해서 락앤락 통에 담고.

"아. 음악 좀 바꾸라고!"

지연이 소리쳤다. 그녀 앞에 턱, 빙수가 나왔다. 스펀지 같은 흰 얼음 위에 딸기 시럽을 걸쭉하게 올렸다. 손님에게 내놓지 못하는 갈변한 바나나와 못생긴 키위, 망고 따위도 보였다.

"드세요."

"음악 좀 바꾸라고 몇 번이나 말해."

유준이 옆에 앉으며 대꾸했다.

"그냥 들어요. 좋구만. 사장님 스트리밍이 끊겨서 제 걸로 연결했어요."

"스포티파이가 끊겨?"

"돈 안 냈더만."

"언제부터 끊겼어?"

"며칠 되었어요."

"그걸 왜 이제 말해?"

잘생기고 피부 좋은 알바생은 물러 터진 망고를 입에 넣고 우물거렸다.

"내가 계속 가게에 있으니까 내가 좋아하는 음악 듣는 거예요. 손님도 없는데."

지연은 괴로운 표정으로 머리를 헝클었다.

"얼굴이 맛 갔네. 못 잔 거 맞죠? 무슨 일 때문에 그래요? 어머니 상태가 많이 안 좋아요?"

대답하지 않았다.

"병원엔 언제 갔어요?"

대답하지 않았다.

"대출은 아직 안 나왔다고 그랬죠?"

한강을 응시할 뿐 대답하지 않았다.

"설마, 그거? 으아아. 그거네. 저번에 양평에서 우리가 긁은 벤틀리! 그 차 주인한테 연락이 왔구나, 그죠?"

무표정하게 대꾸하지 않았다.

"그때 모텔에서 나오다가 긁은 차 때문에 얼마나 쫄았는데요. 내가 그것 때문에 한동안 잠을 못 잤어요."

지연의 차였지만 그날 운전은 유준이 했다.

"거기에 CCTV 없었어. 우리 짓인 줄 몰라. 소심하긴."

"아, 그럼 오전부터 왜 썩은 표정이냐고. 안 그래도 손님이 하나도 없어서 매상도 꽝인데. 사장님까지 똥 씹은 표정이면 오늘 운이 좋겠어요? 아, 몰라. 손님 없으면 사장님 손해지 내 손해감?"

그제야 지연은 피식 헛웃음을 지었다. 유준은 허리를 쭉 내밀었다. 그러곤 치마 위에 놓여 있는 지연의 손등을 제 손으로 덮는다.

"이따 한잔할래요?"

"오늘 여친 올라오는 날 아냐?"

"맞아요." 유준이 고무줄이 되돌아가듯 사라졌다. "이제 안 만나요."

유준의 여자친구는 세종에서 일하는 공무원이다. 스물여섯 살인 유준보다 세 살 많다고 했다.

"잘해라. 평생 잘릴 일 없는 공무원에다 집 있고, 외모 좋고,

무엇보다 사람 야무지고. 직장 없는 너보다 200배는 나은 여자다."

유준은 한숨 섞인 투로 숟가락을 내려놓았다.

"씨. 나도 이런 한강 카페 하나 있으면 소원이 없겠네."

1년 전 지연은 70퍼센트 대출을 떠안고 한강 변의 이 카페를 샀다.

시멘트 철골 구조의 직사각형으로, 강 위로 장방 1미터 정도 돌출된 Y자형 건물이었다. 커피 머신은 중고로 들였다. 그래서 커피 맛이 별로다. 지연은 커피 맛은 로스팅이 아니라 기계가 새것이냐 아니냐로 정해진다는 것을 잘 알고 있었다.

이곳의 유일한 장점은 위치가 한강 수변에 접한 수상 구조식이라는 것. 그래서 앉으면 강 위에 있는 느낌이 든다. 하지만 한 자리만 그렇다. 직사각형 건물에서 돌출된 혹 같은 영역. 지금 지연과 유준이 앉아 있는 이 구석 자리는 사방이 전면 통창에 둘러싸여 있다. 게다가 안에서 보면 벽 모퉁이 너머에 숨어 있다.

일명 베란다 테이블 자리.

마치 밀레니엄 팔콘의 조종석처럼 카페 내부에서도 외떨어진 공간이다.

건물주는 이 자리 때문에 카페가 핫 플레이스가 될 거라며 보증금을 터무니없이 높게 불렀다. 대충 통밥이 나왔다. 지연은 그 돈과 관리비, 운영비를 계산해 보고는 가게를 사기로 했다. 5년만 유지하면 값이 빠지는 구조였다. 커피 장사는 처음이지만 스페인에서 살던 3년간 커피 수입상에서 아르바이트했다. 경험은 충분했다. 그냥 성실하게만 운영하면 된다고 생각했다. 모르는 건 알아 가면 된다고 생각했다. 수변 베란다 테라스가 카페를 돋보이게 할 것이다. 그리고 눈치채지 못한 단점을 알았을 때 이미 카페 명의자는 그녀였다.

카페가 수변에 접했다는 것은 외져서 사람들이 오지 않는다는 뜻이었다.

카페에 오려면 산책로에서 벗어나 한참을 걸어야 했다. 이 건물을 만든 사람도 그것을 알았는지 산책로로 이어지는 긴 나무 테크 로드를 카페 앞까지 이어 두었고, 카페 앞에 널따란 데크 광장도 만들었다. 그런데 그게 이 예쁜 건물을 더 외로워 보이게 했다. 역시 사람은 오지 않았다. 대부분 멀찍이 떨어진 잔디에 자리 잡을 뿐, 여기까지 걸어오려 하지 않았다. 산책하는 사람들이나 자전거 타는 사람들은 카페 앞 너른 데크 공간을, 수변로가 한 번씩 넓어지는 확장 공간쯤으로 생각했다. 그들은 멀리서 카페를 신기하게 바라볼 뿐이었다. 저런 곳에 카페가 있네, 라며.

"이 카페, 마음에 들어요. 특히 이 자리요. 꼭 아파트 1층 베란다 앞이 강인 것 같아요. 낚시터 같기도 하고."

'흥, 섹스할 때만 좋은 자리지.'

이 자리에서 유준과 몇 번 그 짓을 했다.

통유리 너머로 보이는 잿빛 강물을 보면서.

별로였다.

불쾌한 무의식에 들어온 것 같았다. 지연이 생각하기에 강은 사람을 불길하게 만드는 기운이 있다. 이 자리는 땅과 강의 경계에 있었다. 이승과 저승의 경계에 있는 듯한 공간 같다.

유준은 오전 10시에서 4시까지 카페를 맡고 있다. 4시부터 11시까지는 지연과 하린이 일한다. 하린은 지연이 주식 동호회에서 만난 대학생으로, 유준보다 네 살 어리다. 지연이 카페를 오픈했을 때부터 일했다. 유준의 면접은 하린이 있는 자리에서 보았다. 지연은 유준의 이력서를 보고는 어처구니없어 웃음이 나왔다. 연세대 법학과 4학년, 국가 산업단지 인턴 6개월. 현재는 5급 법원행시 준비 중. 지연이 유준을 뽑겠다고 했을 때 하린은 놀란 표정을 지었지만 한 달 만에 유준은 하린만큼 일을 잘했다. 그리고 아무도 없으면 여덟 살 많은 지연을 애인처럼 대했다.

"참 사장님. 그거 들었어요?"

"뭘."

"한강에 인면어가 나타났다고 난리잖아요."

지연은 유유히 흐르는 한강을 바라봤다. 그때 나도 현장에 있었어, 라고 속으로만 되뇌었다. 인면어는 사람 얼굴을 한 물고기를 말한다.

얼마 전 한강에서 대규모 굿판이 벌어졌다. 실종된 남녀 중 여자는 알려진 기업 회장의 손녀라고 했다. 여자 쪽은 영혼결혼식을 한다며 요란한 굿판을 벌였다. 며칠 후 한강 다리 아래에 물고기 수만 마리가 모여 있다는 신고가 들어왔다. 지연은 때마침 그곳을 달리고 있었다. 듣고 있던 오디오북을 정지시키고 멈춰 서서 보았는데, 콘크리트 다리 기둥 아래 수면 전체가 미끈거리는 검은 것들로 꿈틀대고 있었다. 전부 물고기였다. 지연은 살면서 물 반 고기 반인 장면을 딱 두 번 보았다. 한번은 양양 휴휴암에서 본 황어 떼였고, 또 한 번이 그날 한강에서 본 물고기들이었다. 지연은 생각했다. '저것들이 전부 돈이었으면 좋겠다. 제발 오늘 밤 꿈에 다시 나타나라, 로또나 사게.'

그렇게 생각하고 다시 달리려는데 문득 물고기 하나가 눈에 꽂혔다. 놀랍게도 사람 얼굴을 하고 있었다. 희한했다. 잘못 본 게 아니었다. 주변에 사람들이 많았지만, 수면 위를 펄떡대는 물고기들이 워낙 많아서인지 사람들은 그 인면어를 보지 못한 것 같았다.

사람 얼굴을 한 그 물고기는 한참 동안 얼굴을 물 밖으로 드러내 놓고 있었다. 여자 얼굴이었다. 지연은 사람 얼굴을 한 물고기보다 그 물고기가 엄마를 닮았음에 놀랐다. 오래전, 그녀가 엄마를 돌볼 때 물수건으로 엄마 얼굴을 닦으면서 엄마가 물고기 같다고 생각한 적이 있었다. 엄마의 볼은 살이 점점 빠져 마치 아가미가 있는 것처럼 패였다. 그녀의 엄마는 지금 중환자실에 의식 없이 누워 있다.

"봐요. 진짜 사람처럼 생겼어요."

유준이 스마트폰을 꺼내 영상을 내밀었다. 현장에 있던 누군가가 용케 찍었나 보다. 지연은 영상이 보고 싶지 않았다. 지연은 유준의 바지 안에 손을 밀어 넣었다.

"땡긴다. 지금 한번 해."

"미쳤어요? 카페에서."

"흥. 손님도 없는 빌어먹을 카페."

그를 돌린다. 품듯이 안아 벨트를 끄른다. 손을 넣는다. 그가 간지럽다는 듯 엉덩이를 흔들었고 그녀는 알바생의 귀를 깨문다. 유준이 뒤돌아 지연을 안는다. 혀를 내주며 생각했다. 다음 달이면 카페를 내놔야 할까. 이번 달 은행 대출 이자는 제2금융권이나 사채로 해결해야 할 것이다. 그렇게 되면 평생 번 돈과 시간은 전부 사라진다. 전남편은 아직도 위자료를 주지 않았다.

그래, 접자. 다음 달에. 손님 안 오는 이 카페를.

때롱, 때롱.

카페 입구 문에 걸어 둔 종이 울렸다.

둘은 떨어졌다.

손님이 들어온 것이었다.

2

문을 열고 들어온 여자 손님은 다짜고짜 눈을 부라렸다.

"사장님, 밖에 한번 나가 보셔야 할 것 같은데. 카페 문 앞에 노숙인이 있어요. 냄새가 장난 아니에요."

유준과 지연이 카페 입구를 봤다.

종의 잔음이 남아 있는 문살 사이, 예전에 하린이 데리고 온 리트리버 길동이가 내내 침을 묻히며 쳐다보던 판유리 너머로 덩치 큰 노숙인이 보였다. 마치 비를 피하듯 가게 앞에 등지고 서서 먼 곳을 바라보고 있었다.

자세히 보니 덩치가 큰 게 아니었다. 두꺼운 겨울옷을 칭칭 감았다. 감색 고무장화를 신고 20년은 되어 보이는, 그리고 한 번도 빨지 않은 듯한 오리털 파카를 입었다. 그 안으로 엉덩이를 덮은 녹색 군용 깔깔이가 보였다. 머리카락은 석면처럼 엉켜 있었고 방석처럼 퍼져 있었다. 옆으로 우산과 둘둘 만 이불을 올린 커다란 여행용 캐리어를 세워 두었다.

"밖에 저 사람, 냄새가 지독하다고요."

여자 손님의 호들갑은 이상할 게 없었다. 딱 봐도 냄새가 지독할 것 같았다.

"남 영업하는 카페 앞에 저렇게 서 있으면 손님이 들어오겠어요?"

눈빛을 보내자 유준은 앞치마를 단정하게 매만지며 밖으로 나갔다.

손님은 카페의 가장 안쪽, 베란다 테이블로 걸어가 자기 자리인 양 앉았다.

지연은 이 여자 손님도 이상했다.

숱 없는 긴 머리가 전부 젖어 있었다. 아침 광역버스나 지하철에서 볼 수 있는, 시간에 쫓겨 감은 머리를 다 말리지 못하고 나온 여성 같았다. 머리만이 아니었다. 옷과 샌들도 젖어 있었다. 그래서 테이블 아래 바닥은 물로 흥건해지고 있었다.

넌 또 뭐 하는 사람이냐?

못 볼 걸 봤다는 듯 갖은 인상을 찌푸리며 다짜고짜 사람을 쫓아 버리라고 명령하는 듯한 이 여자의 말투가 지연은 못마땅했다.

"아이스아메리카노 여섯 잔. 두 시간마다 가지고 와요. 전부 샷 추가로."

여자는 쳐다보지도 않고 말했다. 테이블에는 이미 신용카드

귀신은 사람들을 카페로 보낸다　　　　　157

가 놓여 있었다. 지연은 곧장 원두를 갈았다.

때롱, 때롱.

유준이 들어왔다.

"어떻게 됐어?"

"없어요."

유준은 바 안으로 들어와 잔에 얼음을 채우며 말했다.

"없다니?"

"제가 나가니까 저쪽으로 후다닥, 가 버렸어요."

"그럼 됐어. 커피 좀 봐. 더블 샷이니까 설탕이랑 쿠키도 두 개씩 내가."

지연은 커피를 내리는 일을 넘기고 포스기 옆에 놓인 아이패드를 확인했다. 스트리밍 음악 결제액을 지불하지 않았다는 유준의 말은 사실이었다. 당장 결제하고 음악을 찾아 플레이했다. 곧 폴로 몬타네즈의 '내일은 어떨까(Como Sera Mañana)'가 흘러나왔다. 다른 고지서들을 보니 전기와 수도 요금이 밀려 있었다. 스마트폰에서 은행 앱을 열고 잔고에서 돈을 밀어냈다. 거기까지 해치운 지연은 오늘 새벽까지, 그리고 오후에 카페에 나올 때까지 머릿속에 맴돌던 그 일을 당장 해 버리자고 생각했다. 높은 이자율 때문에 망설였던 저축은행에서 대출받는 것. 이자는 터무니없이 비싸겠지만 바로 돈을 내줄 터이다. 장사는 안 되고 모아 둔 돈은 바닥이고 엄마가 중환자실에 입원한 지 1년 6개월. 밀린 입원비를 정산하지 못하면 잠든 엄마는 병원에서 쫓겨나야 했다. 건강보험공단에 조정받아야 할 복잡한 일도 있었다. 뒷일은 뒷일이고 우선은 병원비 중간 정산을 해야 했다. 제1 금융은 카페를 열 때 받은 대출 때문에 거절당했다.

새벽녘 꿈을 꾸었다. 아폴론인가 제우스인가 하는 신 이름을 한 저축은행이 고객의 미래 잔액을 미리 짐작하고 돈을 빌려준다는 꿈이었다. 조지연 씨, 당신은 4개월 뒤인 12월에 제1251회 로또 1등에 당첨되어 30억 원을 수령합니다. 8월인 지금, 우리 은행은 당신의 미래 잔액을 확인했고 당신께 29억 5천만 원을 대출해드릴 수 있습니다. 대출하시겠습니까? 어머, 무슨 은행이 미래에 들어올 돈을 알아요? 그게 바로 우리가 자랑하는 시스템입니다. 아폴론은 예언의 신이지 않습니까. 그래서 이 은행 이름이 아폴론저축은행 아닙니까.

꿈에서 지연은 대출을 받지 않았다.

'내가 《기묘한 이야기》를 자주 보는데, 보통 저런 이야기의 끝은 좋지 않아. 미래에 들어온다는 돈이 자기와 엮여서 또 일이 꼬이지, 흥.'

깨어나서 후회했다. 꿈에서라도 받을걸. 지연은 결심을 굳히고 앱을 열어 대출을 신청했다. 5분 만에 승인되었다는 메시지가 떴다. 통장에는 15퍼센트 이자라는 조건부를 달고 돈이 입금되었다. 이로써 지연은 사실상 신용불량자가 되었다.

"나 좀 나갔다 올게."

"어디 가……"

때롱, 문이 닫혔다.

꽃을 사러 갔다.

시팔. 지랄 맞은 인생. 갈 데까지 가 보자. 바닥을 봐야 올라가겠지. 그럼 보자고, 바닥을. 돈도 들어왔으니 카페를 화사하게 꾸미자. 어두침침하고 군둥내가 나는 기운을 싹 없애 버릴꺼. 그리고 저 훤칠한 알바 새끼도 잘라 버리고.

작열하는 햇볕이 머리를 데웠지만 자신을 둘러싸고 있는 꼬일 대로 꼬인 더러운 기운을 태우는 것 같아 외려 기분이 좋았다.

화이트 작약과 블루 수국 다섯 뭉치를 안고 다시 카페 문을 열었을 때 지연은 가게 안에서 벌어지고 있는 장면에 몸을 움직일 수 없었다.

가게 안이 스무 명 남짓한 사람들로 바글바글했다. 네 개 테이블이 꼭 차 있었고 테이크아웃 손님들도 줄을 서 있었다.

때롱, 때롱. 종소리가 연달아 울렸다. 뒤돌아보니 사원증을 건 한 무리가 들어오려다가 멈칫했다. 오늘따라 사람이 많네. 한강이 보이는 테이블에는 못 앉겠네. 저번엔 손님이 한 명도 없었는데. 어쩌지? 뭘 어째, 테이크아웃 해야지. 우린 밖에서 기다릴 테니까 김 대리가 줄 서서 우리 것 전부 주문해. 알았어요. 나가 계셔요.

자전거 동호회 사람들이 들어오려다 놀라서 빠꾸, 빠꾸, 뒤돌아 데크 광장으로 물러났다.

손님들이 밀려오고 있었다.

꽃을 든 채 멍하니 서 있는 지연에게 유준이 소리쳤다.

"빨리 하린이 불러요! 어서요!"

또 울리는 종소리.

때롱.

때롱, 때롱.

때롱, 때롱, 때롱.

선글라스에 노란 나이키 조깅화를 신은 여자가 커피를 가져갔다. 때롱. 산책하던 여자가 시바견을 안고 들어왔다. 때롱. 어깨에 해설사용 투어 스피커를 찬 남자가 투어 인원수대로 아이스아메리카노를 스물다섯 잔이나 시켰다.

수많은 사람이 밀려온다.

갑자기.

왜?

순간 지연은 한강 다리에서 보았던 물고기 떼가 떠올랐다. 미끈한 등을 꿈틀거리며 수면 위로 질퍼덕거리던 수만 마리의 물고기. 그중 자신을 노려보았던 불가사의한 인면어 한 마리.

카페 안은 온통 혼잡한데 지연만 타임랩스에 걸린 영상처럼 멈춰 있었다.

"으아아. 밖에도 기다리는 손님들이 장난 아니에요."

돌아보니 카페 밖, 나무 데크로 만든 광장에 사람들이 빼곡
했다. 전부 카페에 들어오려고, 또는 주문한 음료를 받아 가
려고 기다리는 사람들이었다. 지연은 그 너머를 바라봤다. 카
페에 들어오지 못하고 서 있는 사람들과 한참 떨어진 먼 지점
에, 검은 사람이 보였다. 유준을 보자 달아났다던 노숙인이다.
그 노숙인은 후드 모자를 덮어쓰고 돌 화단에 앉아 있었다. 노
숙인은 주섬주섬 팔을 움직여서 쪼글쪼글한 비닐봉지를 펼치
고 무언가를 뒤지는 중이었다. 더럽고 검붉고 끈적해 보이는,
퉁퉁 부은 손에 잡혀 나온 것은 말라비틀어진 떡이었다. 노숙
인이 떡을 입에 넣었다. 늦은 식사를 하는 모양이었다. 고개를
숙였기에 얼굴은 보이지 않았다.

3

한 달 동안 무서울 만큼 손님이 밀려들었다. 점심시간에는
정말이지 혼이 달아나는 기분이었다. 한강 근처에 회사원이
이렇게 많다고? 평일에 데이트하는 커플도? 주말에는…. 지
연과 하린과 유준은 살면서 이렇게 정신없는 나날을 보낸 적
이 없었다.

노숙인은 여전히 카페 주변을 서성댔다. 33도를 넘는 기온에도 여러 겹의 옷을 껴입은 노숙인은 아무렇지 않게 돌아다녔다. 카페 문을 여는 아침 10시부터 카페 문을 닫는 저녁 11시까지 종일 주변을 서성거렸다. 점심시간, 손님이 많을 땐 카페에서 멀리 떨어진, 꽃을 심어 놓은 석단에 앉아 있었다. 지연은 유준을 시켜 직사광선 아래서 고개 숙인 채 앉아 있는 노숙인에게 얼음물과 차가운 녹차를 갖다 주라고 시켰다.

밤 11시. 마감한 지연과 둘은 녹초가 되었다. 매일 밤 셋은 카페 문을 닫고 '마감 풀이'로 차가운 맥주를 마셨다. 오늘은 한강에 불꽃놀이 행사가 있어 낮부터 손님이 유독 많았다.

"야. 이것들 치워."

지연은 맥주캔을 치우라고 말하고 일어났다.

아이패드를 눌러 카페에 흐르던 브라질 음악을 끊고, 패티킴의 '이별'을 들었다. 하린이 무슨 노래가 이래? 라고 인상을 찡그린다. 패티킴이 누군지도 모르겠지. 지연은 선반 안에 숨겨 놓았던 맥켈란 12년 한 병과 냉장고에서 에너지 음료와 진저에일 캔을 가져왔다. 얼음통에 그것들을 철철 부어 섞었다.

"레몬 썰어 둔 거 없냐?"

하린이 레몬을 찾으러 일어나자 유준이 의자를 끌고 옆으로 다가왔다.

탁자 아래로 지연을 더듬는 손이 다가오자, 지연이 발로 밀어 버렸다. 자르고 싶어도 바빠서 이 새긴 당분간 못 자르겠네, 씨. 유준은 곧 제자리로 갔다.

지연은 둘에게 오늘 매상을 알려 주었다. 둘은 놀란다.

"그렇게나 많이요?"

하린이 내일부터 못 나오겠다는 표정을 짓자 지연은 매의 눈으로 째려봤다. "3배." 거절할 수 없는 제안에 하린은 못 이긴 척 술을 마셨다.

"근데, 사장님. 갑자기 왜 이렇게 손님이 느는 거예요?"

"모르겠다."

"아씨, 내가 제일 힘들어. 소금빵도 구워야 하는데 아침부터 사람들이 밀려온다고. 차라리 노가다가 덜 피곤하겠다."

"흥, 오빠는 손님 없었을 때가 더 좋았지?"

하린의 핀잔에 유준은 빙긋 웃었다.

"으흠, 좋았지. 어쩌면 다른 식으로?"

"다른 식? 그게 뭔 말이야?"

"비밀이야."

지연은 모른 척 레몬즙 묻은 검지를 쪽쪽 빨며 저 새끼를 다시 자를까? 하고 속으로 생각했다.

유준이 물었다.

"사장님, 혹시 굿 같은 거 하셨어요?"

"굿은 무슨."

유준이 고개를 갸웃했다.

"굿을 하지 않았으면 이런 일이 생길 수가 없는데."

"우리가 짐작 못 하는 건 생각하지 않는 게 좋아."

오늘까지의 매상으로 엄마 병원비를 중간 정산할 수 있었다. 그 정도로 많은 돈이 한 달 만에 들어왔다.

"비워. 비우고 들어가 쉬어. 내일 또 바쁘게 일하려면."

지연은 두 사람의 잔에 술을 따랐다.

잔에 채워지는 액체를 보며 유준이 말했다. "그런데 사장님."

"매일 카페에 오는 그 여자 손님 있잖아요."

"맞아. 그 여자!"

하린이 먹던 치즈를 내려놓고 호들갑을 떨었다. "머리 젖은 여자! 언니, 언니. 그 여자 좀 이상하지 않아요?"

지연도 느끼던 바였다. 당연히 지연도 일하면서 다 봤으니까.

밖에 냄새나는 노숙인이 있다며 쫓아내라던 젖은 머리 여자 손님.

그날 이후 그 여자는 하루도 빠지지 않고 카페에 찾아왔다. 그리고 종일 베란다 테이블을 차지하고 앉아 있다가 카페가 문을 닫는 밤 11시에 떠났다. 커피는 꼭 여섯 잔을 미리 시키곤 두 시간마다 한 잔씩 가져오라고 했다. 그렇게 하루도 빠지지 않고 왔다.

머리 젖은 여자.

"오늘 그 여자, 우리보다 더 일찍 와서 카페 앞에서 기다리고 있는 거 있죠?"

문제는 그 사람 때문에 아무도 베란다 창가 자리에 앉을 수 없다는 것이다. 하린은 인스타그램에서 어떤 글을 보여 주었다. 베란다 자리에 가려고 몇 번 왔는데 올 때마다 같은 사람이 앉아 있었고, 좁은 내부에 사람들이 득실거려서 불편했다는 내용이었다. 심각해진 지연은 인스타그램과 유튜브에 카페를 검색했다. 온통 베란다 자리 이야기뿐이었다. 사람들이 많아진 후, 베란다 자리 이야기는 밀려오는 사람들만큼 언급되었다. 하린이 투덜거렸다.

"그 여자가 오고부터 바닥이 맨날 축축해. 손님들이 미끄러질 뻔한 적이 한두 번이 아니라고요. 바빠 죽겠는데 걸레질까지 해야 하고."

여자는 책을 볼 때도 있었고 뭔가를 끄적거릴 때도 있었지만 대부분 통유리 너머 수면을 응시하고 있었다. 여자가 앉아 있는 베란다 자리의 바닥은 유독 흥건히 젖어 있었다.

"그거야!"

유준이 갑자기 소리쳤다.

"아, 시팔. 깜짝이야, 오빠."

"그거였어! 그 여자가 돈을 몰고 오는 거였어!"

"엥? 뭔 소리야?"

"그 여자가 오고 매상이 올랐잖아."

"피."

지연은 말없이 술을 들이켰다.

커피 한 잔을 시키고 종일 있어도 좋다. 지연은 자신의 카페가 사람들에게 편안한 휴식을 선사하면 좋겠다고 생각했다. 베란다 자리도 손님들에게 두루두루 공평하게 사용되면 좋겠다고 생각한다. 한 사람이 매일 찾아와 혼자 독차지하는 건 부조리했다.

'그 여자가 손님들을 몰고 온다고?'

지연은 고개를 절레절레했다.

"야! 헛소리 말고 한잔해! 짠!"

펑, 펑, 불꽃놀이가 한창이었다. 셋은 불꽃이 수놓인 강물을 보며 술을 마셨다.

4

"짠!"

얼음통에 넣어 둔 술이 점점 줄어들었다.

승찬이 몸을 부르르 떨었다.

"낮에 그 여자 눈 봤어? 우아, 몸이 쫙 얼어붙더라. 사장님께 저주를 퍼붓는 눈이 인간 같지 않더라고."

승찬은 새로 뽑은 알바생이다. 저번 주부터 12월 입대하기 전까지 일하기로 했다.

"너도 그렇게 느꼈구나. 유리 알갱이가 손바닥에 막 박히는 데도 되려 주먹을 꽉 쥐더라. 미친년."

하린이 입을 씰룩였다.

그날, 불꽃놀이가 한창이던 밤의 마감 풀이를 끝으로 유준은 카페에 나타나지 않았다. 전화도 받지 않았다. 아무래도 여자친구와 함께 세종에 내려간 모양이었다. 그래도 그렇지, 아무리 알바라고 해도 나한테 이럴 수 있어? 지연은 괘씸했다. 말없이 떠난 것보다 여자친구에게 갔다는 게 더 부아가 치밀었다.

한동안 지연과 하린은 유준의 몫까지 일했고 간신히 승찬을 부를 수 있었다.

오늘 마감 풀이에서 하린과 승찬은 낮에 지연과 그 여자가 싸운 이야기로 정신없었다.

"사장님, 그 여자한테 물릴 뻔했어요."

"물리긴, 무슨. 우리 언니도 열받으면 장난 아냐."

"아아, 그 여잔 달랐어. 내가 여기 처음 온 날, 척 보고는 또라이구나, 싶었거든. 편의점 알바 2년 동안 온갖 인간 다 겪은 몸이야. 어떻게 그런 여자를 매일 보고 있었냐? 사장님. 미친년한테 물리면 미친년이 되는 거 아시죠? 저 때문에 살았으니

한턱내세요. 그때 제가 문을 안 잠갔으면 그년한테 어디라도 물리셨을 거라고요."

"뭐래. 씨. 우리 언니가 고분고분 맞을 사람이 아니라니까."

지연은 승찬과 하린의 호들갑에 반응하지 않고 묵묵히 술잔을 비웠다.

그 일은 오늘 낮에 있었다.

첫 손님은 역시 그 여자였다.

일찍 출근한 지연이 머신의 예열 단추만 눌러 놓고 원두가 든 상자를 안으로 들여놓고 있을 때 그 여자가 들어왔다. 여자가 처음 나타난 날부터 7주째가 되던 날이었다.

머리는 여전히 젖어 있었는데, 여자는 바닥에 물을 뚝뚝 흘리며 곧장 맨 안쪽, 베란다 자리로 갔다. 그리고 그 자리가 자기 것인 양 하릴없이 한강을 바라보았다. 첫 커피를 내려 자리로 가지고 가니 테이블에 조각 케이크가 놓여 있었다. 지연은 물끄러미 케이크를 바라보았다. 외부 음식은 반입 금지였다. 지연의 시선을 느꼈는지 여자가 물었다.

"먹어도 되죠, 여기서?"

대답하지 않았다.

"…오늘이 제 생일이거든요."

"접시랑 포크 가져다드릴게요."

주방으로 가서 전날 숙성해 놓은 반죽으로 소금빵과 타르

트를 구웠다. 원두를 붓고 커피도 새로 내렸다. 아끼던 하빌랜드 리모주 찻잔에 커피를 따랐다. 병원에 누워 있는 엄마가 혼수로 장만해 준 자기 세트였다. 엄마는 이 잔을 보면서 비로소 딸을 내보낼 수 있겠노라고 기뻐했었다. 역시 세트인 접시에 생크림과 따끈한 소금빵을 올려 커피와 함께 여자에게로 갔다. 쟁반에 담긴 것들을 본 여자는 놀란 표정을 지었다.

오전부터 손님들이 밀려들었다. 여자는 내내 자리를 지키고 있었다.

역시나 손님들은 하나같이 베란다 자리가 비었는지부터 확인했다. 누군가 앉아 있는 것을 보고 곧 실망스러운 눈으로 계산대 앞으로 돌아왔다. 카페가 수선스러워도 젖은 머리의 여자는 아랑곳하지 않고 책을 읽었다. 물이 뚝뚝 흐르면 손으로 머리카락을 짜고 손바닥을 바닥에 털었다. 베란다 자리는 외딴 공간이어서 앉아 있으면 시야에 다른 손님들이 들어오지 않는다. 카페 안에 사람들이 복작거려도 그 여자는 도도하게 혼자만의 시간을 즐기고 있었다.

점심시간이 끝날 즈음 소란스러운 소리가 났다. 쓰레기봉투를 묶던 지연이 고개를 들었다. 젖은 머리 여자가 다른 테이블 앞에 서 있었다. 두 젊은 여성은 두려운 눈으로 젖은 머리 여자를 올려다보고 있었다. 젖은 머리 여자는 그들에게 당장이라도 날리려는 듯 주먹을 부르르 떨었다.

지연이 다가갔다.

"왜 그러세요?"

"이 사람들이 내 흥을 보잖아요." 젖은 머리 여자가 씩씩댔다.

"흥요?"

"직접 물어보세요!"

젖은 머리 여자는 획 돌아서 화장실로 향했다. 지연은 테이블에 앉은 두 손님에게 무슨 일이 있었는지 눈으로 물었다. 그녀들은 아무것도 아니라는 표정을 지으며 괜찮다고 말했다. 젖은 머리 여자에게서 나는 비린내 때문일 거라고 지연은 짐작했다. 물기와 냄새로 손님들이 투덜거리는 모습을 여러 번 본 터였다. 지연은 여자가 없는 틈을 타 서둘러 베란다 테이블 자리로 가서 락스를 뿌리고 걸레질했다. 오전에 그 여자가 화장실에 갔을 때 지연은 몰래 한번 바닥을 닦았다. 걸레에는 알 수 없는 미역과 요오드 냄새가 났다. 인기척에 돌아보니 여자가 서 있었다. 걸레를 감추고 비켰다. 여자는 지연을 경멸하듯 노려보았고, 의자를 시끄럽게 끌더니 자리에 앉았다. 그리고 한강으로 시선을 돌렸다. 돌아가려던 지연이 생각을 바꾸고 섰다.

"욕심도 많고 자존감도 높으시다, 그죠?"

여자가 올려다보았다.

"이 자리, 손님 혼자만의 자리가 아니에요."

"그렇게 말할 것 같아서 두 시간마다 꼬박꼬박 자리 차지비를 내고 있잖아요."

"그건 감사하게 생각해요. 우리 카페는 커피 한 잔 시키고 오래오래 계셔도 괜찮아요. 그런데요, 이 자리를 다른 분들도 즐길 수 있었으면 해서요."

"그 말, 나가 달라는 뜻인가요?"

"욕심이 과하단 뜻이에요."

"법적으로 따져 볼까요? 손님을 이런 식으로 내보내면."

"법요?"

1년밖에 안 산 변호사 새끼와 법 싸움에 져서 위자료도 못 받은 그녀의 발작 버튼은 이미 작동한 상태였다.

"법 좋아하시나 봐요?"

"저는 미리 여섯 잔을 시켰어요. 계산도 다 했고, 또…."

"아, 됐고."

여자는 자신의 말을 끊는 지연을 노려보았다. 지연 역시 여자를 노려보다가 기운을 꺼뜨리고 조용히 숨을 들이켰다.

"그냥 앉아 계세요. 손님들과 트러블만 일으키지 마세요."

모퉁이를 돌아 계산대로 갔다.

손님과 싸워서 뭐 해. 감사하게 생각해야지. 달라지지 말자. 이때와 저 때가 다르면 짐승이다. 손님이 없어 사채를 쓰려던 때가 불과 얼마 전이었다. 좁은 실내에는 커피 주문을 기다리는 손님들이 여전히 줄 서 있었다. 계산기에서 떨어지는 영수증을 끊어 쓰레기통에 말아 넣을 때 화장실을 청소하러 들어갔던 승찬이 볼이 하얗게 질린 채 달려왔다.

"온통 피예요."

승찬의 말대로 여성용 칸에 피가 흥건했다. 바닥과 변기통은 물론이고 벽에도 묻어 있었다. 이런 경우는 처음이었다. 생리혈이라고 보기엔 너무 많다. 불안했다. 겁도 났다. 누가 각혈이라도 한 건가? 벽에는 자동차 와이퍼 자국마냥 손바닥으로 휘휘 발라 놓았다.

"밖에 나가 봐. 손님 중 이상한 사람이 있는지 확인해."

승찬이 나가자 곧 하린이가 들어왔다.

"밖에 손님들 많아?"

"네."

"손님 중에 환자처럼 보이는 사람은 없었지?"

"네."

지연은 젖은 머리 여자를 떠올렸다. 자리로 돌아온 모습에서는 어떠한 병세도 느낄 수 없었는데.

"깨끗하게 치워 놔." 하린에게 말하고 앞치마를 벗었다.

"어디 가시게요?"

"꽃 사러 가야겠다."

모든 건 마음 먹기 따름. 바닥을 경험했다고 생각했다. 한

달 전이라면 이런 진상은 백 명이라도 감사히 받았다. 지연은 처음 꽃을 사러 갔을 때의 마음을 떠올리려고 노력했다. 젖은 머리 여자에게 쏘아붙인 자신을 원망했다. 들어오려던 복이 나가도 이상하지 않아. 진정하고 차분해지자.

나가려고 카페 문을 미는 순간, 차가운 커피가 지연의 옆얼굴로 날아왔다. 마치 따귀를 맞은 것 같았다. 하린이 입을 막고 승찬은 닦던 행주를 떨어뜨렸다. 손님들도 일순 정지 상태가 되었다.

젖은 머리 여자가 커피잔을 들고 서 있었다.

"왜? 내가 더럽혔을까 봐?"

"네?"

"화장실! 내가 그랬다고 생각하는 거잖아. 이 썅년아!"

젖은 머리 여자의 눈에서 불꽃이 피어나고 있었다.

무슨 말을 해야 할지 떠오르지 않았다. 처신은 반드시 경험한 만큼만 할 수 있다. 위기도 기회도 경험을 바탕으로 대응할 수 있다. 이 순간, 지연은 자신이 막 태어난 아이 같다고 생각했다. 이런 경우는 경험한 적 없었기 때문이다.

젖은 머리 여자는 입술을 빠르게 놀렸다. 소리는 들리지 않았다. 여자는 무언가를 내뱉고 있었다. 저주를 내리는 듯했다. 여자의 눈알이 돌아가고 광대가 실룩였다. 지연은 그제야 이 여자가 맛이 간 상태구나, 라고 생각했다.

조금씩 여자 목소리가 들렸다.

"니 에미 좆이다. 시팔 년아! 니기리 니기리. 네년 사타구니에 드나드는 좆 방망이가 싹 마를 것이다. 네년이 보는 건 돈이고 나발이고 전부 비린내에 녹아 버릴 것이다. 개 같은 쌍년아! 니, 애미 좆이다! 이 카페에는 손님이 하나도 없을 것이다! 더러운 년! 용왕님이 내 소원을 들어주셨다. 퉤! 더러운 년! 두고 봐라. 손님 씨가 싸악, 마를 것이다! 싸악!"

여자는 들고 있던 커피잔을 바닥에 꽂듯 내던졌다.

하빌랜드 리모주 잔이 지연의 발아래에서 와장창 깨졌다. 테이블에 앉아 있던 사람들이 전부 일어섰다. 파편이 지연의 손등을 긁고 지나갔다. 발목에도 돌 같은 조각들이 박혔다. 그 여자는 카페 문을 쾅, 닫고 나갔다. 승찬이 재빨리 문을 잠갔다. 지연은 엄마가 아프기 전 사 준 커피잔을 물끄러미 바라보았다. 종소리가 한참이나 시끄럽게 퍼졌다.

놀랍게도 오후부터 카페에 사람들이 뚝 끊겼다.

그 여자의 저주가 딱 들어맞는 것 같았다. 셋은 오랜만에 한산한 시간을 보냈다. 다음 날도 손님은 한 명도 들어오지 않았다.

그다음 날도.

또 다음 날도.

며칠은 좋았다. 하루이틀은 더 이랬으면 좋겠다고 생각했다. 그런데 닷새가 지나고 열흘이 지나자 덜컥 겁이 났다. 지연은 추석 태풍 이후 갑자기 살 수 없는 사과 생각이 났다. 5년 전, 엄마가 쓰러지던 날도 사과가 문제였다. 엄마는 지연의 시아버지 되는 분의 추석 차례상에 올릴 사과를 사러 마트로 가다가 미끄러졌다. 뇌진탕이었다. 의사는 큰 이상은 없지만 나이가 있어 한동안 입원해야 한다고 말했다. 병원에서 한 달간 엄마와 웃으며 잘 지냈다. 결혼한 지 6개월쯤 되던 때였다. 지연은 매일 먹을 것과 옷을 챙겨 엄마를 만나러 갔다. 남편은 퇴근 후 곧장 병원으로 왔다. 지연과 남편과 엄마는 병실 커튼을 두르고 들어앉아 사과를 깎고 오순도순 이야기도 나눴다.

저녁 8시쯤이면 지연도 일어나야 했다. 다음 날 남편의 출근 때문이었다. 엄마를 혼자 두고 돌아서는 지연에게 남편은 이렇게 말했다. "여기서 자. 장모님을 혼자 둘 순 없잖아." 남편은 한사코 지연에게 병실에서 엄마를 지키고 있으라고 했다. 지연은 그렇게 말해 준 그가 고마웠다.

지연은 한 달간 병실에서 살았다. 집에는 일주일에 한두 번 남편 빨래를 챙기러 가곤 했다. 병원은 아늑한 캠핑장 같았다. 모처럼 엄마와 옛이야기에 빠져들었다. 성인이 되어서 처음 가지는 엄마와의 시간이었다. 남편은 주말을 제외하고는 꼭 병원으로 퇴근했다.

오늘도 카페에는 손님이 한 명도 오지 않았다. 지연은 하린과 승찬과 함께 술을 늘어놓고 테이블에 앉아 있었다.

"그 여자, 내일은 올까요?"

승찬의 말에 하린이 눈을 부라렸다.

"유준 오빠 말이 맞았어. 그 사람이 손님을 몰고 온 거야."

"넌 젊은 애가 무슨 그런 미신을 믿냐."

승찬과 하린이 논쟁을 벌이는 동안 지연은 말없이 소주병만 바라보았다. 생각했다. 내일 오면 쫓아내야 하나? 아니면 그냥 두어야 하나?

지연은 지금 자신에게 저주를 퍼붓고 간 여자, 종일 베란다 자리를 차지하는 여자를 생각하는 게 아니었다. 카페 밖에서 얼쩡거리고 있는 노숙인을 생각하는 중이었다. 며칠 전부터 그 노숙인이 부쩍 눈에 띄었다. 노숙인은 멀리 강변 길을 지나는 사람들에게 접근하고 있었다.

차마 맡지 못할 고약한 쓰레기 냄새를 피우면서.

5

"언니 이것 좀 봐요!"

하린이 내민 건 오늘 뉴스를 요약한 유튜브 영상이었다.

지난달 10일, 성산대교 주변 한강에서 숨진 채 발견된 30대 남녀의 투신 사건을 수사 중인 경찰이 "현재까지 범죄 정황은 확인되지 않았다"고 밝혔다. 서울 마포경찰서는 지난 10일 성산대교 인근 한강에서 발생한 서울 한남동 거주 30대 여성 A씨와 남성 B씨 사건을 수사 중이다. 앞서 경찰과 소방 당국은 지난달 10일 오후 8시 7분께 '한강에 두 사람이 빠져 있다. 움직이지 않는다'는 신고를 받고 출동해 심정지 상태의 A씨와 B씨를 발견해 인근 병원으로 옮겼으나 두 사람은 끝내 사망 판정을 받았다. 경찰 조사 결과 연인 관계였던 두 사람은 집안의 반대에 갈등을 겪었던 것으로 알려졌으며, 지난 5월 12일 오후 1시께 집을 나서 대중교통을 이용해 오후 7시 30분께 성산대교 인근 한강 공원으로 간 것으로 전해졌다. 여성 A씨는 동보그룹 회장 동주성씨의 손녀로 지난 6월 실종신고가 된 상태였다. 경찰이 수사 발표를 하던 날 동보그룹은 A씨와 B씨의 영혼결혼식을 올린다고 발표했다. 영혼결혼식은 사흘 뒤 살풀이춤의 대가이자 국가무형문화재 김보숨 전통굿연구보존회장의 주최로 시행되었다.

　하린이 보낸 몇 개의 기사는 전부 한강에서 투신한 대기업 회장 손녀의 기사였는데, 손녀의 사진을 본 순간 지연은 놀라고 말았다.

　그 여자다!

　종일 베란다 자리를 차지하고 앉아 있던 여자. 온몸이 축축하게 젖은 채로 내내 통유리 너머로 강만 바라보고 있던 여자.

"맙소사! 우리가 내쫓은 여자가 귀신이었단 말이야?"

하린은 설마요, 라고 말했고 승찬은 사장님이 쫓아냈죠, 라고 말했다. 한데 둘의 눈은 지연의 말이 사실이라고 말하고 있었다. 여자는 지연에게 두 번 다시 듣고 싶지 않은 악담을 퍼부었다. 그 직후부터 거짓말처럼 카페는 썰렁해졌다. 손님들은 한강의 인면어처럼 밀려왔다가 여자가 악담을 퍼붓자 썰물처럼 사라졌다. 그 여자와 함께.

'맙소사, 정말 귀신이었다고?'

다음 날에도 손님은 오지 않았다. 급기야 승찬까지 소식이 끊겼다. 카톡도 전화도 받지 않았다. 2주째 손님이 한 명도 안 들자, 지연은 슬슬 화가 치밀었다. 카페 밖에는 여전히 그 노숙인이 지나가는 사람들을 치근댔다. 돈을 달라고 하는지 시비를 거는지 여기서는 알 수 없었다. 노숙인이 지나가는 사람들에게 다가가 뭔가를 속삭였다. 모르긴 몰라도 냄새를 심하게 풍기고 있을 터.

짜증이 났다. 꽃을 사러 가기도 싫었다. 지연은 이를 악물었다. 뭐라고 해야만 했다. 블랙마케팅 업체를 찾아갔다. 500만 원을 부르기에 당장 입금했다. 전국의 예쁜 카페를 돌아다니며 영상을 찍는다는 유명 유튜버에게도 700만 원을 입금했다. 영상은 '한강이 보이는 나만의 베란다 뷰'라는 제목으로 업로드되었다. 조회 수는 10만이 넘었지만, 손님은 여전히 한 사람도 오지 않았다.

무당을 찾아갔다. 머리를 쪽 진 무당은 막 산에서 기도하고 돌아왔는지 등산복 차림으로 법당 바닥을 빗자루로 쓸고 있었다. 지연은 사주를 넣고 카페에 손님이 오지 않는다고 말했다.

"귀신이 강하게 붙었다고 하신다."

"귀신이요?"

"그래, 너한테 딱 달라붙어 있다고 하신다, 할머니가."

단박에 머리 젖은 여자가 떠올랐다. 달라붙은 귀신이라면 그 여자밖에 없다.

시팔. 이렇게까지 말하면 안 믿으면 안 되는 거잖아. 지연은 대기업 손녀라는, 젖은 머리 여자 사진을 무당에게 들이밀었다. 눈을 게슴츠레 뜬 무당은 사진보다 기사에 더 흥미를 가졌다.

"으흠. 애들은 영혼결혼식을 하면 안 된다고 하신다."

"왜요?"

"둘은 동반 자살한 게 아니라 싸웠다고 하신다. 싸웠다고! 남자가 여자를 폭행해서 강에 밀었다고 하신다. 남자는 지 스스로 미끄러져서 강물에 떨어진 거라고 하신다! 할머니가 지랄하고 자빠졌다고 혀를 차신다."

지연은 무당 얼굴을 가만히 바라보았다.

"떨어진 곳도 다리가 아니고, 한강 변이라고 하신다. 영혼결혼식을 올리면 안 된다고 하신다!"

짜증이 밀려왔다. 그 머리 젖은 여자가 영혼결혼식을 올리던, 남자랑 싸우던 지지던 상관없다. 근데 왜 하필 내 카페에 와서 지랄을 떠냐고. 귀신 년아!

"저기. 그러면요, 제가 어떻게 하면 그 귀신을 떼어 낼 수 있어요?"

무당이 눈을 부릅뜨며 고함쳤다.

"떼어 내다니, 뭘?"

"그 귀신 년요!"

"그 귀신이 왜?"

"아, 우리 가게에 와서 괴롭히고 있다고요."

"네 가게에 오는 귀신은, 죽은 것도 산 것도 아닌 존재라고 하신다."

이건 또 뭔 소리래. 머리 젖은 년이 강하게 붙었다며.

"아, 됐고! 당장 쫓아내 줘요!"

무당은 다시 쌀을 던지고 두툼한 볼을 부르르 떨더니 눈을 감았다.

"다시 온다고 하신다. 쫓아내도."

"부적 같은 건 없나요?"

"필요 없어! 부적 따윈."

지연이 벌떡 일어섰다.

"아니, 뭐야. 무당이 부적도 못 쓰고, 귀신도 못 쫓고. 지금 장사를 하자는 거야, 말자는 거야. 당장 우리 카페 귀신을 퇴치해 달라고요!"

무당은 감은 눈을 떴다.

"앉아!"

지연은 그대로 서 있었다.

"앉으라고!"

"뭐? 뭐? 앉으면 뭐? 딱 보니 지금 나보고 굿을 하라는 거잖아. 시방! 얼마? 천만 원? 3천만 원? 지랄."

무당이 좌― 부채를 펴더니 부르르 볼을 떨었다.

"할머니께서 네 몸에 달라붙은 귀신은 떼 내면 안 된다고 하신다. 그러니 그것과 함께 살라고 하신다."

"뭐래, 시펄!"

쌀이 퍼진 상을 뒤엎으려다 간신히 참고 돌아섰다. 뒤에서 무당이 말했다.

"그냥 그렇게 살어. 그게 너한테 좋아."

6

유준이 고개를 떨구고 앉아 있고 지연은 외면한 채 통유리창 밖으로 시선을 두고 있다. 나타난 유준은 알바비를 정산해 달라고 했다. 그 말이라면 메시지를 보내도 되지 않았냐고 지연은 퉁명스레 말했다. 유준은 얼굴 보고 말씀드리는 게 예의 같아서 찾아왔다고 했다. 말씀? 야야, 거리며 몸 비빌 땐 언제고 인제 와서 뭐? 예의? 하지만 강물을 보며 생각을 고쳤다. 나이 많은 자신이 젊은 애를 데리고 논 벌이지 누굴 탓하랴.

300만 원을 보냈다. 금액을 확인한 유준이 멍하게 바라본다.

"뭐? 너무 많아서 그래? 100만 원은 다른 식으로 수고비다. 꺼져."

그가 나가는 문소리가 들리자, 지연은 한강 쪽으로 고개를 돌렸다. 시팔. 좋아한 것 같다. 부정할 수 없다. 지연은 자신이 아직도 누군가에, 무언가에 의지하고 집착하는 형편없는 인간임을 깨달았다. 그렇게 당하고도.

진작 내보냈어야 했다. 저 애와 나눈 쓸데없는 섹스는 분리되고 싶지 않은 마음 때문이었다. 분리의 기분. 또 이 더러운 기분이 사라지길 기다려야 하는가. 다시는 이런 허약한 기분에 젖지 않겠노라 다짐했지만 번번이 실패한다. 뭔가를 떼어낸다는 건 늘 더러운 기분을 수반한다. 정드는 짓은 하지 말았어야 하는 건데. 실은 가장 두려운 것은 그 불쾌한 분리의 기분 때문이 아니다.

엄마와의 이별.

꼭꼭 숨기고 있었지만 그것이다. 곧, 가장 큰 것을 떼어 내야 한다. 누워 있는 엄마와 이별할 날이 머지않았다는 것을 지연은 잘 안다. 엄마와의 이별은 정해진 것이면서도 또 정해지지 않은 것이기도 했다. 다가올 것이 분명한 고통. 유준을 떼내지 못한 것은 그 비슷한 감정을 맞이하고 싶지 않아서였다. 그것 역시 엄마처럼 분명하게 다가올 무엇이기에.

스피커에서 엄마가 좋아하는 패티킴의 '이별'이 흘러나왔다. 공교로운 건 아니었다. 지연의 플레이리스트에는 침상의 엄마가 좋아하는 음악이 가득했다. 엄마는 패티킴을 좋아했다. 그날, 남편과 싸우고 병원에 왔을 때 엄마는 패티킴 노래를 듣고 있었다. 평일에는 퇴근 후 매일 병원에 왔고 주말에는 혼자 집에서 쉬었던 남편이 그 혼자 있는 주말마다 다른 여자 집에 가서 잤다는 것을 엄마한테 말했다. 엄마는 말없이 듣기만 했다. 그리고 이튿날, 엄마는 혼수상태가 되었다. 의사는 뇌 정맥동에 혈전이 생겼고, 그것이 뇌부종이 되었다고 말했다. 고인 피를 빼내는 수술을 두 번 했지만 엄마는 의식을 되찾지 못했다. 심장만 열심히 뛰고 있을 뿐이었다. 의사는 대회피질 기능이 영구적으로 상실되었다고 말했다.

엄마와의 이별, 언젠가는 다가올 그 좋지 못한 불쾌함이 내내 소화되지 않고 위 안에 든 것만 같았다.

빨리 돌아가셨으면.

아니, 돌아가시지 않았으면.

깨어났으면.

엄마, 보고 싶어.

젖은 하늘 아래 한강은 삼겹살 불판에 고인 기름처럼 걸쭉한 회백색이었다. 간혹 안에서 뭔가가 움직였고 방울들이 솟았지만, 끝없이 미끈했다. 지연은 판판한 수면을 보며 *꺼억*, 트림을 해댔다.

술이나 마실까.

그때, 유막이 낀 것 같은 수면에 공 하나가 슬그머니 떠올랐다. 헛. 뭐지? 굴곡을 보니 공은 아니었다. 수달인가? 거북이 등? 아니면 커다란 잉어인가? 그것은 젖은 정수리였다. 이어서 머리카락을 붙인 이마가 올라왔고 적당히 노려보는 눈이 보였다. 콧등으로 떨어지는 물방울. 수면 아래에 입술을 가린 얼굴.

그 여자다.

젖은 머리의 여자.

그 여자가 머리를 내밀고 이쪽을 보고 있었다. 물속에서.

지연은 놀라서 일어섰다. 그 바람에 의자가 기울어지며 소리를 냈다. 환상이 아니었다. 테이블 베란다 자리에서 열 걸음쯤 떨어진 물속에 사람의 머리가 떠 있었다.

물속의 머리가 지연을 노려봤다. 소리는 들리지 않지만, 가라앉은 입 주변에 거품이 보글거렸다. 수면 위로 얼굴이 더 올라왔다. 드러난 그것의 입은 빠르게 오물거리고 있었다. 소리가 나진 않았지만 이렇게 말하고 있었다.

"이 카페에는 손님이 하나도 없을 것이다!"

지연은 몇 걸음 뒤로 물러났다.

7

지연은 꽃집으로 가 백합을 샀다.

8

영혼결혼식에서 결합한 두 망자가 충북 제천의 갈망사에 안치되었다는 기사는 쉽게 찾을 수 있었다. 대적광전 왼쪽, 망자의 제단에는 두 젊은 남녀의 사진이 놓여 있었다. 49재를 지내고 남은 제수들이 눈에 띄었다. 파인애플, 바나나, 단팥묵, 각기 포장된 송편, 곶감. 남자는 평범한 30대의 얼굴이고 여자는 그 여자였다. 카페에서 본 모습보다 살이 붙은 얼굴은 환하게 웃고 있었다.

고이 꽃을 바치고 향을 피웠다. 몇 걸음 물러나 어정쩡하게 두 손을 모으고 고개를 떨구며 섰다. 그 전에 엄마가 낫게 해달라고 빌었다. 두 남녀에게 왜 그런 소원을 빌었는지는 알 수 없다. 좋은 데 가서 잘 사세요, 카페에 손님들이 돌아오게 해 주시고, 앞으로는 카페에 나타나서 괴롭히지 말아 주세요. 뭐 그런 걸 빌어야 하는데 문득 엄마 생각이 나 버렸다.

'엄마 의식만 돌아오게 도와주세요.'

갑자기 향에서 오르는 연기가 왼쪽으로 꺾이며 수평으로 흘렀다. 동시에 촛불이 꺼지며 주변 기압이 낮아졌다. 그러자 가슴이 뻥 뚫리는 듯 기분이 가벼워졌다. 마치 그 여자가 소원을 들은 것 같다는 생각이 들었다. 법당을 나가려다 말고 돌아서서 영정 사진 앞으로 갔다. 가방에서 캔 커피를 꺼내 백합 옆에 놓았다. 법당을 나와 하늘을 봤다. 구름이 떼로 밀려가더니 곧 파란 하늘이 나왔다. 차에 올라 라디오를 켜니 태풍이 동해상으로 물러갔다는 뉴스가 들렸다.

가을이 오고 있었다.

다음 날,

희한하게도 베란다 테이블 자리에서 풍기던 고약한 미역 냄새가 사라졌다. 놀랍게도 정오부터는 때롱, 때롱 문소리가 들렸다. 다시 시간이 바뀌기 시작했다. 카페는 사람들로 북적거렸다. 그날 승찬도 돌아왔다. 승찬이는 며칠 친구와 낚시를 다녀왔다고 변명했다. "시끄럽고, 어서 앞치마 매!" 승찬과 하린은 밀려오는 손님들을 맞아 정신없이 음료를 만들고 빵을 구웠다. 그들의 손은 예전보다 더 빨랐고 얼굴에는 홍분이 가득했다. 지연과 승찬과 하린은 저녁도 먹지 못한 채 커피를 내리고 쓰레기를 버리고 그릇을 씻었다. 정신없이 움직이면서도 지연은 몰래 웃었다. 절감했다. 해원(解冤)이 무슨 뜻인지를.

11시. 마감한 지연은 둘을 퇴근시켰다. 빌 더글라스의 '포레스트 힘(Forest Hymn)'을 틀었다.

새로 내린 커피를 들고 테이블로 가 밤의 강을 바라보았다. 절에 찾아가 망축(亡祝) 기도를 올린 걸 스스로 칭찬했다. 그 여자는 지연에게 원했을지도 모른다. 자신에게 찾아와 망축해 주기를. 그 귀신은 왜 이 자리를 집착했을까? 이승에서 얼마나 오래 있을 생각이었을까. 느낌뿐이지만 케이크를 들고 왔던, 잔을 깨고 사라진 그날이 이승에 머무는 마지막 날이었을지도 모른다. 그렇다면 이승을 떠나는 날에 여자는 몹시 기분 상한 일을 맞이한 것이었다. 괜히 미안해졌다. 날짜를 계산해 보니 그날이 그 여자가 죽은 지 딱 49일째 되는 날이었다.

'끝까지 친절하게 대했어야 했어.'

하늘에는 불꽃놀이가 한창이었다. 오렌지 조명이 스며든 전면 유리 벽 너머로 한강의 수면이 반질거렸다. 지연의 얼굴이 하늘거리며 비쳤다. 지연은 마치 강에 떠 있는 것 같았다. 멀리서 불꽃이 올라 강변 곳곳의 모서리를 부각했다. 그러고 보니 내일도 불꽃축제가 있을 거라고 했다. 좋은 축제라고 생각하며 커피를 한 모금 머금던 지연은 무언가를 보고 눈을 동그랗게 떴다. 새의 깃털처럼 각각의 색깔로 주름진 수면에 갑자기 원형의 선명한 주름들이 생겨났다.

거기엔 한 얼굴이 떠 있었다.

그 여자가 이쪽을 노려보았다. 이마와 코가 번들거렸다. 입술은 수면 아래에 있었다. 머리카락이 볼에 달라붙었고 그 아래는 수면 위로 문어발처럼 넓게 퍼져 있었다. 간헐적으로 터지는 불꽃 빛 때문에 수면에 떠 있는 얼굴이 선명해지다가 어두워지기를 반복했다. 여자의 콧방울이 물방울을 떨어뜨리며 수면 위로 입술이 올라왔다. 가늘고 푸른 입술이 소리 없이 움직였다. "내가 용서할 줄 알았어?" 맙소사, 입술은 분명 그렇게 말하고 있었다.

여자의 광대 아래 있는 파란 입술이 요리조리 야무지게 움직여댔다.

"니 에미 좆이다. 시팔 년아! 니기리 니기리. 네년 사타구니에 드나드는 좆 방망이가 싹 마를 것이다. 네년이 보는 건 돈이고 나발이고 전부 비린내에 녹아 버릴 것이다. 개 같은 쌍년아! 니, 애미 좆이다! 이 카페에는 손님이 하나도 없을 것이다! 더러운 년! 용왕님이 내 소원을 들어주셨다. 퉤! 더러운 년! 두고 봐라. 손님 씨가 싸악, 마를 것이다! 싸악!"

순간, 지연은 용서받았다는 생각이 착각임을 깨달았다.

다음 날도 어김없이 손님들이 밀려왔다. 해설사용 투어 스피커를 찬 남자가 다시 나타났고 조깅하는 사자머리 여자도 들어와 커피를 주문했다. 시바견을 안고 온 여성도 커피를 가져갔다. 새로 온 손님들도 많았다. 승찬과 하린은 춤추듯 돌아다녔다. 지연은 베란다 테이블 바닥을 보며 생각했다. '손님들이 왜 다시 밀려오는 거지? 저주는 끝난 게 아닌데.'

애드벌룬만 한 쓰레기봉투를 버리러 나갔던 승찬이 곧장 카운터로 왔다.

"사장님, 그 여자를 본 것 같아요."

"그 여자?"

"젖은 머리요. 컵 깨고 갔던 여자요. 그 여자, 귀신이 아닌가 봐요."

지연이 설거지하던 손을 멈췄다.

"어디서 봤는데?"

"카페 앞에요. 저기."

고개를 빼고 눈을 가늘게 조여 밖을 내다보았다.

"그 여자, 저기 진입로 쪽에 있었어요."

그건 가게에서 50미터쯤 떨어진 산책로 근방에서 보았단 소리였다.

"어라? 지금은 없네. 5분 전까지도 진입로에 서서 이쪽을 노려보고 있었어요."

"노려봐? 왜?"

"모르겠어요. 몹시 화가 난 듯, 굉장히 억울하다는 표정으로 서 있었어요. 당장이라도 울 것 같은 얼굴이었는데. 그 여자, 귀신은 아닌가 봐요."

"억울하다는 건 또 무슨 소리야?"

"제가 잘못 본 것일 수도 있는데요, 밖에 노숙자 아주머니가."

"노숙자 아주머니라니?"

"카페 주변을 배회하는 거지 있잖아요."

지연은 카페 주변을 서성대던 노숙인이 여성임을 깨달았다. 승찬은 얼굴을 보았나 보다.

"거지라니. 말조심하지 않을래?"

"뭐, 아무튼, 노숙자 아주머니가 그 귀신, 귀신인지 아닌지는 모르겠지만, 아무튼 젖은 머리 여자를 몰아냈어요. '나가라, 여기서 떠나라. 이년아! 가게에 얼씬거리지 마라', 이러면서요. 그러자 그 귀신 여자, 귀신인지 아닌지는 모르겠지만 아무튼 그 머리 젖은 여자가 노숙자 아주머니 기세에 밀려서 막 뒤로 밀려났어요. 노숙자 아주머니는 막 앞으로 나가며 그 머리 젖은 여자를 죽이려 들고."

카페 앞 데크가 아닌, 저 너머의 한산한 터에서 그런 일이 벌어진 모양이었다.

"그 머리 젖은 여자, 노숙자 아주머니가 쫓아가다 뒷걸음치며 도망가다 아주머니가 멈추니까 자기도 멈춰 서서 꼬라보고, 또 쫓아가니까 달아나고, 그러기를 반복하더니 결국 가까이 오지 못하고 저만치 떨어져서 혼자 씩씩거리고 있던데요. 노숙자 아주머니는 그 여자가 가게 근처로 오지 못하게 막는 것 같았어요. 그 젖은 머리 여자, 방금까지도 오만 인상을 쓰며 씩씩대고 있던데 저쪽으로 가 버렸나 보네."

고무장갑을 던지고 밖으로 나갔다.

카페 밖으로 나와 커피를 기다리던 사람들을 헤치고 주변을 두리번거렸다. 지연은 데크에서 한참 떨어진 산책로에서 노숙인을 찾아냈다. 노숙인은 산책로 근방에서 지나가는 사람들을 멈추게 하고는 뭔가를 속삭이는 중이었다. 사람들은 노숙인의 말을 가만히 듣고는 곧 카페 쪽을 멍하게 바라보았다. 그러더니 방향을 틀어 카페로 움직였다. 노숙인은 자전거 타는 사람에게도 다가가 뭔가를 속삭였다. 그러자 그도 고개를 끄덕인 후 카페가 있는 쪽으로 방향을 돌렸다.

어째서 한강을 지나던 사람들이 노숙인의 말을 고분고분 듣고, 그 더러운 손이 가리키는 카페를 관심 어린 눈으로 훑고, 고개를 끄덕이고, 뭔가에 취한 사람처럼 카페 쪽으로 오는 걸까.

지연은 눈을 조이고, 유심히 보았다. 분명 노숙인은 사람들을 카페로 보내고 있었다. 지나다가 노숙인에게 제지되어 멈춰 선 그들, 그리고 카페로 걸어오는 그들은 전부 최면에 걸린 듯 몽롱한 눈이었다. 카페 앞 데크에 모여 카페에 들어가지 못하고 대기하고 있는 손님들 역시 이 노숙인의 말을 듣고 방향을 바꾼 사람들이었다.

　지연과 노숙인의 눈이 마주쳤다. 그러자 노숙인은 얼른 몸을 돌리더니 뒤뚱거리는 걸음으로 사라졌다. 순식간의 일이었다.

　지연은 그 자리에 서 있었다.

　두 손으로 입을 막고서.

　노숙인은 엄마였다.

10

　무당이 좍― 부채를 펴더니 부르르 볼을 떨었다.

　"저번에 할머니께서 말씀하셨잖어. 그 귀신은 떼어 내면 안 된다고."

　지연은 듣기만 했다.

　무당이 부채 위로 실눈을 내고 지연을 봤다. 지연은 계속 지껄여 보라는 듯 노려보았다. 그 눈살에 기겁한 무당은 "그, 그럼 할머니에게 다시 여쭤볼까나" 하더니 눈을 꼭 감았다.

잠시 후, 진짜 귀접한 무당이 외쳤다.

"그 귀신은 생령(生靈)이라고 하신다!"

지연은 혀로 치아를 한번 쓸고 입술을 닦았다. 무당이 입 끝에 거품을 물며 몸을 이리저리 흔들었다.

"생령이 뭐냐, 산 것도 죽은 것도 아닌 영이라고 하신다. 살아 있지만 죽었기도 하다고 하신다. 니 어미는 지금 딱 그 상태라고 하신다. 병원에 누워 있댔지? 의식은 있고 몸이 죽었어. 그러니 생령이 되었지. 훨훨 혼이 귀신처럼 떠나간단 말이다. 죽었지만 죽지 않았다고 하신다. 딸년이 갖은 고생을 하니 어미가 누운 채 죽지를 못한다고 하신다. 어미가 생령이 되어 네년 근처를 돌아다니는 거라고 하신다. 니 어미가 사람들을 네 가게로 보내는 거라고 하신다. 돈 좀 쥐게 해 주려고. 니 어미가 사람들을 홀리는 거다. 생령도 귀신이다. 귀신이니까 그런 걸 할 수 있다고 하신다. 누굴 해코지도 하고 누굴 보호하기도 하고 귀신처럼 그런다고 하신다. 니 어미는 니년의 보호령이 되려는 거라고 하신다. 할머니가 이렇게 말씀하신다. 니 어미가 네년을 보호해 주고 있으니 기죽지 말라고. 그렇게 말씀하신다"

지연은 듣고만 있었다.

무당이 눈을 떴다.

할머니가 떠나려는 것 같았다.

"얼마 전에 네년한테 나쁜 귀신이 저지레하려고 했대. 그걸 니년 어미가 막았대. 이년아. 너는 그걸 알아야 해. 할머니가 막 야단치셔. 니년은 어미에게 가지 않고 뭘 그리 밖으로 싸돌 아다니냐고. 이년아. 돈이 문제야? 할머니는 이렇게 말씀하셔. 니년 어미가 앞으로 3개월은 더 살 거라고 하셔. 일찌감치 죽 었어야 하는데 니년 때문에 그러지 못하고 있다고 하셔. 잘해! 잘하라고! 오죽하면 죽었어야 할 어미가 생령이 되게 만들어? 지금 당장 가. 가서 니 어미 손을 잡고 니 어미 이마에 볼을 대 고 하고 싶은 말을 해. 할머니가 자꾸 그러셔. 생령은 귀신과 달라서 살아 있다고. 생령은 선한 존재야. 그러니 진심으로 말 하면 전부 알아듣는다고. 어미에게 가서! 이렇게 말해! 엄마, 나 힘들지 않다, 엄마, 나 잘할 수 있다. 그렇게 말해. 그래야 니 어미가 좋은 곳으로 떠나가. 알았냐!"

지연은 꼿꼿하게 앉아 무당이 하는 말을 들었다.

지연은 어금니를 깨물고 있었다.

생각했다.

병원에 가기 전에 꽃집부터 가야겠다고.

박산호

영어 소설을 번역하고 소설과 에세이를 쓴다. 장편소설 『너를 찾아서』 『오늘도 조이풀하게!』, 앤솔러지 『마티스×스릴러』, 에세이 『긍정의 말 들』 『어른의 문장들』 등을 썼다.

달려라, 강태풍!

1

엄마가 오지 않는다. 잠깐 나갔다 온다고 해 놓고선⋯. 컴컴한 밤에 엄마가 켜 놓고 나간 불은 환한 대낮이 된 지금도 흐릿하게 빛나고 있다. 얼른 다녀와서 밥 줄 테니까 조금만 기다리라고 해 놓고. 배가 너무 고프고 목이 말라 죽을 것 같다. 욕실 문이 조금이라도 열려 있으면 코로 밀고 들어가 대야의 물을 마실 수 있는데. 난 야속한 문만 바라봤다. 제일 난감한 건 '쉬야'와 '응가'다.

좀처럼 열리지 않는 현관문을 하염없이 바라봤지만, 터질 것 같은 오줌보는 참는다고 참아지는 게 아니었다. 결국 노랗고 뜨뜻한 물줄기가 거실 바닥으로 줄줄 흐르다 엄마가 아끼는 흰색 레이스 방석 귀퉁이를 노랗게 물들이고 말았다. 나는 소리 없이 흐르는 오줌을 할짝할짝 핥았다.

그런다고 갈증이 가시진 않지만, 흔적을 조금이라도 지우면 엄마가 돌아왔을 때 야단을 덜 맞을 것 같았다. 오줌이 해결되자 이번에는 배에서 우르르 소리가 났다. 낑낑거리면서 거실 안을 빙글빙글 돌고 또 돌다가 결국 구석에 있는 냉장고 옆에 가서 뒷다리에 힘을 주며 똥을 눴다.

엄마는 왜 안 올까?

설마 내가 싫어졌나?

어제 아침에 노릇노릇하게 구워서 식탁 위에 올려 둔 식빵을 내가 덥석 물고 가 버린 게 분했나? 갈색 가죽 소파가 너덜너덜해질 때까지 발톱으로 박박 긁어서 화났을까? 엄마가 벗어 놓은 양말 한 짝을 물고 달아나 내 집 안에 숨겨 둔 게 짜증이 났나? 산책할 때마다 바닥에 떨어져 있는 지지를 주워 먹어서 삐쳤나?

길바닥에 있는 닭 뼈를 먹었다가 탈이 나서 병원에 입원하는 바람에 엄마에게 혼났던 기억이 떠올랐다. 엄마가 그렇게 화내는 건 처음 봤다. 그렇지만 그땐 정말이지 참을 수가 있었어야지! 살이 두툼하게 붙은 뼈다귀를 거부할 강아지가 세상에 어디 있다고! 나는 내 동그란 뒤통수에 수북하게 난 검은 털이 빠질 정도로 엄마가 돌아오지 않는 이유를 생각하고 또 생각했다. 그러다 그때 뼈다귀를 뺏으려는 엄마를 상대로 사납게 으르렁거리면서 허겁지겁 씹었던 닭고기 맛이 떠올라 입에서 긴 침이 뚝뚝 떨어졌다. 나는 왜 이리 먹보란 말인가.

엄마, 대체 언제 와? 나 진짜 엄마가 시킨 대로 열심히 기다리고 있단 말이야. 그러다 퍼뜩 불길한 예감이 들었다. 설마, 버린 거야? 차들이 쌩쌩 달리는 길가에 날 버리고 갔던 아빠처럼 나를 버린 건 아니지? 아닐 거야. 엄마가 그럴 리 없어. 나는 불안을 달랠 겸 주위를 둘러보다 방바닥에 있는 고무 장난감을 발견했다. 뼈다귀처럼 생긴 그 살구색 장난감을 질겅질겅 씹고 있는데 며칠 전에 입속에 들어왔던 말캉말캉한 그것이 떠올랐다.

혹시 그것 때문인가? 일주일 전 엄마랑 산책하러 나갔다가 공원의 낙엽 더미 속에서 찾아냈던 것. 산책이라지만 사실은 만성 운동 부족인 엄마를 끌고 하는 내 멋대로 달리기에 가깝다. 절절 끓던 여름이 가고 서늘한 바람이 불어오는 가을이 와 힘껏 달리면 어찌나 기분이 좋은지. 특히 낙엽 더미만 보면 나는 흥분해서 미친 듯이 달려가 슝, 하고 뛰어들곤 한다. 그 속에는 항상 좋은 게 숨어 있거든. 죽은 새나 쥐라든가, 인간들이 먹다 버린 과자 부스러기나 아이스크림 껍질 같은 거.

이제 와 생각하니 그날 좀 묘하긴 했다. 평소처럼 망원동 유수지에서 출발해 한강 공원 가장자리에 서 있는 키다리 나무들 근처까지 갔을 때, 수북이 쌓인 낙엽 더미에서 뭔가가 날 부르는 것 같았다. 그 냄새를 맡자 가슴이 쿵쿵 뛰고 피가 끓어올랐다. 나는 목줄을 잡고 매달리는 엄마를 끌고 바람처럼 달려가 그대로 낙엽 더미 속으로 점프했다. 그리고 검정 코를 낙엽 더미에 파묻고 킁킁거리다 마침내 그 냄새의 근원을 찾아냈을 때 냅다 물고 달아났다. 거기까지 쩔쩔매면서도 가까스로 나를 따라왔던 엄마는 엉겁결에 목줄을 놓치고 말았다. 몸이 가벼워진 나는 등에 날개가 돋은 듯 신나게 달렸다. 한강을 따라 걷거나 달리고 있던 사람들은 달려가는 나를 보며 웃다가 허겁지겁 쫓아가는 엄마를 응원했다.

마침내 간신히 목줄을 잡는 데 성공한 엄마는 내가 입에 물고 있는 그것을 보고 비명을 질렀다.

"끄아아악!"

그 소리가 어찌나 크고 날카로운지 그만 그걸 떨어뜨리고 말았다. 전체적으로 말랑말랑한데 윗부분에 네모나고 딱딱한 조각이 붙어 있어 씹기도 참 좋았는데. 익숙하고 달큰한 냄새도 났다. 뭔가 기분이 좋아지면서 한편으로는 알 수 없는 그리움이 풍기는 냄새였다. 엄마는 비명을 지르는 와중에도 덜덜 떨리는 손으로 내가 떨어뜨린 그것을 얼른 집어 올렸다. 그러다 흙바닥에 털썩 주저앉고 말았다.

엄마의 반응이 심상치 않자 나는 얼른 엄마 옆에 엉덩이를 대고 앉았다. 엄마가 울적하거나 힘이 없어 바닥에 주저앉을 땐 항상 엄마 옆에 앉는다. 나는 엄마를 지켜 주는 멋지고 힘센 강태풍이니까! 엄마는 옆에 다가와 등을 내밀고 앉은 나를 한 손으로 껴안더니 덜덜 떨리는 목소리로 말했다.

"태풍아, 너 이게 뭔지는 알고 물었니? 대체 어쩌다 이게 저 속에 있었을까?"

엄마의 비명을 들은 사람들이 하나둘 주위에 몰려들기 시작했다. 그날 엄마는 나와 함께 늦게까지 경찰서라는 곳에 있어야 했다.

문밖에서 인기척이 느껴졌다. 나는 발딱 몸을 일으켜 현관문을 향해 달려갔다. 누군가 현관문을 똑똑 두드리고 있었다. "강희수 씨? 이형식 형사입니다. 강희수 씨? 안에 계세요?" 굵은 목소리. 남자. 나의 뾰족하고 잘생긴 두 귀가 쫑긋 올라갔다. 엄마는 이럴 때마다 내가 귀엽다며 자지러졌는데. 엄마…, 하고 눈물이 나려는데 "강희수 씨? 아무도 안 계세요?" 하고 다시 목소리가 들렸다. 나는 고개를 갸웃했다. 어디선가 들어 본 목소리인데. "강희수 씨?" 내가 아는 목소리다! 나는 뒷발로 일어서서 현관문에 대고 외쳤다.

"멍! 멍! 멍! 멍!"

그리고 현관문을 앞발로 박박 긁어대며 끄악끄악 소리 질렀다.

"엄마가 사라졌어요. 엄마가. 제발 엄마 좀 찾아 주세요!" 인정하기 싫지만, 그때 내 목소리에 울음기가 좀 섞였던 것 같기도 하다.

"뭐야? 너 태풍이니? 혼자 있는 거야?" 자신을 이형식이라고 말한 남자의 목소리가 조금 달라졌다. 조금 전까지만 해도 희미하게 풍겨 오던 불안에 이제는 걱정하는 느낌이 배어 나왔다. 현관문을 사이에 두고 마주 서 있는 그의 냄새가 내 콧속으로 들어왔다. 엄마의 체취보다 더 강렬한 냄새. 흙냄새. 차가운 바람 냄새. 가죽 냄새. 수컷 냄새. 나는 현관문 틈새 사이로 들어오는 바람에 실린 남자의 냄새를 맡으며 필사적으로 소리를 질렀다. "엄마가 없어요. 엄마를 찾아 줘요! 엄마가 사라졌어요!"

이형식이라는 남자는 내가 짖는 소리에서 심상치 않은 기색을 느꼈는지 잠시 멈칫하다가 누군가에게 뭐라고 말했다. 그리고 나직한 목소리로 나를 달랬다. "태풍이라고 했지? 며칠 전에 우리 경찰서에서 만났잖아? 그때 내가 너 무지하게 예뻐 했잖아. 기억나지? 조금만 기다려. 내가 열쇠 아저씨를 불렀어. 금방 열어 줄게. 조금만 참자."

마치 등을 부드럽게 쓰다듬어 주는 것 같은 그의 목소리에 나는 끙끙거리며 답했다. 솔직히 말하자면 계속 큰 소리로 짖으며 울부짖을 힘도 없었다. 나는 차가운 현관 바닥에 배를 깔고 엎드린 채 현관문만 뚫어져라 바라봤다. 지금으로선 할 수 있는 게 그것밖에 없었다. 엄마도 그러라고 했다. 기다리라고.

우리 집을 지키라고.

2

현관 앞 바닥에 엎드려서 기다리는 동안 형식이란 남자의 발소리가 멀어져 갔다. 이대로 영 사라져 버리는 건 아닐까, 걱정됐지만 잠시 후 그가 돌아오는 소리가 들렸다. 나는 반가워서 컹컹 짖으며 다시 일어나 현관에 두 앞발을 대고 끙끙 울었다. 형식이 나를 달랬다. "미안해. 기다렸지? 편의점에 가서 네 간식을 사 왔어. 조금만 더 기다려." 그때, 또 다른 발소리가 들렸다. 형식보다 좀 더 묵직했다. 저음의 목소리와 함께 철컹거리는 소리도 들렸다. 두 번째로 온 사람이 뭔가를 현관문 밖 바닥에 내려놓고 형식과 이야기를 나누더니 문에 대고 뭔가 하기 시작했다.

그와 함께 온몸이 뻣뻣해졌다. 뭐지? 설마 나를 잡으러 왔나? 배가 고파서 축 늘어져 있던 몸이 다시 긴장됐다. 예전처럼 길에서 낯선 이들에게 잡혀 또 끔찍한 곳으로 끌려갈 순 없어. 나는 남은 힘을 그러모아 크앙크앙 짖었다. 안 돼. 난 엄마를 찾아야 해. 날 건드리면 다 콱 물어 버릴 거야. 나 정말 무섭고 힘센 개라고. "괜찮아, 태풍아. 너를 해치려는 게 아니야. 곧 문이 열릴 거야." 형식은 내 마음을 읽은 것처럼 나를 달래려고 애썼다. 과연 이 남자를 믿을 수 있을까?

띠. 띠. 띠. 띠. 현관문이 열리고 빛이 쏟아져 들어왔다. 나는 벌떡 일어서서 침입자를 향해 달려들었지만, 그가 먼저 잽싸게 옆으로 피했다. 대신 형식이란 남자가 재빨리 나를 잡았다. 오랫동안 물 한 모금 먹지 못한 탓에 맥도 못 추고 잡히고 말았다. 문을 열어 준 남자가 코를 찡그렸다. "으악, 이게 무슨 냄새죠? 똥 냄새 아닌가요?" 엉겁결에 나를 안아 든 형식도 이맛살을 찌푸렸다.

이내 그의 얼굴에 수심이 드리웠다. 그는 네 다리로 버둥대는 나를 조심스럽게 바닥에 내려놓고 거실로 들어갔다. 또 다른 남자가 말했다. "그럼 전 이만 가 보겠습니다. 수고하세요." 거실을 둘러보는 형식이 건성으로 고개를 끄덕이는 사이에 그 남자는 사라졌다.

형식은 날카로운 눈빛으로 열린 안방 문, 대낮인데 방마다 환하게 켜져 있는 전등 불빛, 싱크대에 쌓여 있는 컵들과 접시들, 텅 비어 바짝 마른 내 밥그릇과 물그릇을 훑어봤다. 잠시 멍하니 서 있던 그는 내가 끙끙대자 "도대체 무슨 일이 있었던 거니? 엄마는 어디 갔어?" 하고 물었다. 나는 대답할 기운도 없어 꼬리만 힘없이 흔들었다. 그러자 그가 눈치 빠르게 얼른 내 밥그릇을 들고 싱크대로 갔다. 와, 드디어 밥을 먹게 되나? 하지만 그가 가져온 것은 물이었다. 밥이 아니라서 실망했지만, 물도 반가웠다. 대체 얼마 만에 보는 물이냐.

허겁지겁 목을 축이고 있는데 호주머니에서 핸드폰을 꺼내 들여다보던 그가 말했다.

"네 엄마가 이틀 전 밤에 내게 전화했어. 난 그 전날 밤샘 근무를 해서 자느라 전화를 못 받았지. 어제 아침에 일어나니 부재중 전화가 세 통이나 왔더라. 그 후로 네 엄마에게 계속 전화했는데 안 받아서 왔는데…. 집이 이 모양이 된 걸 보니 무슨 일이 생긴 것 같구나." 그는 잠시 애꿎은 내 머리통만 쓰다듬으며 한숨을 쉬다가 덧붙였다. "네가 말을 할 수 있다면 얼마나 좋겠니." 이봐요. 나도 당신이 내 말을 알아들으면 정말 좋겠어. 나야말로 속이 터질 것 같단 말이야. 설마, 엄마가 다시 안 돌아오는 건 아니겠지? 그런데 물만 주고 끝이야? 아까 간식 사 왔다고 하지 않았어?

나는 내 머리통만 계속 쓰다듬는 그의 손과 몸의 냄새를 꼼꼼히 맡았다. 그러다 그의 점퍼 주머니에서 삐죽 튀어나온 길고 흰 것을 봤다. 어, 이거 엄마가 가끔 산책길에 사 주던 간식 같은데. 그 길쭉한 걸 물어서 슬그머니 잡아 빼려던 순간, 주머니에서 뭔가가 윙윙 소리 내며 울렸다. 형식이 벌떡 일어서면서 그것을 귀에 갖다 댔다. "네, 반장님. 제가 지금 어디 있냐면…." 그는 주위를 둘러보며 잠시 대답을 망설였다. 그러다 그 네모난 물건에서 다짜고짜 튀어나오는 큰 소리에 움찔하더니 잠시 후 표정이 어두워졌다.

"시체가 나왔다고요? 토막 시체? 알겠습니다. 바로 서로 들어갈게요. 저도 보고드릴 것이 있어요." 그가 날 내려다본 것과 동시에 내가 펄쩍 허공으로 뛰어올라 간식을 빼냈다. 엄마는 소시지라고 불렀던가. 어두운 형식의 얼굴에 순간 밝은 미소가 피어올랐다. "아, 미안. 너에게 준다고 산 걸 깜박했네. 배고팠지? 줘 봐. 내가 껍질 까 줄게."

하지만 내가 그런 속임수에 넘어갈 것 같으냐. 그건 내가 뭔가—주로 식탁 위에 있는 사과나 바닥에 돌아다니는 티슈 조각이나 땅바닥에 떨어진 과자 부스러기—를 쟁취할 때마다 엄마가 하는 말인 걸 모를 줄 알고. 나는 소시지를 입에 문 채 뒤로 물러나며 낮게 으르렁거렸다. "널 여기에 두고 갈 수도 없고. 그렇다고 데리고 갈 수도 없고. 어쩐다. 일단 나랑 같이 가자." 형식은 천천히 다가와 날 품에 안고 현관으로 가더니 가죽 신발을 신고 문을 열었다. 저거 한 짝 물고 거실 바닥에 엎드려 질겅질겅 씹으면 참 좋겠는데.

순간 어마어마하게 거센 바람이 밀려들었다. 나는 허공에 대고 코를 킁킁거렸다. 바람 냄새. 가을 냄새. 낙엽 냄새. 나는 그의 품에서 펄쩍 뛰어내렸다. 입에는 소시지를 꽉 문 채 허둥대는 그를 뒤로하고 내달렸다. 엄마와 함께 산책 다닐 때 내려갔던 계단을 향해. "안 돼, 태풍아! 기다려! 같이 가!" 뒤에서 형식의 고함이 들렸지만 뒤돌아보지 않고 달리며 생각했다.

미안. 난 엄마를 찾으러 가야 해. 엄마는 내가 구할 거야!

3

아파트 현관 밖으로 나와서 정신없이 달려나갔다. 아파트 문을 벗어나는 순간 부아아앙, 소리를 내며 달려오는 나쁜 놈에게 치일 뻔했다. 얼마나 놀랐는지. 소중한 소시지를 바닥에 떨어뜨리고 말았다. 엄마랑 산책할 때마다 내 비위에 거슬린 놈! 나쁜 놈! 엄마는 저 괴물을 오토바이라고 했던가. 하마터면 나를 칠 뻔했던 괴물 위에 앉아 있던 남자가 헬멧을 벗더니 빽 소리 질렀다. "야, 이 똥개 새끼야, 너 때문에 식겁했잖아. 빌어먹을 똥개 새끼." 마음 같아선 나도 목청껏 짖으면서 내 기분이 얼마나 더러운지 알려 주고 싶었지만, 지금은 좀 바빠서. 나는 바닥에 떨어진 소시지를 물고 다시 달렸다.

어느새 엄마와 항상 가는 길을 달리고 있었다. 한강을 따라 길게 늘어선 산책로. 그 길을 계속 달리면 작은 카페가 하나 나온다. 엄마는 그곳을 구름이네, 라고 불렀다. 털이 새까맣고 몸집이 큰 나와 마주치면 사람들이 무서워할 걸 걱정해서 우리는 주로 밤에 산책에 나섰다가 길이 끝나는 지점에 있는 구름이네에 종종 들르곤 했다. 엄마는 반려견도 입장할 수 있는 가게라면서 좋아했다.

나도 이곳이 좋았다. 여름엔 시원하고 겨울엔 따뜻한 곳. 안에 들어가면 항상 달콤한 냄새가 코를 간지럽혔다. 바, 바, 바 뭐라고 했는데. 아무튼 엄마가 늘 마시는 걸 달라고 하면 친절한 누나가 그걸 만든 후 나에게도 과자를 하나씩 줬다. 과자도 좋지만 나를 쓰다듬어 주는 누나의 보드라운 손길이 더 좋았다. 누나는 집에서 구름이란 이름의 푸들을 키운다면서 나를 아주 예뻐했다. "아유, 태풍이는 어쩜 이렇게 잘생겼어? 시바가 이렇게 잘생긴 개인 줄 처음 알았잖아." 날 볼 때마다 그렇게 말해 주는 누나에게서는 항상 달콤한 냄새가 풍겼다.

잠깐. 내가 여기에 왜 왔지? 엄마도 없는데. 아 참! 누나에게 알려 줄 게 있었지. 우리 엄마를 못 봤냐고 물어봐야 한다. 내가 엄마와 같이 살기 시작한 후 엄마가 제일 자주 만난 사람이 구름이 누나다. 엄마는 구름이 누나와 친하댔으니까 도와주겠지. 친구는 그런 거잖아, 안 그래?

그런데 당황스럽게도 카페 문은 닫혀 있었다. 이상하다, 밤이 아니라서 그런가? 아닌데, 가끔 낮에 왔을 때도 늘 열려 있었는데. 이제 어떻게 한다? 맥이 풀린 내가 멍하니 가게 앞을 왔다 갔다 하는데 하악하악, 하는 카랑카랑하고 위협적인 소리가 들렸다. 고개를 휙 돌리는 순간 날카로운 뭔가가 내 눈 위를 할퀴고 지나갔다. 이어서 짧지만 강렬한 아픔이 느껴졌다. 나는 무의식중에 "깨갱!" 소리를 냈다. 오른쪽 눈 위가 불에 덴 것처럼 아프더니 핏방울이 뚝뚝 떨어졌다.

고개를 들자 내 앞에 치즈 할멈이 서서 나를 노려보고 있었다. 아프기도 하고 놀란 나머지 입에 물고 있는 소시지를 또 떨어뜨렸다가 얼른 다시 물고는 질세라 나도 할멈을 노려봤다. 하지만 다리가 덜덜 떨리는 건 어쩔 수 없었다. 이러다 꼴사납게 오줌을 지릴까 걱정이 됐지만 사나이 체면이 있지! 나는 뒷다리에 잔뜩 힘을 준 채 버티고 서서 말했다. "왜 때려요? 내가 뭘 어쨌다고?"

"'내가 뭘 어쨌다고?' 이 시커먼 놈아. 감히 여기가 어딘지 알고 얼쩡거려? 여긴 내 땅이야. 어딜 내 허락도 없이!" 옅은 갈색과 진갈색 몸에 흰 줄무늬가 여럿 난 늙은 고양이 치즈 할멈이 꽥 소리를 질렀다. 치즈 할멈은 구름이 누나가 먹을 걸 챙겨 주는 길고양이다.

치즈 할멈은 우리 동네에서 가장 무섭고 힘센 대장이다. 하필 이럴 때 이 성질 고약한 할멈과 마주치다니. 나도 모르게 한숨이 나왔다.

치즈 할멈과의 악연은 엄마와 처음 나섰던 산책에서 시작됐다. 첫 번째 주인과 살 때는 산책이 뭔지도 모른 채 목줄에 묶여 살다가 도로변에 버려졌다. 그 후 유기견 보호소로 간 나는 옆 케이지의 친구들이 속속 입양되는 동안 크고, 새까맣고, 성질 더러운, 시바견이라는 이유로 아무도 거들떠보지 않았다. 그러다 안락사되기 하루 전날 자원봉사 나온 엄마와 눈이 마주쳤다. 엄마는 날 본 순간 우리가 가족이 될 운명인 걸 알았다나.

산책도 엄마에게서 처음 배웠다. 엄마가 내게 목줄을 채워 집을 나가려 했을 때 나는 또 버려지는 줄 알고 나가지 않겠다고 버티고 또 버텼다. 하지만 바깥 공기를 마시며 걷고 뛰는 기쁨을 곧 알았다. 그러던 어느 날, 뭔가 굉장히 구미를 당기는 냄새를 따라 나는 앞뒤 보지 않고 뛰어갔다. 도착한 곳은 캣맘들이 공원 한구석에 마련한 고양이 집이었다. 나를 유혹한 것은 고양이 집에서 풍기는 사료 냄새였다.

내가 미처 몰랐던 건 그 안에 주인이 있다는 사실이었다. 집 안에서 느긋하게 누워 낮잠을 즐기고 있는데 낯선 침입자—그러니까 나—가 다짜고짜 까만 코를 들이밀자 격노한 주인—그러니까 치즈 할멈—이 날카로운 발톱으로 있는 힘껏 침입자의 코를 갈겼다. 나는 깨갱 소리를 내며 뒤로 물러섰고, 간신히 따라온 엄마도 그 자리에 멈춰 섰다. 그렇게 내 코에 벼락을 내리고도 분을 참을 수 없었던 치즈 할멈이 집에서 뛰쳐나와 우앵우앵 소리를 질러댔다. 예의도 모르는 버릇없는 놈이 어디 감히 겁도 없이 내 집에 들어오냐고. 나는 벌벌 떨며 도망치려 했다. 엄마도 치즈 할멈에게 사과하고 가려 했지만, 분이 안 풀린 치즈 할멈은 우리를 계속 따라오며 소리를 질렀다.

꼬리를 말고 도망치는 나를 보며 엄마는 말했다. "와, 저 고양이 카리스마 장난 아닌데. 근데 태풍아, 네가 잘못한 건 맞는데. 그 덩치에 이렇게까지 쫄 일이야. 이 귀여운 겁쟁이."

그 후로 산책하러 나갔다가도 멀리서 갈색에 흰 줄무늬 꼬리만 보이면 식겁하며 도망쳤는데 하필 오늘 마주칠 줄이야. 그래도 그렇지, 이렇게 다짜고짜 때리기야? 나는 한없이 억울하고 분했다. "온 동네가 다 할멈 땅이야? 그렇다고 또 때려?" 나는 마음속 떨림을 감추고 외쳤다. 그러자 치즈 할멈이 다시 앞발을 들고 나를 후려치려 했다. "뭐라고, 이놈아? 다시 말해봐. 네가 오늘 죽으려고 작정했구나, 멍청한 놈." 나는 얼른 뒤로 물러나며 소심하게 항변했다.

"여긴 엄마랑 자주 왔던 곳이라고. 구름이 누나도 날 아주 예뻐하고. 누나에게 중요한 할 말이 있어서 왔단 말이야." 구름이란 말을 듣자, 치즈 할멈의 표정이 누그러졌다. 그렇지, 아무리 할멈이 까칠하고 성격이 지랄 같아도 매일 밥을 주는 누나한테는 뭐라 못 하겠지. 나는 안도의 한숨을 쉬었다.

4

"구름이? 넌 구름이가 어디 있는지 알아?" 치즈 할멈은 날

후려치려던 발을 내리고 한 발짝 다가와 추궁하듯 물었다. 아직 두려움이 가시지 않은 나는 반사적으로 뒤로 물러났다. "몰라. 하지만 일주일 전에 산책하러 나갔다가 내가 구름이 누나 걸 발견했거든. 누나에게 알려 주려고 했는데."

그러자 치즈 할멈은 고개를 휘휘 내저었다. 할멈의 움직임과 함께 뺨에 난 하얀 수염이 몇 가닥 같이 흔들렸다. "구름이는 여기 없어. 안 보인 지 보름도 넘었어. 이럴 아이가 아닌데. 가게 쉬는 날에도 우리 밥때 맞춰서 나오거나 친구를 시켜서라도 우리 밥과 물을 챙기는데. 다들 걱정하던 참이야."

"다들?" 내가 고개를 갸웃거렸다.

"우리 동네 고양이들. 동네 곳곳을 다니며 고양이들 밥과 물을 줬거든. 정말 착한 아이였는데. 뭔가 일이 생긴 거야." 치즈 할멈은 한숨을 쉬더니 다시 나를 보며 물었다.

"근데 구름이에게 말한다는 게 뭐야?"

나는 또 한 대 맞을까 봐 겁이 나 서둘러 대답했다.

"낙엽 더미 속에서 뭔가 발견했거든. 거기서 익숙한 냄새가 나서 궁리하다 뭔지 깨달았어. 구름이 누나 거였어. 누나를 만날 때마다 풍기던 다디단 냄새가 희미하게 배어 있었거든. 엄마 말로는 그게 바, 바, 바 뭐라고 하던데."

"뭐? 그게 뭔데?! 대체 어떻게 생긴 건데?" 치즈 할멈이 깜짝 놀란 얼굴로 날 쳐다봤다.

"어, 그게 몰캉몰캉하게 씹히고, 길이는 이 정도 되고." 나는 고개를 흔들어서 대충 길이를 보여 주었다. "그리고 끄트머리 위쪽에 네모난 딱딱한 게 있었어. 그건 씹기가 좀 힘들어 보였지. 아무튼 분명 누나 거였어. 구름이 누나가 흘렸나 봐. 그래서 말해 주려고 온 거야. 나랑 같이 엄마를 찾아 달라고도 부탁하고. 엄마랑 누나는 친구니까."

치즈 할멈이 나를 물끄러미 보더니 이내 돌아서서 천천히 걸어가기 시작했다.

"왜 그냥 가? 구름이 누나랑 우리 엄마는 어쩌고?"

내 물음에 할멈이 걸음을 멈추곤 나를 돌아봤다. 햇빛 때문에 할멈의 노란 눈동자가 순간 새까맣게 변했다.

"원래도 아무것도 모르는 천둥벌거숭이인 줄은 알았지만, 정말이지 몰라도 너무 모르는구나. 네가 발견한 게 뭔지 모른다면 굳이 내 입으로 말하고 싶지 않다."

놀란 나는 치즈 할멈의 앞을 막아섰다.

"할멈, 왜 그냥 가? 난 엄마를 찾아야 해. 구름이 누나를 같이 찾아보자. 누나가 우리를 도와줄 거야!"

"쯧쯧. 어리석은 것. 구름이는 그런 걸 흘리고 다니지 않아. 분명 험한 것에게 당했을 거야. 이젠 우리도 어쩔 수 없어. 구름이는 포기하고 네 엄마나 잘 찾아봐." 그렇게 말하는 할멈의 꼬리가 미세하게 떨렸다. 나는 허겁지겁 따라가며 말했다. 설득했다. 아니, 애걸했다. 엄마를 찾아야 한다고. 엄마를 지켜야 한다고. 엄마에겐 나밖에 없다고. 그리고… 나에게도 엄마밖에 없다고. 심지어 지금 내가 가진 전부인 소시지를 바치겠다고까지 했다. 할멈은 내 울먹이는 목소리를 듣고 멈춰 서서 날 쳐다봤다. 그리고 내 입에서 실처럼 뚝뚝 떨어지는 침을 보자 작고 가는 입을 길게 늘이며 킬킬 웃었다.

"네 침이 묻은 더러운 걸 바치겠다고? 날 어떻게 보는 거야? 이 동네를 쥐락펴락하는 치즈 할멈이라고 몇 번을 말해." 할멈은 내 눈에 고인 눈물은 본 척 만 척하고 고개를 저으며 말했다.

"성산대교 밑에 사는 개 한 마리가 있어. 털이 시커먼 너랑 달리 눈처럼 하얘서 우리는 흰둥이라고 부르는데 개가 네 엄마를 봤을지도 모르지. 하루 종일 쏘다니니까. 하지만 조심해. 흰둥이도 운이 좋아 길에서 살아남은 건 아니거든. 그러니 그 애지중지하는 소시지는 그 아이에게 바치는 게 좋겠어."

그렇게 나는 소시지를 문 어금니에 힘을 준 채 성산대교를 향해 달리기 시작했다.

5

엄마와 산책할 때 몇 번 가 봐서 거기가 어딘지 알고 있었다. 엄마는 대낮에도 어둡고 무서운 곳이니 가면 안 된다고 했었다. 그런데 나의 결연한 의지와 다르게 소시지 향이 어찌나 황홀한지 당장 멈춰 한입에 먹어 치우고 싶었다. 비닐이고 뭐고 아작아작 씹어서 꿀꺽 삼키려는 찰나, 치즈 할멈의 말이 떠올랐다. 어서 흰둥이를 찾아야 해. 나는 더 열심히 뛰었다.

나무에 대고 노상방뇨하는 남자와 마주친 건 목적지를 코앞에 두고서였다. 몸에서 지린내, 땀내, 고린내, 술내 등 온갖 게 뒤섞인 지독한 냄새가 났다. 얼마나 오랫동안 빨지 않았는지 원래 색을 알 수 없는 옷이 피부와 착 달라붙은 것 같았고, 얼굴에도 땟국물이 줄줄 흘렀다. 일을 마치고 바지춤을 추켜올리던 남자와 나의 눈이 마주쳤다. 그는 잠시 비틀거리더니 다시 똑바로 서서 날 노려봤다. "뭘 봐, 이 개새끼야." 그러더니 뚜벅뚜벅 걸어와서 느닷없이 내 배를 걷어찼다. 컥! 그렇지 않아도 배고파서 힘도 없는데. 신음이 절로 나왔다. 하지만 아픈 와중에도 화가 치밀었다. 대체 내가 뭘 어쨌다고 발길질이야?

이번에는 내가 소시지를 땅바닥에 내려놓고 몸을 낮추며 남은 힘을 그러모아 으르렁거렸다. 늙수그레한 남자는 잠시 주춤했다. 하지만 주위에 아무도 없는 걸 확인하고는 야비한 미소를 지으며 길가에 있는 돌멩이를 두어 개 주웠다. "이 개새끼가 같잖게 대들고 지랄이야. 너도 내가 우습냐? 너도 내가 우스워? 하다 하다 개새끼까지 날 무시하네. 이 씨부랄 개새끼야!" 남자가 던진 돌을 얼른 피했지만 또 돌멩이를 던졌다. 젠장, 이번에는 머리에 제대로 맞고 말았다. 엄청난 고통이 폭발했다. 여기 비하면 아까 치즈 할멈에게 할퀸 건 귀여운 수준이었다. 그때 뭔가 희끄무레한 것이 나타나 남자에게 덤벼들었다.

"으악! 으아악! 이거 놔!" 다시 보니 새하얀 개 한 마리가 그 남자의 종아리를 콱 물고 있었다. 비명을 지르며 몸을 비틀던 남자는 기회를 틈타 흰 개를 주먹으로 내리치려 했다. 사나이가 어찌 가만히 있을쏘냐! 내가 재빨리 달려가 사내의 다른 쪽 종아리를 물었다. 그는 고래고래 악을 쓰면서 우리를 거칠게 잡아 떼 내고 절뚝거리며 달아났다. 그제야 긴장이 풀려 멍하니 서 있는데….

"으앗!" 어느새 그 흰 개가 날 땅바닥에 쓰러뜨리고는 앞발로 내 목을 사정없이 누르는 게 아닌가. "웬 놈이 왜 내 구역에 들어와 말썽을 일으키는 거지?" 흰 개가 날 내려다보며 차갑게 말했다. 나는 그 개를 올려다보다가 두 가지 이유로 놀랐다. 먼저 왼쪽 눈이 있어야 할 자리에 털만 보였다. 또 하나는 흰 개가 성질과 달리 아주 예뻤다는 점이다. 느닷없이 심장이 톡톡 뛰기 시작했다. 벌떡 일어나 흰 개의 엉덩이 냄새를 맡고 싶었다. 미친놈처럼 꼬리를 흔들며 주위를 맴돌고 싶어졌다. 흰 개는 내가 아무 반응이 없자 내 목을 누른 발에 더 힘을 줬다.

"으앗. 컥컥컥. 치즈 할멈이 흰둥이를 찾아가라고 했어." 그 말에 흰 개의 하나밖에 없는 파란 눈에 잠시 의아한 빛이 떠오르더니 발을 들어서 날 놓아줬다. 나는 얼른 일어나 땅바닥에 떨어진 소시지를 물고 흰둥이에게 슬며시 다가갔다. 내 침과 흙까지 묻어 좀 지저분했지만, 소시지는 소시지니까.

"나를 왜?" 흰둥이는 말이 짧았다.

"우리 엄마를 찾고 싶어서."

"우리 엄마? 내가 너희 엄마를 어떻게 알아? 너희 엄마도 너처럼 까매?"

"아니, 그게 아니라 인간 엄마."

흰둥이의 얼굴에 비웃음이 스쳐 지나갔다.

"인간 따위를 엄마라고 부르다니 부끄러운 줄 알아."

"그런 너도 한때는 인간 엄마가 있지 않았어? 처음부터 길에서 살진 않았을 것 같은데."

흰둥이가 벌컥 화내며 번개처럼 덤벼들어 내 목을 콱 물었다. 앗, 내가 아픈 곳을 찔렀나. 왠지 미안해져 아파도 꾹 참았다. 주둥아리를 잘못 놀린 내 잘못이니까. 내가 아무 저항도 하지 않자, 흰둥이는 머쓱했는지 입을 벌려서 날 놔줬다.

"내가 왜 네 엄마의 행방을 안다고 생각해?" 흰둥이가 소시지에는 눈길도 주지 않은 채 물었다.

"네가 온종일 동네를 쏘다닌다고 해서. 정말로 우리 엄마 못 봤어? 단발머리에 흰 티셔츠와 청바지를 입었어. 키는 작은데 안경 긴 눈이 크고 착하게 생겼어. 아니면 요즘 다른 인간을 해치는 나쁜 인간을 본 적 있어?"

"나쁜 인간? 내 눈을 도려낸 그런 인간?" 흰둥이의 입에서 느닷없이 그 말이 튀어나왔다. 나는 눈을 동그랗게 뜨고 흰둥이를 바라봤다. 흰둥이는 날 외면하면서 조용히 한마디했다.

"네 엄마가 누군진 모르겠지만, 위험한 인간은 하나 봤어."

"뭐라고?" 나도 모르게 흰둥이에게 바짝 다가서자, 흰둥이가 금방이라도 나를 물어 죽일 것 같은 눈빛으로 노려보며 으르렁거렸다. 나는 다시 한 발짝 뒤로 물러나면서 흰둥이를 바라봤다. 가슴이 바짝바짝 조여 왔다. 흰둥이마저 날 도와주지 않으면 어떡해야 하지?

"제발 말해 줘. 부탁이야. 내가 죽기 전날 엄마가 날 구해 줬던 것처럼, 나도 엄마를 구해야 해."

흰둥이는 묘한 눈빛으로 날 한참 바라봤다. 저건 그리움일까, 두려움일까. 어쩌면 부러움?

"공원에서 비둘기들에게 밥을 주는 중년 남자가 있어. 언뜻 보기엔 좋은 인간처럼 보여. 날마다 먹을 걸 가져와서 뿌려 주면 나처럼 길에서 사는 동물들이 와서 먹거든."

"그게 뭐가 위험해?"

흰둥이는 잠시 입을 다물었다가 말을 이었다.

"얼마 전부터 공원에서, 길에서, 하수구에서, 다리 밑에서 죽어 가는 동물들이 한두 마리씩 보이기 시작했어. 난 그 남자가 주는 먹이 때문이라고 생각해."

"넌 괜찮아?" 내가 눈을 동그랗게 뜨고 물어보자, 흰둥이는 한심하다는 눈빛으로 나를 보더니 대답했다. "난 인간을 믿지 않아. 그러니 그들이 주는 먹이도 먹지 않고."

"그렇구나. 그 남자는 어디서 만날 수 있어?"

"아까 말했잖아. 매일 공원에서 먹을 걸 뿌린다고. 지금 가면 볼 수 있을 거야."

"고마워! 정말 고마워!" 나는 흰둥이 앞에 소시지를 가지런히 내려놓고 몸을 돌려 가다가 다시 돌아섰다. "인간은 못 믿더라도 난 믿어 줘. 그 소시지는 너 먹어. 아까 구해 줘서 정말 고마웠어. 다시 만날 수 있으면 좋겠다!"

하지만 흰둥이는 바닥에 내려놓은 소시지를 물끄러미 내려다보고만 있었다. 배가 무지 고팠지만, 흰둥이가 저걸 먹어 준다면 기쁠 텐데.

6

엄마와 매일 걷던 한강 공원으로 갔다. 아까처럼 달려 보려 했지만, 다리에 힘이 들어가지 않고 머리도 어질어질했다. 아까 돌에 맞은 곳이 생각보다 크게 다친 모양이었다. 걸어가는 동안 머리에서 피가 뚝뚝 떨어졌다. 나는 바닥에 떨어진 피 냄새를 킁킁거리며 맡고 다시 고개를 들었다. 목이 말랐다. 이대로 길바닥에 주저앉아, 아니 철퍼덕 엎어져서 앞다리에다 점점 무거워지는 머리를 얹고 한숨 자고 싶었다. 하지만… 그렇지만… 그럴 순 없다. 가까스로 다리에 힘을 주고 걸어가려 했을 때 그 목소리가 들렸다.

"어머나, 너 태풍이 아니니?" 하는 놀란 목소리.

고개를 들자 운동화가 보였다. 잠시 후 한 여자가 쭈그려 앉더니 나와 눈을 맞추며 걱정스러운 얼굴로 살펴봤다. 누구지? 내가 고개를 갸웃하자 여자가 생긋 웃었다. "우리 몇 번 봤는데. 기억 안 나? 나 매일 여기서 달리잖아. 네가 엄마랑 산책하는 모습 여러 번 봤어. 네 엄마에게 허락받고 널 쓰다듬은 적도 있는데." 그러면서 손을 들어서 내 머리를 만져 보려고 했다. 내가 반사적으로 움찔하자, 여자가 무엇을 발견하곤 눈살을 찌푸렸다.

"맙소사, 머리에서 피가 나잖아. 많이 다친 거 같은데. 네 엄마는 어디 있니?" 그러더니 메고 있던 배낭에서 물병을 꺼냈다.

"먹을 게 있으면 좋았을 텐데 아무것도 없어서 미안. 일단 물이라도 마셔." 어느 정도 갈증이 가셔서 고개를 들자, 여자가 주머니에서 네모난 걸 꺼냈다.

"엄마는 어딨어? 지난번처럼 네 목줄을 놓친 것 같은데. 내가 연락해 볼게." 여자는 내가 목에 차고 있는 이름표에 새겨진 번호로 전화를 걸었지만 곧 한숨을 쉬며 끊었다. "전화를 안 받네. 일단 나랑 같이 병원에 가자. 거기서 다시 엄마에게 전화해 보자." 여자가 내 리드를 향해 손을 뻗었다.

안 돼! 나는 엄마를 찾아야 해! 병원에 갈 시간 없어. 나는 여자의 손을 피해 펄쩍 뛰었다. 물을 마시니 다시 힘이 났다. 그렇게 다시 달리기 시작했다. 흰둥이가 말한 공원의 한가운데를 향해서. 어서 가야 한다. 해가 지면 그 남자가 사라져 버릴 것이다. 잠깐 고개를 돌리자, 여자가 자리에 서서 나를 보며 다시 네모난 것에 대고 뭐라 말하고 있었다.

그렇게 걷다 뛰다 반복하면서 공원 한가운데로 갔을 때, 드디어 비둘기들이 모여 있는 곳이 보였다. 비둘기들이 구구구구 소리 내며 바닥에 하얗게 흩어진 뭔가를 열심히 쪼아 먹고 있었다. 그걸 보자 다시 배가 고파졌다. 저게 무엇이든 나도 먹고 싶었지만 문득 흰둥이의 어두운 얼굴이 떠올랐다. 나는 천천히 비둘기 무리를 향해 걸어갔다. 앞에 한 남자가 서 있었다. 머리에 모자를 쓰고 손에 든 봉지에서 뭔가를 뿌리고 있는 남자. 바람에 실려 온 냄새를 맡으니 우리 동네 시장에서 파는 튀밥 같았다. 나는 침을 꼴깍꼴깍 삼키며 걸어가다가 남자 뒤에서 우뚝 멈춰 섰다. 바람에 실려 온 건 튀밥 냄새만이 아니었다. 희미하게 엄마의 냄새가 풍겼다. 엄마! 그리고 그 바, 바, 바. 바 뭐라더라. 구름이 누나에게서 나던 달콤한 냄새도….

7

냄새들과 함께 기억 하나가 튀어 올랐다. 엄마 냄새나 구름이 누나 냄새 말고 남자에게서 나는 냄새에 관해 떠오른 기억이었다. 이 남자는 내가 아는 남자다. 마주친 적이 있다. 어디였지? 피는 계속 흐르고 머리가 어질어질한 것이 마치 안개 속에서 헤매는 것 같은 순간, 내 기척을 느꼈는지 남자가 몸을 돌려 나를 봤다. 그의 얼굴에 일순 놀란 표정이 떠오르더니 금방 활짝 미소가 떠올랐다. "안녕, 강아지?" 남자는 날 몰라봤다.

그는 허리를 굽히더니 봉지에서 튀밥을 한 주먹 꺼내 내밀었다. "까까 먹을까? 맛있는 거야. 여기 비둘기 친구들도 아주 좋아하는 거란다." 나는 그가 내민 손바닥에 수북이 쌓여 있는 튀밥을 봤다. 너무 배가 고픈 나머지 자존심도 없이 입에서는 침이 뚝뚝 흘러내리고 있었다. 나는 그의 손에 코를 댔다. 달달하고 구수한 튀밥 냄새 속에 희미하게 엄마 냄새가 섞여 있었다. 나는 왈칵 토하고 싶은 마음과 이 손을 꽉 물고 싶은 마음 사이에서 잠시 갈등했다.

내 마음을 눈치챘는지 남자의 표정이 순식간에 얼어붙었다. 그는 홱 돌아서며 내뱉었다. "싫으면 관둬. 빌어먹을 개새끼." 그리고 봉지를 거꾸로 들어 주위에 골고루 뿌렸다. 비둘기들이 소나기처럼 쏟아지는 튀밥을 쫓아 정신없이 몰려들었다.

내가 뒤로 물러난 사이에 남자는 두 손을 붙여 탁탁 소리 내며 봉지를 털더니 빈 봉지를 호주머니에 쑤셔 넣은 후 뒷짐을 지고 걸어가기 시작했다.

저자를 놓쳐선 안 된다. 저자가 있는 곳에 분명 엄마가 있을 것이다. 하지만… 어쩐지 발이 떼지지 않았다. 아까 흰둥이가 한 말이 떠올랐다. 길거리에서 동물들이 죽어 간다고. 그래선지 남자에게서 죽음의 냄새가 풍겨 오는 것 같았다. 무서웠다. 치즈 할멈의 말처럼 저 남자는 험한 것이었다. 오줌을 지릴 것 같았다. 그때 치즈 할멈에게 쫓겨 도망치는 나를 보며 깔깔 웃던 엄마 말이 떠올랐다. "너 정말 귀여운 쫄보구나." 난 정말 쫄보에 겁쟁이인가? 유기견 보호소에서 처음 만났던 엄마의 눈을 생각했다. 케이지 안에서 멍하니 엎드려 있던 나와 다정하게 눈을 맞추던 엄마. 버림받을까 봐 무서워 집 밖으로 나가지 않으려는 나를 부드럽게 달래면서 조금씩 조금씩 바깥으로 나갈 수 있게 해 준 엄마. 엄마….

나는 조금 떨어진 거리에서 그 남자를 따라가기 시작했다. 얼마쯤 가자, 남자가 낡은 철제 대문 안으로 들어갔다. 문에서는 피 냄새 같은 금속성 냄새가 났다. 잠시 생각에 잠겨 있는 사이 남자가 문을 닫아 버렸다. 젠장! 저 안에 들어가야 엄마가 있는지 찾아볼 수 있는데. 어떻게 한담? 집을 둘러싼 담은 한없이 높아 보였다. 나는 집 주위를 뱅글뱅글 돌며 다른 출입구를 찾았으나 보이지 않았다. 하는 수 없이 대문 앞에 앉아 기다렸다. 그것 말고는 할 수 있는 게 없었다. 어쩌면 그게 내가 제일 잘하는 건지도 모르겠다. 다행이라면 뚝뚝 떨어지던 피가 멈추었다는 점이었다.

8

얼마나 기다렸을까. 까무룩 잠이 들려던 차에 다가오는 발소리가 들렸다. 깜짝 놀라 눈을 뜨니 한 여자가 크고 넓적한 가방을 들고 내 쪽으로 걸어오고 있었다. 나는 얼른 대문에서 물러나 골목 모퉁이로 숨었다. 여자가 나를 보고 기겁해서 소리 지르는 사태만은 피하고 싶었다. 다행히 여자는 나를 지나치고는 대문 앞에 서더니 뭔가를 눌렀다. 뚜뚜 소리가 나자 안에서 그 남자의 소리가 들렸다. "안녕하세요, 정수기 필터 교체하러 왔습니다. 문 좀 열어 주시겠어요?" 그러자 삑 소리와 함께 대문이 열렸다.

그런데 여자가 문을 살짝 열어 두고 가는 게 아닌가? 이게 무슨 횡잰가 싶어 얼른 열린 문틈으로 몸을 비집고 들어갔다. 여자는 어느새 집으로 들어갔는지 보이지 않았다. 나는 나무 두어 그루가 화단에서 자라고 있는 마당을 돌아다니며 열심히 냄새를 맡았다. 그러다 이층집 옆에 있는, 밑으로 들어가는 계단을 보았다. 그 계단 끝에는 또 다른 문이 있었다. 저게 반지 하라는 집인가?

나는 계단 앞으로 가서 냄새를 맡았다. 그러다 나도 모르게 끙 소리를 내고 말았다. 엄마였다. 엄마 냄새가 계단 아래쪽에서 흘러나오고 있었다. 내가 그 계단에 한 발을 디딘 순간 현관문이 열리더니 아까 그 여자가 나오고, 이어서 그 남자가 나왔다. 나를 먼저 발견한 건 여자였다. "어머나, 개를 키우시나 봐요. 귀여워라." 여자의 호들갑스러운 목소리에 남자가 의아한 표정으로 여자가 가리킨 쪽을 보다가 나를 발견했다. "너, 이 녀석! 아까 그놈이구나!" 남자의 심상치 않은 목소리에 여자가 깜짝 놀라 되물었다. "집에서 키우시는 개가 아니에요?"

"아닙니다. 들개 같은데 잡아야겠어요. 저렇게 돌아다니다 사람들을 물면 광견병에 걸릴 수 있어요." 광견병이라는 말에 여자의 얼굴이 대번에 파랗게 질렸다. 남자가 주위를 둘러보더니 현관 계단 옆에 세워 둔 삼각형 모양의 금속 달린 막대기를 들고 나를 향해 다가와 휘둘렀다. 내가 도망치면서 여자를 향해 뛰어가자, 이번에는 여자가 비명을 질렀다. 이때 남자가 쫓아와 다시 내 다리를 강타했다. "깨갱!" 오른쪽 뒷다리에서 부러질 것 같은 고통이 밀려왔다.

그런데 남자가 다시 막대기를 치켜들었을 때 흰 털 덩어리가 열린 문으로 뛰어 들어와 남자의 몸을 정통으로 들이받았다.

기습당한 남자가 땅바닥에 벌렁 넘어졌을 때 흰둥이가 외쳤다. "도망쳐!" 나는 달렸다. 앞장서서 달리는 흰둥이를 따라서.

9

그 집에서 뛰쳐나왔을 때, 뒤에서 남자의 고함이 들렸지만 나는 돌아보지 않았다. 잠시라도 돌아봤다간 막대기가 내 머리를 내려칠 것 같았다. 너무 무서워 오줌을 찔끔거리면서도 흰둥이를 따라 죽어라 달려갔다. 흰둥이는 위엄이 넘치면서도 우아했다. 이 와중에도 또 반했다. 어쩜 저렇게 멋진 거야! 감탄할 새도 없이 끼이익, 하는 소리가 들렸다. 그리고 자동차 한 대가 흰둥이 앞에서 멈췄다.

뭐야? 흰둥이가 차에 치인 거야? 길에서 떠돌 때 차에 치인 개들과 고양이들을 본 적 있었다. 안 돼! 나는 소리치며 흰둥이에게 뛰어갔다. 흰둥이는 보이지 않았다. 뭐지 싶어 고개를 들어 주위를 돌아본 순간 흰둥이는 차 뒤쪽에 서 있다가 나를 보자 달려가 버렸다. 다행이야, 무사했구나. 안도감이 폭풍처럼 밀려왔을 때 차 문이 열리고 남자 둘이 내렸다.

"으헉. 하마터면 개를 칠 뻔했어요. 그런데 이상하네. 방금 치일 뻔한 건 흰 개였는데. 이 아이는 검은색이네요?" 먼저 내린 남자가 이어서 내린 남자에게 말했다. 그런데 익숙한 냄새다. 그건 아침에 만난 형식의 냄새였다. "너 태풍이니? 태풍아!" 형식이 내 목을 부드럽게 잡고는 나를 살펴봤다. "세상에, 그사이에 무슨 일이 있었던 거야? 몰골이 왜 이래?" 하지만 마음이 바쁜 나는 그의 바짓가랑이를 물고 잡아당겼다. "태풍아, 왜 이래? 왜 바지를 무는 거야? 이러다 바지 찢어지겠어." 형식이 내 입에서 바지를 빼내려 했지만 나는 꿈쩍도 하지 않았다. 남은 힘을 그러모아 그의 바지를 물고는 덜덜 떨리는 다리를 끌고 가기 시작했다. 하지만 이젠 정말 힘이 다 떨어졌는지 다리가 말을 듣지 않으려 했다.

"팀장님, 이 개가 팀장님을 어디로 데려가고 싶은 게 아닐까요?" 옆에 있는 남자의 말에 형식이 심각한 표정으로 나를 내려다보더니 말했다. "알았어, 따라갈 테니까 바지는 좀 놓고 가자. 알았지."

나는 비둘기에게 먹이를 주는 남자의 집 쪽으로 천천히 걷기 시작했다. 그리 멀지 않은 게 다행이라면 다행이었다. 내가 걷는 방향을 보고 형식의 후배 형사가 말했다. "그 집으로 가는 것 같아요. 피해자를 스토킹했다는 남자요." 그 말에 형식이 대꾸했다. "어서 가 보자고." 나는 남자 둘을 이끌고 다시 그 집으로 돌아왔다. 막대기에 맞은 뒷다리에 더는 힘이 들어가지 않았고, 머리도 어지러웠지만 참아야 한다. 엄마가 저 안에 있어.

"여기 공성철 씨 댁이죠. 경찰입니다. 몇 가지 여쭤보려고 왔습니다." 형식이 초인종을 누르고는 인터폰에 대고 말했다.

"경찰이라고요? 무슨 일이죠?"

형식은 옆에 선 남자에게 눈짓하더니 대답했다.

"아, 며칠 전 요 앞에서 뺑소니 사고가 있었는데요. 그 일로 여기 사시는 주민들에게 탐문 수사를 하는 중입니다. 잠깐만 협조해 주시면 좋겠습니다."

곧이어 발소리가 들리고 문이 열리는 순간, 나는 두 남자를 제치고 안으로 뛰어 들어가 계단을 내려가며 목청껏 짖었다. 계단 밑에 있는 문은 닫혀 있었다.

10

"태풍아, 이리 와. 목줄 채우고 나가야지." 엄마는 다정하게 나를 부르며 내 목에 목줄을 채우고 일어났다. 우리는 밖에서 대기하던 차를 탔다. 지금 경찰서에 가는 거라고 했다. 지난번에 다친 다리가 아직 완전히 아물지 않아 엄마가 펫 택시를 불렀다. 경찰서로 가는 내내 엄마와 나는 꼭 붙어 앉았다. 엄마에게서 좋은 냄새가 났다. 엄마 냄새다.

경찰서에 도착하니 밖에서 형식이 우리를 기다리고 있었다. 그의 옆에도 개 한 마리가 앉아 있었다. 온몸이 눈처럼 새하얀 그 개를 보자마자 얼른 뛰어갔다. 내가 갑자기 뛸 줄 몰랐던 엄마는 내 목줄을 놓치고 말았다. 자신을 향해 뛰어오는 줄 알고 두 팔을 벌렸던 형식은 내가 자신을 지나치고 흰 개에게 뛰어들어 반가워하자 머쓱한 미소를 지었다. 나와 달리 흰둥이는 새침한 표정으로 나를 바라봤다.

엄마가 우리 쪽으로 걸어와 형식과 마주 보고 섰다.

"안녕하세요. 이형식 팀장님."

"네, 희수 씨. 몸은 좀 괜찮으세요?"

"이제 괜찮아졌어요. 날도 쌀쌀한데 안에서 기다리시지."

"이 아이가 답답해하는 것 같아서요." 그러곤 옆에 선 흰둥이를 내려다보았다.

엄마는 허리를 숙여서 흰둥이의 눈을 찬찬히 바라봤다. "고마워. 우리 태풍이와 같이 있어 줬다며? 우리 겁쟁이를 지켜 줘서 고마워."

그러더니 어두운 표정으로 이어 말했다. "범인은 자백했나요?"

"네. 태풍이가 애써 준 덕분에 희수 씨가 감금되어 있던 반지하에서 윤서정 씨의 혈흔과 지문을 찾았습니다. 범인은 반지하 욕실에서 윤서정 씨의 사체를 토막 냈다더군요. 범인이 윤서정 씨에게 반해서 그동안 스토킹하다 결국 살인을 저질렀다고 합니다. 그날, 태풍이가 서정 씨의 손가락을 찾은 걸 우연히 목격했고요. 희수 씨가 서정 씨가 운영하는 카페 단골인 걸 알고 있었기 때문에 서정 씨의 신원을 알아낼 것 같아서 희수 씨를 납치했다고 자백했어요."

"그랬군요. 태풍이가 발견한 손가락이 서정 씨 손가락 같다는 생각이 들었어요. 손가락 안쪽에 'LOVE'라는 작은 문신을 새겼던 게 기억나서 다음 날 팀장님에게 전화한 건데…" 엄마는 금방이라도 울 것 같은 표정이었다. 형식은 당황해하면서 얼른 화제를 바꿨다.

"그나저나 태풍이가 이번 사건에서 큰 활약을 했습니다. 태풍이 아니었으면 그자가 범인이라고 확신하지 못했을 거예요."

그는 허리를 숙여 내 머리를 쓰다듬었다.

"네. 우리 태풍이가 머리도 좋고 용감하고 또 잘생겼어요. 저를 닮았나 봐요." 엄마 말에 형식이 의아한 표정으로 바라보자 엄마가 풋 웃음을 터뜨렸다. "농담이에요, 농담. 형사님은 유머 감각이 좀 없나 봐요." 그제야 형식이 "아, 하하하하" 하고 뒤늦게 웃음을 터뜨렸다.

"참, 궁금한 게 있어요. 서정 씨는 어떻게 발견된 거죠?"

엄마의 진지한 질문에 형식은 머리를 긁적이며 대답했다. "사실은 발견되지 못할 뻔했어요. 범인이 시체를 음식물 쓰레기봉투에 조금씩 나눠 담아서 동네 곳곳에 있는 음식물 쓰레기통에 버렸거든요. 그런데 어떻게 된 일인지 그중 하나가 찢겨 있었어요. 찢긴 자국을 보니 길고양이 짓 같다고 감식반에서 그러더군요."

엄마는 한숨을 쉬고는 나와 흰둥이의 목줄을 잡았다.

"그렇군요. 그럼 가 볼게요. 그나저나 태풍이 친구까지 찾아 주셔서 감사해요."

"아니에요. 동네 순찰하다가 발견해서 어렵게 잡았는데 태풍이와 같이 있던 게 기억나서. 유기견 보호소로 보내기 전에 혹시나 하고 연락드린 겁니다. 이제 두 아이와 같이 사시는 건 가요?"

"네. 둘이라서 더 든든하고 좋을 것 같아요."

"제가 차로 모셔다드릴게요."

"택시 타고 가도 되는데." 하지만 형식은 엄마의 대답을 기다리지 않고 차를 향해 뚜벅뚜벅 걸어갔다. 엄마가 잠시 망설이는 사이, 나는 흰둥이와 걸어가며 슬쩍 물어봤다. "그동안 나 보고 싶지 않았어?" 흰둥이는 대답도 없이 도도하게 고개를 휙 돌리며 걸어갔다. 아, 역시 멋지단 말이야. 나는 다리를 절뚝이며 흰둥이를 쫓아갔다.

조영주

소설가. 『십자가의 괴이』『마티스×스릴러』『처음이라는 도파민』 등을 비
롯해 다양한 앤솔러지를 기획 및 출간했다. 세계문학상, KBS김승옥문학
상 신인상을 받았고, 대한민국 디지털작가상, 예스24, 카카오페이지 공
모전 등에서 수상했다.

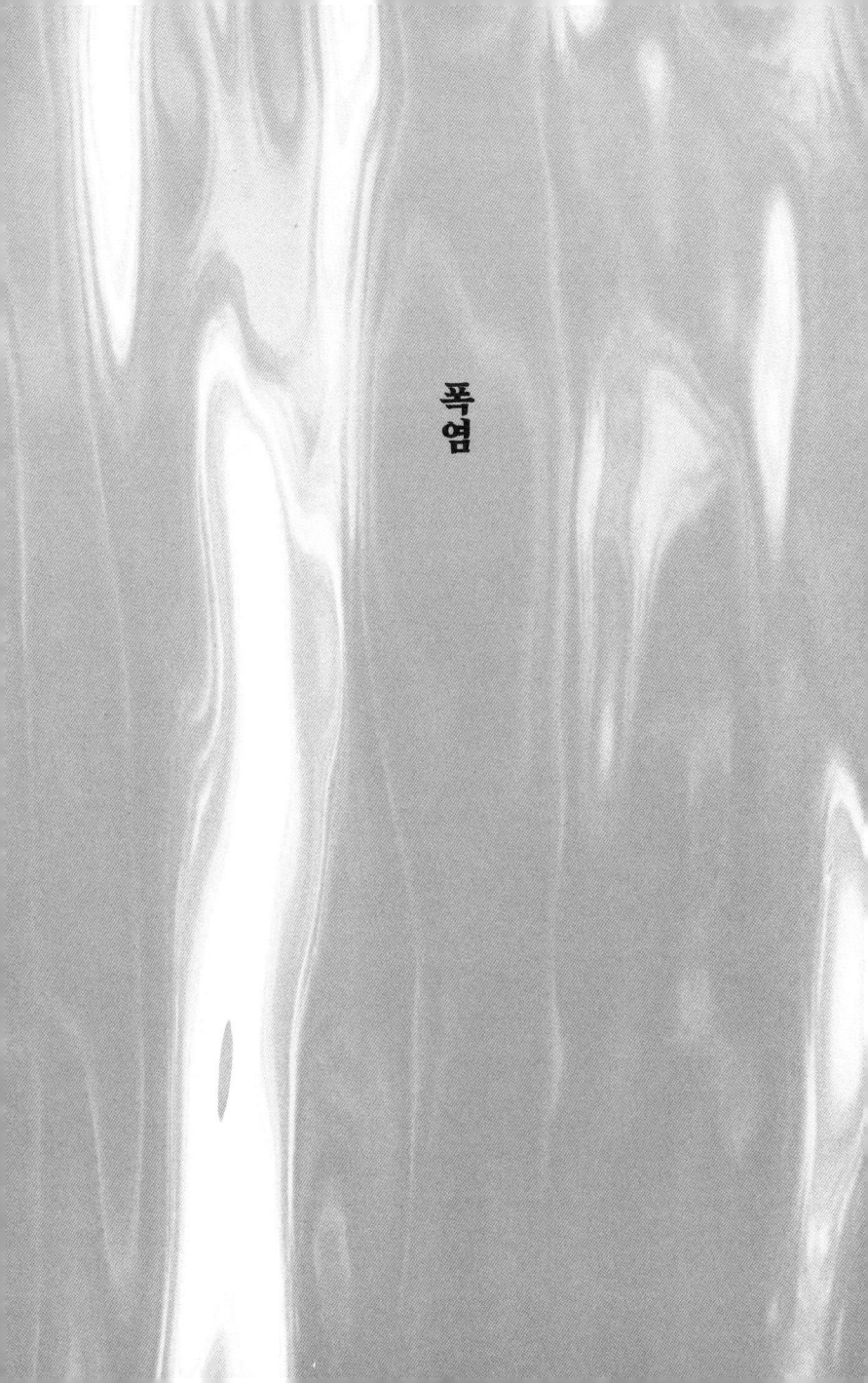

폭염

오늘은 내가 죽는 날인가 보다.

저녁 7시가 다 되어 가는 시각에도 폭염은 식지 않았다. 나는 37도의 땡볕 아래 비틀거리며 발을 옮겼다.

핸드폰이 지름길이라며 알려 준 길은 끝도 없이 이어지는 계단이었다. 평소 숨 쉬기 운동 말고는 아무것도 하지 않는 마흔셋 중년 남성에겐 지나친 육체 운동이었다. 하지만 걸음을 멈출 수는 없었다.

왜 나는 이런 날 암막우산을 챙겨 나오지 않았나.

털 한 올 없는 내 머리에 땡볕이 내리쮠다. 머리에서 열이 난다. 손을 대자 델 듯 뜨겁다. 아직도 계단은 한참 남았는데 정신이 혼미하다. 멀리서 파도 소리가 들리는 것만 같다. 그와 함께 땅이 울리는 듯한 진동, 괴물의 포효….

핸드폰은 내게 말한다. 이 계단의 끝에, 오늘 만나기로 한 차유진 감독의 작업실이 있다….

차유진은 요즘 가장 잘나가는 영화감독 겸 시나리오 작가다. 개인적인 친분이 있는 유명 배우도 많다. 예를 들어 장그믐도 그중 한 명이다.

국민배우 장그믐!

지금껏 장그믐이 출연해 천만 관객을 동원하지 못한 영화는 단 한 편도 없다. 차유진은 그중 한 편의 메가폰을 잡았다. 오늘 그 장그믐이 차유진의 작업실에 온다. 이 기회를 놓칠 수는 없다.

지난겨울, 나는 작업실 밖을 못 나가고 있었다. 햇수로 5년째, 두문불출 다음 책 작업에 전념 중이었다. 여기서 책이란, 영화 시나리오를 뜻한다.

나는 종종 페이스북에 근황을 올렸다. 페이스북에는 나를 비롯한 중년 이상의 감독들이며 작가들이 득시글거려, 인스타그램보다 접근성이 좋았다.

내 인생의 마스터피스! 나는 이 작품을 만들기 위해 태어났다 ….
자발적 히키코모리이지만 슬프지 않다. 나에겐 작품이 있으니까!
이것만이 내 인생! 영화는 나의 전부!

글을 올릴 때마다 좋아요와 댓글이 늘었다. 나는 팬들의 응원에 흐뭇했다.

　차유진과 페이스북으로 소통을 시작한 것도 이즈음의 일이었다. 차유진은 나와 페이스북 친구가 되자마자 바로 글을 올렸다.

　존경하는 정단식 감독님 계정을 발견했습니다!

　차유진의 페이스북 친구는 백 명 미만이지만 팔로위는 16만 명이 넘었다. 나는 곧장 답을 보냈다.

　　　　　　　[정단식] 감독님! 직접 언급해 주다니 감사합니다!

[차유진] 별말씀을요. ㅎ 제가 더 영광이죠.
감독님 데뷔작《더 식스》최고였습니다. 특히 반전!
저는《식스 센스》보다 더 충격이었습니다!
영화사에 길이길이 남을 반전이라고 생각합니다!

　　　　　　[정단식] 저도 감독님이 메가폰을 잡고 대본까지 쓴
　　　　　　장그믐 배우가 주연한 영화《삽질부대》정말 좋아합니다.
　　　　　　　　　　　　우리나라 군대의 비리와 사회상을
　　　　　　　　　　그토록 잘 드러낸 영화는 또 없을 겁니다!

폭염

차유진 아이고 극찬을…. 장그믐 배우에게 꼭 전할게요. ㅎㅎ
요즘은 어떤 작업 하세요?

정단식 차기작으로《괴물, 어게인》준비 중입니다.
좀 유치하죠. ㅎ 가제예요.

차유진 와, 봉준호 감독의《괴물》오마주인가요?

정단식 한강과 괴물이 나오긴 하지만 전혀 다릅니다. ^^

차유진 점점 더 궁금해지네요!
기회가 된다면 꼭 작업 중인 책을 보고 싶습니다. ^^

바로《괴물, 어게인》이야기가 나오자 우쭐했다. 나는 상상했다. 장그믐이 차유진의 추천으로 내 책을 접한다. 시나리오를 읽은 후 내게 전화해서 "존경합니다, 감독님. 꼭 출연하게 해 주십시오"라고 말한다…. 장그믐이 출연하면 바로 투자 성공, 연내 크랭크 인에 이어 크랭크 업! 극장 개봉과 동시에 천만 관객 달성!《기생충》에 이어 두 번째로 대한민국 영화가 아카데미 작품상 수상! 머릿속에 봉준호 감독과 어깨동무하고 오스카 트로피를 흔드는 광경이 둥둥 떠다녔다.

아, 물론! 저작권 등록을 한 후 PDF 파일로 보냈다. 영화계에서 표절은 심심하면 일어나는 일이다. 아무리 차유진이 신사적이라고 해도 사람 일은 모르는 거다.

좋은 연락은 빨리 오는 법. 이메일로 보낸 연락에 이메일로 답이 오면, 그건 별로라는 뜻이다. 하지만 전화가 온다면, 그것도 읽자마자 온다면, 내 예상대로 역작을 적어 냈다는 뜻이다. 나는 차유진이 바로 전화를 걸어 오리라 확신했다. 아무리 늦어도 하루도 채 걸리지 않을 게 분명했다. 그만큼 나는 자신 있었다.

반전에 반전을 거듭하는 내 책을 보고 눈이 휘둥그레지는 차유진. 마지막 순간 결정적인 대사에 "아, 정단식 감독님의 책을 각색하는 영광을 얻는다면! 가능하다면 공동 연출까지!" 하고 흥분해 장그믐에게 전화를 거는 차유진…. 나는 언제 차유진의 답이 올지 모른다는 생각에 핸드폰에서 손을 떼지 못했다.

하지만 차유진의 연락은 없었다. 일주일, 또 일주일, 시간이 지나는 사이 차유진은 꾸준히 페이스북을 업데이트했다. 누구 배우를 만났네, 누구 감독을 만났네…. 처음에는 그럴 수도 있지 했으나 슬슬 화가 났다. 소심한 분노의 표현으로 페이스북에 올라온 차유진의 글에 잽싸게 화나요를 눌렀다가 다시 좋아요로 바꾸는 짓을 몇 번이나 했던가. 이렇게 하면 혹시 신경이 쓰여 연락해 오지 않을까 하는 심산이었으나, 그런 일은 일어나지 않았다. 차유진은 내가 페이스북에 좋아요를 누르는 횟수에 예의상 응하듯 내 글에 같은 숫자의 좋아요를 누를 뿐이었다.

차유진에게 다시 연락이 온 건 무려 한 달 후의 일이었다.

"아이고 차 감독, 잘 지냈어요?"

나는 벨이 울리기도 전에 전화를 받았다.

"바로 받으시네요, 감독님!"

너 때문에 매일 옆에 끼고 살았다.

"마침 옆에 있었죠, 핫핫. 그래서 어딥니까?"

"저야 늘 작업실이죠, 뭐. 감독님, 제가 감독님이 보내신 책을 다 읽었는데… 너무 좋던데요? 보자마자 배우들 얼굴이 떠오르더라고요. 주인공 딱 장그믐 배우, 맞죠?"

역시 최고는 다르다! 보는 눈이 확실해! 연락은 늦었지만 뭐 바빴나 보지!

"그런데 말이죠, 문제가 있어요. 감독님 혹시 찰슨 베르나르라고 아세요?"

찰슨 베르나르…. 베르나르는 베르나르 베르베르밖에 모르는데….

"…베르나르 베르베르 삼촌인가요?"

"…아, 네. 근데 아시죠? 베르베르가 성인 거…."

아재 개그가 불발했다. 불길한 예감이 든다….

"아무튼 찰슨 베르나르는 무성영화 시대의 시나리오 라이터입니다. 미스터리 소설을 주로 쓰면서 할리우드에서 활동했어요. 찰슨 베르나르는 여러 영화에 참여했는데, 그중에 1924년 작《크리처스》가 있습니다. 제가 참 좋아하는 작품이죠. 아, 베르나르 베르베르 이야기가 나온 김에 피에르 바야르는 아시죠?"

잘못된 아재 개그를 해서 어색해질까 봐 이번엔 잠자코 있었더니, 차유진이 헛기침 소리를 크게 낸 후 말을 이었다.

"감독님도 잘 아시겠지만 시간은 한 방향으로 흐르는 게 아닙니다. 현재와 동시에 과거의 시간도 흐르고 있습니다. 상대성 이론과 상통하는 이야기인데요…. 자세한 건 피에르 바야르의 『예상 표절』을 읽거나, 아인슈타인의 상대성 이론을 공부하면 쉽게 이해하실 수 있습니다. 아무튼 제 생각엔 말입니다, 찰슨 베르나르가 감독님 작품을 예상 표절한 것 같지만, 감독님 생각은 다를 수 있지요? 제가《크리처스》스크립트를 메신저로 공유해 드릴게요. 보신 후 다시 말씀 나눠요!"

"그, 그럽시다."

"아이고, 제가 갑자기 너무 말이 많았지요? 죄송합니다. 일단 끊겠습니다!"

나는 차유진이 보내온《크리처스》영문 원본과 이를 번역한 한글 시나리오를 본 후, 그가 왜 이토록 횡설수설했는지 알 수 있었다.

조지 백은 영화감독을 꿈꾸는 20대 남성이다. 그는 새로운 시나리오 작업을 위해 자신이 사는 집 근처 강으로 나간다.

산은 산이요, 물은 물이로다….

하염없이 흐르는 강물을 바라보던 조지 백의 눈에 기이한 형태의 괴물이 보인다. 거북이 같기도 하고, 악어 같기도 하고, 오래전 멸종했다는 공룡 같기도 한 괴물…. 헛것을 보았나 싶어 눈을 비비는 사이 괴물은 사라진다.

이후 조지 백은 괴물의 흔적을 찾기 위해 강을 따라 움직이고, 그러는 가운데 자신 말고도 많은 사람이 이 괴물을 봐 왔음을 알게 된다. 그런데 조지 백이 목격자들을 만난 후, 그들이 잇달아 사망하는 괴사건이 일어난다.

조지 백은 혼란에 빠진다. 괴물이 이들을 죽인 것인가? 그렇다면 괴물은 나를 추적하고 있는가? 대체 왜 나를?

마침내 괴물과 맞닥뜨리는 조지 백. 그는 괴물의 정체를 확인하고 경악한다. 이러한 조지 백의 경악한 얼굴에서 화면이 바뀌고 자막이 뜬다.

너였구나, 그날의 괴물은….

　보통 영화였다면 괴물의 정체를 알려 주겠지만 《크리처스》
는 달랐다. 끝까지 괴물의 정체를 알려 주지 않는 대신 크레디
트와 쿠키 영상을 통해 반전을 선보였다.

　내가 쓴 《괴물, 어게인》의 주인공은 차기작을 준비 중인 영
화감독 윤해환이다. 윤해환은 한강에서 괴물이 출몰한다는 소
문이 자꾸 나는 것에 흥미를 느낀다. 소문의 근원을 찾고자 하
루 날을 잡고 자전거를 타고 한강 주변을 달리며 사람들을 인
터뷰한다.

　매일 한강을 달린다는 묘령의 여인, 마음껏 풀밭을 뛰노는
까만 시바견, 한강에서 인어와 청어를 본 적 있다고 주장하는
작가, 한강 변의 카페 앞을 매일 서성이는 노숙인 등. 다양한
인물을 만났지만 괴물을 봤다는 이야기는 들을 수 없었다.

　윤해환은 괴물을 주제로 영화 작업을 하는 건 불가능하겠다
고 생각하고 하루 동안의 자전거 일주를 마친다. 그런데 다음
날, 한강에 괴물이 출몰했다는 뉴스와 함께 윤해환이 만난 사
람들 대다수가 괴물에게 잡아먹혔다는 사실을 알게 된다.

　윤해환은 하필 자신이 만난 이들만 괴물에게 잡아먹혔다는
사실에 의문을 품는다. 뭔가 수상하다는 생각에 통제된 한강
으로 향하나 괴물로 보이는 것은 전혀 발견하지 못한다.

폭염　　　　　　　　　　　　　　　　　　　　　　　　　245

역시 뭔가 이상하다고 생각하는 마지막 순간, 괴물과 조우하는 윤해환. 경악하는 그를 클로즈업한 후 암전. 그리고 자막이 흐른다.

너였구나, 괴물은….

내게 머리카락이 있었다면 수도 없이 잡아 뜯었으리라. 다행히 나는 머리카락이라곤 한 올도 없었기에 양손으로 머리통을 꽉 쥐고 괴로워할 뿐이었다. 더불어 차유진이 왜 아까 그토록 횡설수설했는지 알 수 있었다. 《크리처스》는 전개 방식, 결정적 대사, 크레디트 화면과 쿠키 영상으로 괴물의 정체를 공개하는 반전까지 모두 《괴물, 어게인》과 일치했다. 이건… 누가 봐도 표절이다! …하지만 정말 아닌데, 아닌데! 나 혼자 생각해 낸 것인데!

억울했지만 이 사실을 누가 알아주겠는가 생각하니 갑갑하기 짝이 없었다. 처음엔 오마주라고 적어 볼까도 했지만, 반전까지 같은 이상 먹힐 변명이 아니었다.

난 이제 어떻게 하면 좋은가!
지난 5년을 투자한 작업을 이렇게 접어야 하는 건가!

겨울이 봄이 되고, 봄이 여름이 되도록 나는 허탈함과 분노에 휩싸여 있었다.

오갈 데 없는 나의 분노와 고통은 점차 대상을 바꿔, 언젠가부터는《크리처스》를 알려 준 차유진을 원망하고 있었다.

그놈이《크리처스》를 몰랐다면….

그놈이 눈치챘어도 아무 말 안 했다면….

터무니없는 원망이란 건 안다. 하지만 이렇게라도 하지 않으면 도저히 견딜 수 없었다.

지난주, 차유진이 내게 전화를 걸어 왔다. 나는 전화를 무시했다. 차유진의 이름을 보는 것만으로 분노가 들끓을 정도로 나는 그를 원망하고 있었다. 그러자 차유진은 메시지를 보냈다.

차유진 감독님, 잘 지내시죠? ㅎ

제가 이번에 작업실을 이전했어요.

하루 날 잡고 제가 좋아하는 분들을 모실까 하는데, 어떠세요?

장그믐 배우도 초청했습니다.

감독님을 꼭 만나고 싶다고 하네요. ^^

그간 나는 홀로 집에서 지내며 내가 만들어 낸 가상의 악인 차유진에게 분노하는 것으로 이 상황을 버티고 있었다. 그런데 진짜 차유진이 나를 집들이에 초청하다니! 게다가 장그믐과 만날 기회를 주다니!

머리로는 진작 알고 있었다. 현실의 차유진은 나에게 악의가 없다. 그는 장그믐과 만날 기회도 주선하고 있지 않은가. 오히려 악의를 품었던 건 나 자신이다. 그러니 차유진의 제안을 거절하는 건 큰 손해다.

> `정단식` 차유진 감독님!
> 이렇게 먼저 연락해 주시다니 감사합니다. ㅎ
> 집들이 꼭 가고 싶습니다!

`차유진` 감독님! 흔쾌히 연락 주셔서 감사합니다!
그렇다면 다음 주 토요일 저녁 7시까지 작업실로 오시겠어요…?
작업실 주소 링크를 동봉합니다.

차유진의 흔쾌한 답장을 보며 다시 한번 갖가지 기분에 휩싸였다. 가상의 차유진에 대한 분노와 동시에 실제의 차유진에 대한 감사. 그리고 창피함…. 복잡한 감정과 함께 나는 그간 고민했던 작업에 대한 미련을 접기로 결심했다…. 물론 이것 역시 반년간 계속된 루틴 중 하나였다. 다음 날이 되면 전날 일은 씻은 듯 잠시 잊고, 다시 가상의 악인 차유진을 원망했다가 또 다음 순간이면 진짜 차유진을 떠올리고 부끄러워하며 어쩔 줄 몰라 하기 일쑤였다….

이제 나는 거의 짐승으로 퇴화하여 양손과 양발을 이용해 계단을 오르고 있었다. 땡볕은 돌계단을 맥반석처럼 뜨겁게 달구었다. 돌계단에 손이 닿을 때마다 델 것 같은 열기가 느껴졌으나 어쩔 수 없었다. 내 양손에서 삼겹살 냄새가 나는 것 같다는 생각이 들 무렵, 돌계단 정상에 이르렀다.

"해냈다!"

나는 산 정상에 오른 사람처럼 성취감에 소리 질렀다. 뒤를 돌아보니 한강이 유유히 펼쳐져 있었다. 방금 정신이 혼미한 가운데 들렸던 파도 소리며 짐승의 포효가 떠올랐다. 그건 뭐였을까. 내가 더위를 먹어 헛소리를 들은 걸까. 잠깐 생각에 빠지…ㄹ… 여유를 부릴 틈은 없었다. 숨을 헐떡이며 핸드폰이 알려 준 목적지, 돌계단 끝에 위치한 차유진의 작업실로 향했다.

내가 도착한 시간은 저녁 7시 1분이었다. 약속된 시간보다 1분밖에 안 늦었지만, 이미 차유진의 작업실은 손님들로 가득했다. 대부분이 배우들이었다.

배우들은 작업실 곳곳에 놓인 붉은 꽃들보다 훨씬 아름답게 빛났다. 이들이 아름다운 이유는 나처럼 땀을 흘리지 않은 탓도 컸다. 그들이 놀란 표정으로 나를 보며 물었다.

"설마 걸어오셨어요?"

"세상에, 어쩌다!"

다들 참 준비성도 철저하다. 계단이 있다는 걸 미리 알고 차를 몰고 오거나 택시를 탔다니….

"차유진 작가님이 절대 걸어오지 말라고 했는데 왜 그러셨대요."

"그러게요, 저도 신신당부를 들어 택시 탔는데요."

나는 그런 말을 들은 적이 없다. 차유진은 내게는 왜 그런 조언을 하지 않았나… 잠시 생각하다가 씁쓸하게 웃었다. 그들은 하나같이 잘나가는 배우들이다. 이름만 대면 다 안다. 아니, 얼굴만 봐도 안다. 반면에 나는 차기작마저 불확실한 무명에 불과하다. 나를 챙길 필요는 없었으리라.

나는 군중 속 고독을 느꼈다. 화려하게 빛나는 그들을 피해, 작업실 한쪽 벽면을 가득 채운 장서 앞으로 자리를 옮겼다.

차유진의 작업실은 4층짜리 신축 빌라의 3층에 있는 오피스텔로, 세로로 긴 형태였다. 양쪽 벽에는 온갖 책과 음악 앨범이 가득 꽂혀 있었다. 그리고 그 사이, 벽면을 거의 차지한 커다란 창으로는 아까 내가 계단 정상에서 보았던, 한강이 있었다.

마침 해가 저물기 시작했다. 창 너머 노을빛이 작업실 곳곳에 스며들었다. 책장에 꽂힌 책들에도 어김없이…. 나는 감상에 젖어 무의식중에 영문으로 된 책 제목을 차례차례 훑다가 몇 년 전부터 떠돌던 차유진과 관련된 소문 하나를 떠올렸다. 차유진의 할리우드 진출이 임박했다는 것이었다.

이 책장을 보고 있으려니 진짜 같다는 기분이 들었다. 책장의 책 중 삼분의 이가 영어로 된 원서였다. 게다가 차유진은 내게 직접 번역한 《크리처스》의 스크립트를 보내지 않았던가.

"아이고 감독님, 걸어오셨다고요."

그때 차유진이 내게 말을 걸었다. 양손에는 레몬을 띄운 스파클링 워터가 하나씩 들려 있었다. 차유진은 그중 한 잔을 건넸다.

"많이 힘드셨죠. 제가 이야길 안 드렸나 봐요?"

나는 단숨에 스파클링 워터를 들이켰다. 더워서가 아니라 차유진의 말에 새삼 열받아서였다. 얼마나 급히 먹었냐면, 얼결에 레몬도 입에 넣고 씹어 삼킬 정도였다.

"어휴, 많이 더우셨나 봐요. 한 잔 더 드시죠."

차유진이 내 행동을 오해하곤 나를 데리고 주방으로 향했다. 그는 새 잔에 스파클링 워터를 따르고 레몬과 함께 투명한 병에 든 리큐르를 얼마 섞었다.

"저, 술은 좀…."

술을 마셨다가 실수로 차유진을 들이받을까 싶어 염려되었다.

"아, 이거요? 술 아닙니다. 제가 자주 마시는 건데요, 굳이 비교하자면 자양강장제? 요즘 같은 더운 날씨에 체력 회복하기 딱이에요."

차유진의 말에 안심하고 스파클링 워터를 받았다. 확실히 술 냄새는 안 났다.

"작가님, 생각보다 작업실이 조촐하네요. 댁은 근처세요?"

"뭐, 그렇죠. 집사람이랑 애들은 위층에 살아요."

4층 오피스텔형 빌라의 꼭대기 층이 자기 집이란 뜻은….

"혹시 이 빌라 전체가 작가님 건물…."

"아니, 뭐…"

차유진은 쑥스러워하며 애매하게 대꾸했다. 그의 반응에 질투가 불끈불끈 샘솟았다. 한강이 보이는 현수동에 이 정도 건물을 소유하려면 대체 얼마가 들까.

"참, 감독님. 혹시 타로 좋아하세요?"

"타로요?"

"네, 제가 취미로 타로를 보거든요. 괜찮다면 어떠세요? 무엇이든 물어보셔도 됩니다."

차유진의 말을 듣자마자 내 영화가 떠올랐다. 지난 반년간 아무리 고민해도 결론이 나지 않던 《괴물, 어게인》. 이 작업을 계속해도 되겠는가를 물어보고 싶었다. 하지만 지금 상황을 보자면….

"이렇게 사람이 많은데 저 혼자 감독님을 독차지할 수는 없죠."

"그들은 제가 아니라 장그믐 배우를 보러 온 겁니다. 아시면서."

어째 말투에 가시가 있었다.

"어떻게 감독님, 타로 보시겠어요?"

"그, 그러죠. 뭐."

"그럼, 자리를 바꾸죠. 마침 땅거미가 드리우니 타로 보기에 제격이네요…."

차유진의 말대로 작업실을 나서는 우리를 아무도 신경 쓰지 않았다. 차유진은 4층으로 통하는 계단을 올랐다. 나는 집에서 타로를 보려는 건가 싶었다. 그런데 그는 4층을 그대로 지나서 다시 한번 계단을 올라 옥상으로 통하는 문을 열었다. 나는 방금 겪은 폭염을 떠올리고는 옥상은 얼마나 더울까 염려했으나 뜻밖에 선선했다. 옥상 문을 열자 비닐하우스가 보였다. 그 안에는 갖가지 꽃이 만발한 작은 숲이 펼쳐져 있었다.

"이사 후 취미로 정원을 가꾸기 시작해서요. 온도를 일정하게 유지하고 있어요. 그리 덥지 않죠?"

"그러네요."

나는 들고 온 스파클링 워터를 홀짝이며 고개를 끄덕였다. 바깥과는 다른 산뜻한 공기와 거기 딸려 오는 은은한 수풀의 향에 잠시나마 마음의 안도를 느낄 정도였다.

온실 중앙에는 테이블이 있었다. 상판은 유리로 되어 있었고, 상판을 받치는 부분은 철제로 보였다. 테이블을 둘러싸고 의자 세 개가 놓여 있었다.

나는 그가 이곳에서 가족들과 식사하는 모습을 상상하다… 그만뒀다. 차유진은 아들이 둘이다. 가족 모두가 앉으려면 의자는 네 개 있어야 하지 않을까. 의자가 셋이라는 건 가족은 오지 않는다는 뜻이리라.

내가 자리에 앉자 차유진은 잠시 기다려 달라고 양해를 구한 후, 온실 한쪽으로 사라졌다. 돌아온 차유진은 복장이 달라져 있었다. 방금까지 입고 있었던 반팔 티셔츠와 반바지 대신 검은 와이셔츠에 검은 연미복, 게다가 머리에는 검은 마술사 모자까지 쓰고 있었다. 그의 모습에 나는 자연스레 무대 위의 마술사가 떠올랐다.

차유진은 실제로도 마술사처럼 행동했다. 머리에 쓴 모자를 벗고 그 안에 손을 집어넣더니, 타로와 검은 벨벳으로 된 천에 이어 마찬가지로 검은 카우벨을 꺼냈다.

…모자에 청동 카우벨을 넣어 오다니. 목디스크 오겠네, 하고 내가 또 한 번 아재 개그를 떠올리는 사이 차유진은 테이블

에 검은 벨벳으로 된 천을 깐 후 그 위에 타로와 카우벨을 놓으며 말했다.

"이 카우벨은요. 실제로 스위스 암소가 6년간 달고 다닌 겁니다."

"그, 그렇습니까?"

"흔드십시오."

…내가 암소로 보이나? 이걸 왜 흔들라는 건가. 나는 내키지 않는 표정으로 카우벨을 흔들었다. 딸랑딸랑… 청명한 소리가 비닐하우스를 울렸다.

"우리의 영혼을 정화하는 의식입니다."

차유진은 엄숙한 표정으로 카드를 섞으며 설명했다.

"이제 감독님의 고민을 들을 차례입니다. 어떤 질문을 하시겠습니까?"

《괴물, 어게인》을 계속 진행해도 될지 물어보고 싶다.

"마음속으로 말하지 마시고요, 소리 내서 말하셔야 합니다."

복장이 바뀐 차유진은 초능력이라도 생긴 것 같았다. 또 한 번, 내 마음속을 들여다본 듯 말했다. 차유진의 엄숙함에 나는 약간 긴장해 허리를 곧추세우고 앉았다. 타로를 가만히 들여다보며 말했다.

"지금 하는 작업을 계속해도 좋을지 물어보고 싶습니다…."

차유진은 고개를 끄덕인 후 타로를 섞고 부채 모양으로 흩어지도록 천 위에 깔았다.

"왼손으로 카드를 세 장 골라 주십시오."

나는 또 한 번 잔뜩 집중해서 카드를 골랐다. 차유진은 펼쳐 놓은 카드 위쪽으로 내가 고른 세 개의 카드를 나란히 위치시 킨 후, 말했다.

"각각의 카드는 과거, 현재, 미래를 뜻합니다. 그럼 과거부 터 열어 보지요. 이 카드는 더 스타, 시작을 의미하는 카드입 니다. 감독님이 처음 이 책의 작업을 시작하며 기대에 가득 차 있었음을 의미합니다. 다음은 현재… 아이고, 이런. 네 개의 컵 카드가 나왔네요. 감독님, 이 사람이 어떻게 보이세요?"

"고민하는 듯한 표정이네요."

"맞습니다, 여러 문제가 많은 거죠. 마지막으로 미래를 봅 시다."

얼핏 보기에 그 카드는 좋아 보였다. 한 남성이 황금빛 둥근 것에 둘러싸여 있고, 머리 위에는 로마자 9가 있었다. 모르긴 몰라도 작업을 계속해도 좋다는 뜻이 아닐까? 큰돈이 뒤따른 다는 뜻…. 나는 잔뜩 기대에 차 스파클링 워터를 한 모금 더 들이켰다.

"아이고, 이런."

내 기대를 무너뜨리듯 차유진이 비통에 찬 소리를 냈다.

"이 카드는요, 감독님. 얼핏 보기에는 큰돈을 얻는 것처럼 보이죠…. 하지만 말입니다. 아닙니다! 이 카드는 10이 아니라 9를 가리키고 있어요. 그건 곧, 큰돈을 얻을 것처럼 보이지만… 결코 그렇게 되지 않는다!, 라는 뜻입니다. 우리 입장을 그대로 대입하자면, 아무리 노력해도 투자받기 힘들다는 뜻으로 보입니다….”

반년 전, 처음 차유진에게 《크리처스》를 받았을 때 느낀 감정을 타로는 전하고 있었다. 역시 접는 게 옳다는 말. 나는 다시 환상 속 차유진에 대한 분노가 솟는 걸 느낄 수 있었다. 표정 관리를 하려고 노력했지만 얼굴이 마음처럼 움직이지 않았다. 나를 살린 것은 불청객 무리였다.

“주인공이 여기 와 있으면 어쩌자는 겁니까?”

“감독님! 한참 찾았잖아요!”

“와, 그 복장은 뭐예요?”

“타로? 저도 봐 주세요!”

3층에 있던 이들이 옥상으로 몰려들었다. 술을 마셔 살짝 상기된 얼굴의 유명인들이 우리를 둘러쌌다. 그들은 제각기 타로를 봐 달라고 요구했고, 차유진은 거의 줄을 세우다시피 해서 배우들의 타로를 봐야 했다.

나는 사람들을 피해 다시 3층 작업실로 내려왔다. 작업실은 한산해져 있었다. 괴로운 마음 탓인지 갈증이 심해졌다. 스파클링 워터를 더 마시고 싶었다. 나는 차유진을 흉내 내 스파클링 위터를 직접 만들었다. 단숨에 한 잔 마시고는 또 한 잔, 또 한 잔… 그렇게 계속 마시며 머릿속으로는 방금의 타로 결과만 되새겼다.

이제 정말 미련을 버리자. 5년을 준비했지만 100년 전 할리우드 영화와 똑같다니 도무지 수가 없지 않은가…. 애초에 무리수가 있는 작업이었다.

스파클링 워터도 많이 마시면 취하는 걸까. 내 갑갑한 마음에 맞추듯 다시 한번 어디서 짐승의 포효 같은 것이 들렸다. 아마도 개의 울음소리였겠으나, 지금 내 귀에는 낯설게 들렸다.

폭염, 갑작스런 격렬한 운동, 타로 결과…. 그 모두가 원인이 된 듯 졸음이 쏟아졌다. 작업실 한 켠 소파에 앉아 꾸벅꾸벅 졸던 내 눈에 마지막으로 보인 건 술에 취해 비틀거리는 네 명의 배우가 작업실 각 구석에 자리 잡는 모습이었다.

그렇게 배우들의 구석 놀이가 시작되었다.

구석 놀이란, 네 사람이 각기 어두운 방의 네 귀퉁이에 선 다음 같은 방향으로 한 칸씩 이동하며 귓속말을 반복하는 놀이다.

내가 눈을 감았다 떴다를 반복하는 사이, 구석 놀이의 멤버가 몇 번이고 바뀌었다. 그러다 구석 놀이에 심취한 누군가의 머리가 아주 심하게 내 머리와 부딪혔다. 나는 깜짝 놀라 잠에서 깼다.

"아, 실례."

"괜찮습니다."

나는 하품을 하며 대꾸했다.

"저도 그냥 졸고 있었는걸요."

"그런데 정단식 감독님 아니세요…?"

부딪힌 상대가 아는 체를 해 왔다.

"와, 이제야 뵙네요! 반갑습니다. 장그믐입니다!"

나는 눈을 게슴츠레 뜨고 그를 바라보았다. 둘, 셋으로 흩어져 보이던 그의 얼굴이 하나로 합쳐졌다.

정말 장그믐이 내 눈앞에 있었다.

"안 오신 줄 알았네! 차유진, 그 자식은 내가 그렇게 감독님 뵙게 해 달라고 부탁했건만 왜!"

"절 보고 싶으셨다고요?"

"네, 감독님! 요즘 스케줄 어떠세요?"

…매일 집에만 있다고 말해도 될까, 고심하는 사이 장그믐이 놀라운 이야기를 꺼냈다.

"차유진이 적은 책으로 할리우드에서 러브콜이 들어왔어요. 저랑 차유진 감독이 참여합니다. 저는 감독님도 저희랑 작업 하시면 어떨까 하는데요. 오늘 그 이야기 나누자고 차유진한 테 감독님도 모시라고 했는데 말이죠."

이건 꿈인가?

장그믐의 말에 나는 감개무량했다. 방금까지 비관에 젖었던 기분이 깡그리 사라졌다. 5년에 걸친 작업, 너무나 아쉽다! 하지만… 차유진, 장그믐과 함께, 게다가 할리우드 진출이라면! 악마에게 내 영혼을 팔아도 좋다!

"이, 일단 일정을 확인해 봐야겠지만 함께하면 좋을 것 같네요."

"긍정적인 답변 감사합니다! 내일 정식으로 연락드리라고 할게요."

"그런데 들어간다는 작품 제목이 뭡니까?"

"아, 《크리처스》입니다. 미국판 《괴물》이라고 보시면 되겠어요. 테네시강을 따라 나타나는 의문의 괴물을 추적하는 이야기로, 마지막에 드러나는 괴물의 정체가 압권이죠. 자세한 건 내일 다시 이야기해요. 일단 저는 다음 구석으로 가겠습니다. 사실 감독님과 대화하는 것도 규칙 위반이에요. 절대 비밀입니다."

장그믐은 쉿, 하고 입술 앞에 검지를 갖다 댄 후 다음 구석으로 다가갔다. 그곳에 서 있던 여자 배우에게 무어라고 귓속말한 후 나를 보며 다시 한번, 입술에 둘째 손가락을 갖다 댔다.

나는 억지웃음을 지으며 고개를 끄덕여 보였지만, 속으로는 혼란스러웠다.

차유진이 내게 《크리처스》는 찰슨 베르나르라는 무성영화

시대의 필름이라고 했다. 그런데 차유진이 《크리처스》를 썼다니, 게다가 그 시나리오로 할리우드에 진출한다니 대체 무슨 소리인가?

나는 손을 더듬어 핸드폰을 찾았다. 화면이 제대로 안 보일 만큼 강렬한 졸음을 참으며 손가락을 놀려 찰슨 베르나르를 검색했다. 하지만 찰슨 베르나르로는 아무런 결과가 뜨지 않았다. 연이어 《크리처스》로 검색했다. 마찬가지였다. 일본 게임 회사와 우리나라 작가가 쓴 책과 덴마크 왕실 도자기 브랜드 이름이 뜰 뿐이었다. 나는 바로 앞 테이블로 손을 뻗어 먹다 만 스파클링 워터를 찾았다. 졸았더니 갈증이 몰려들었다. 벌컥벌컥 마시며 최대한 차분하게 다시 이 상황을 분석했다.

…차유진이 날 속였다는 건가? 내 시나리오를 뺏어서 할리우드에 진출할 욕심으로? 이런 유치한 수작이 안 들킬 거라고 생각했다고!

…아니, 잠깐만. 그렇다면 오늘 나를 왜 초대한 거지? 내가 초대했다가 이 사실을 알고 따지기라도 하면 어쩌려고? 앞뒤가 안 맞잖아!

나는 내가 모르는 찰슨 베르나르와 그가 썼다는 《크리처스》가 어딘가에 존재한다고 애써 믿으려고 노력했다. 하지만 이곳에서는 불가능했다. 구석 놀이에 빠진 유명인들 사이에 둘러싸여 있자니 점점 정신이 혼미해지는 것 같았다. 일단 이곳을 벗어나야 했다. 혼자서 조용히 생각할 필요가 있었다. 나는 비틀거리며 차유진의 작업실을 나섰다. 조심스레 건물 계단을 한 발, 두 발 내려가 겨우 1층에 도착했다. 1층 건물 출입문을 나서자 숨이 막힐 듯 후끈한 열기가 느껴졌다. 해가 졌는데도 폭염이 극성이었다. 그래도 안에 있는 것보다는 나았다. 그곳에는 나를 혼란스럽게 하는 이야기가 가득했으니까…. 나는 끝없이 이어지는 듯한 돌계단과 그 끝에 맞닿아 보이는 어둑어둑한 한강을 바라보며 소리를 질렀다.

"빌어먹을! 대체 뭐가 어떻게 된 거야!"

한강은 내 질문에 답하듯 또 한 번 출렁여 보였다. 나는 출렁이는 한강 위로 지난 5년간 아껴 온 괴물이 고개를 내민 듯한 착각에 빠졌다.

나는 돌계단에 털썩 주저앉았다. 한강을 바라보며 다시 한 번 현재 상황을 정리했다.

장그믐은 내게 할리우드에 가자고 했다. 차유진이 내게 예상 표절이라는 허튼소리를 한 《크리처스》라는 시나리오와 함께…. 차유진이 증오스럽다. 역시 그 자식이 내 작품을 뺏은 게 분명하다. 처음부터 모두 의도한 거다…. 그렇다면 왜 그는 오늘 나를 초청했을까? 나와 장그믐을 만나게 했을까? 아무리 생각해도 말이 되지 않는다. 하지만 그 자식은 날 골탕 먹였다. 오늘만 해도 다른 사람들에게는 택시 타고 오라고 해 놓고 내게는 그런 말을 하지 않았다…. 아니야, 그건 배려일지도 모른다. 내가 주머니 사정이 안 좋다는 걸 알아서였을 수도. 그래, 역시 차유진은 좋은 사람이다…. 그래, 찰슨 베르나르는 너무 오래전 사람이라 인터넷에 결과조차 뜨지 않는 것이리라.

생각이 거기까지 이르자 희망적인 상상에 다다랐다.

찰슨 베르나르는 미국 사람들이라면 누구나 기억할 대작가라 생각했기에, 차유진은 그 이름을 언급하며 할리우드에 접촉했다. 오늘 그 결과가 나왔다. 《크리처스》라는 제목은 가제일 것이다. 오마주 느낌으로 제안해 오케이를 받아 낼 것이리라. 그러니 장그믐의 입에서 내가 감독을 맡으면 좋겠다는 말이 나왔겠지! 그래, 그럴 것이다! 차유진은 오늘 다 함께 할리우드에 진출한다는 깜짝 발표를 하기 위해 집들이를 핑계로 나를 부른 것이리라!

"감독님, 감독님!"

생각을 정리했을 즈음 차유진이 건물에서 나왔다. 여전히 마술사 차림이었다.

"왜 나와 계세요. 아직 더운데. 설마 벌써 가시려는 건 아니죠?"

"그럴 리가요. 안이 너무 추워서 잠깐 나왔습니다."

나는 엉거주춤 돌계단에서 일어났다.

"그러셨군요. 냉방이 좀 셌죠? 이제 들어가시죠."

그렇게 우리는 돌계단 끝에 마주 보고 섰다.

나는 이 순간이, 차유진이 내게 할리우드 진출 소식을 알리기 가장 좋은 때라고 생각했다. 그래서 크게 심호흡하고 말했다.

"장그믐 배우님께 들었습니다. 할리우드 진출이 확정되었다고요."

"장그믐 배우와 만나셨어요?"

"네, 방금요. 작업실에 왔더라고요."

"전 못 봤는데…. 아무튼 확정이라고 말할 정도는 아니고요. 제가 부족한 게 많아서 공부를 많이 해야 합니다."

"또, 또 이렇게 겸손하게…. 솔직하게 다 말씀하셔도 됩니다. 장그믐 배우가 전부 말했어요. 장그믐 주연,《크리처스》시나리오로 들어간다면서요. 연출은 제게 맡기자는 이야기가 나왔고요. 처음엔 정말 혼란스러웠습니다. 뭐가 어떻게 된 건가 하고…. 하지만 이제는 감사하고 있습니다. 차유진 감독님은 연줄이 많으니까 할리우드에 제 시나리오 이야기를 했겠죠. 그렇게 제 감독 건도 자연스레 진행…."

"잠깐, 잠깐만요, 감독님."

차유진이 내 말을 끊었다.

"무슨 말씀을 하시는지 제가 잘 이해가 안 되는데요. 어디서 그런 이야기를 들으신 거죠?"

"방금 만난 장그믐 배우가 이야기했습니다만."

"감독님, 뭔가 큰 오해가 있는 것 같습니다."

차유진이 정색했다.

"장그믐 배우와 제가 할리우드와 이야기가 오가는 건 맞는데요. 아직 물밑 작업 중이에요. 어떤 작품으로 할지는 계속 논의할 예정이고요…. 뭣보다 저희가 할리우드 측에 감독님을 거론한 적이 없습니다. 왜 장그믐 배우가 그런 말을 했는지 모르겠네요. 제가 물어볼게요."

차유진은 연미복 바지 주머니에서 핸드폰을 꺼냈다. 장그믐에게 연락하는 듯했다.

"감독님, 역시 감독님이 오해하신 것 같습니다. 지금 장그믐 배우에게 연락했는데요. 아직 작업실에 오지도 않았답니다."

차유진이 내게 핸드폰 화면을 보이며 말했다. 화면에는 장그믐과 나눈 메시지가 있었다.

장그믐 매 오늘 촬영이 늦어져서 새벽에나 합류 가능하십니다. 배우님 촬영 중이라 대신 연락드립니다.

장그믐이 오지 않았다니, 이게 무슨 소린가. 나는 분명 그와 대화를 나눴다. 장그믐이 아니면 귀신이라도 된다는 말인가?

나는 차유진의 핸드폰을 유심히 들여다봤다. 보낸 사람 이름 뒤에 '매'라는 단어가 쓰여 있었다. 말투도 이상했다.

"이거 장그믐 배우 본인이 보낸 거 맞아요?"

"아, 매니저가 보낸 겁니다. 촬영 중에는 보통 매니저가 답을 보내거든요."

다시 한번 차유진이 의심스러워졌다. 메신저 이름은 사용자가 바꿀 수 있지 않던가? 차유진이 이름을 바꿔 내게 거짓말하는 건 아닌가?

"감독님, 대체 어쩌다 그런 생각을 하신 건지는 모르겠지만요, 착각입니다. 장그믐 배우는 여기 온 적도 없고, 그런 이야길 했을 리도 없습니다. 폭염 때문에 이런 일이 일어나나 봅니다. 너무 더워서 저희 모두 이상해지는 것 같습니다. 일단 들어가시죠."

차유진의 장광설에 그가 내게 했던 전화가 떠올랐다. 예상 표절 이야기를 하며 횡설수설 이야기를 늘어놓던 차유진…. 어쩌면 그때에도 지금처럼 당황해서 그랬던 건 아니었나? 더불어 떠오른 건 아까 본 타로 결과였다. 마지막의 미래를 가리키는 타로. 아무리 생각해도 그건 내가 성공한다는 뜻이었다. 차유진이 타로 결과를 속인 것은 아니었을까? 까닭은…. 내게 이 이야기를 숨기기 위해서?

그간 나는 마음 속으로 차유진에게 분노했다. 어디까지나 나의 상상이라고 생각해 왔지만 아닌 것 같다. 그게 차유진의 본모습일지도 모른다.

지금 이 순간, 내 본능이 그렇게 주장하고 있었다. 결코, 차유진을 가만두면 안 된다고…. 이대로 보냈다가는 나만 물먹고 말 거라고….

나는 차유진의 손목을 꽉 잡았다.

"감독님…?"

차유진이 의아한 표정으로 나를 돌아보았다.

"오늘 폭염인 거 알고 계셨죠."

"네."

"왜 저한테는 택시 타라는 말씀을 안 하셨습니까?"

"아, 그게…"

차유진이 머뭇거렸다.

"감독님 주머니 사정에 부담스러우실까 봐서…. 제가 실수했네요."

"타로. 정말 나쁜 미래였습니까?"

"사실은요…."

차유진은 약간 당황한 듯했다가 누그러진 표정으로 말했다.

"타로는 해석에 따라 뜻이 많이 달라집니다. 나인 오브 펜타클은 큰 성공을 뜻하기도 하는데요. 저는 '9'라는 숫자에 큰 의미를 주기 때문에 그렇게 해석했던 겁니다."

"찰슨 베르나르, 검색해도 뜨지 않던데요. 실존 인물 맞습니까?"

"네. 실존 인물입니다."

"정말 그런 인물이 존재합니까?《크리처스》라는 영화가 정말 있었어요?"

내 말에 차유진의 얼굴이 약간 굳었다.

"아까부터 말씀하시는 투가 좀 불쾌합니다. 제가 뭔가 감독님을 속였다는 뉘앙스 같은데요. 왜 이러시는 거죠?"

"단도직입적으로 말씀드리죠. 장그믐 배우가 제게 말한 차유진 감독과 할리우드 진출을 논하는 작업, 그거 제 시나리오 아닙니까?《괴물, 어게인》을 갖다가 차 감독이《크리처스》로 번역해서 할리우드에 보여 준 거 아닙니까?"

"장그믐 배우는 오늘 안 왔다니깐요?"

"거짓말하지 마십쇼! 난 장그믐 배우를 만났다고! 직접 내게 말해 줬다고!"

"이것부터 좀 놓고 말씀하시죠! 더운데 더 덥다고요!"

차유진이 내 손을 놓으려고 다시 한번 크게 손을 흔들었다.

"안 놔줍니다! 제대로 된 대답이 나오기 전에는 절대로 안 놔줘요! 왜 자꾸 거짓말하는 겁니까! 대체 왜!"

"무슨 거짓말을 했다는 거냐고요! 덥다고요! 일단 놓고 말씀하시라고요!"

"못 놔! 진실을 말하기 전에는 절대 못 놓는다고!"

나와 차유진은 이제 돌계단 꼭대기에서 거의 춤추듯 서로의 손목을 꽉 잡고 움직이고 있었다. 그러다 차유진이 발을 삐끗한 것은, 허둥대던 다른 손이 돌계단의 철 난간을 못 잡은 것은, 내가 빠르게 그의 손목을 잡고 있던 손을 놓고 양손으로 철 난간을 잡은 것은, 모두 순식간에 일어난 일이었다.

차유진은 돌계단에서 사정없이 굴렀다. 처음에는 비명이 들렸으나 중간부터는 그마저도 없었다. 어느 순간부터는 고깃덩어리처럼 튕기듯 계단을 따라 떨어질 뿐이었다. 이윽고 그의 몸뚱이가 멈췄을 때, 그의 머리며 팔다리는 사방팔방 다른 방향으로 꺾여 본래 인간이었다기보다는 괴물에 가까운 형태로 보였다. 나는 그런 그를 바라보며 작게 말했다.

"너였구나, 괴물은…."

얼마 후, 신고를 받은 경찰이 나타났다. 곳곳에 조명이 깔린 돌계단 주변은 영화 촬영장 같은 분위기가 되었다. 나는 경찰의 사정청취에 응해야 했다. 자신을 마포경찰서 강력 1팀 소속 김나영 형사라고 소개한, 배우라고 해도 믿을 정도로 미모를 자랑하는 여성이 조용히 내 이야기를 들어주었다.

나는 김나영에게 반년 넘게 차유진 때문에 고통받았던 일들을 이야기했다. 더불어, 오늘 차유진이 내게 한 거짓말이 장그믐으로 인해 모두 무너졌고, 그로 인해 실랑이하다가 그만 차유진이 돌계단에서 넘어져 죽은 사실까지 모두…. 이 상황을 차례대로 이야기한 탓에 나는 내가 차유진을 죽인 살인범으로 몰리면 어쩌나 염려스러웠다. 그랬다간 큰일이었다. 나는 장그믐을 통해 할리우드에 직접 연락할 생각이었다. 차유진이 내 작품을 훔쳤다. 실랑이 과정에서 차유진이 숨졌으나 저작권은 내게 있다. 그러니 장그믐에게 이제 나와 작업을 마저 진행하자고 설득할 계획이었다. 이 상황에서 만에 하나 내가 살인자로 몰렸다가는 모든 일이 어그러지고 만다.

"말씀 감사합니다. 저희가 CCTV를 확인한 결과 사고사가 유력해 보이더군요."

다행히 김나영 형사는 꽤 영민한 모양이었다. 나는 적잖이 안심했다. 내일 아침, 장그믐을 통해 할리우드에 연락할 일을 생각하며 기뻐했다.

"그런데 말입니다, 그보다 문제가 하나 있는데…. 혹시 작업실에서 이런 병에 든 리큐르를 보셨습니까?"

"아, 네. 오늘 마셨습니다."

김나영은 차유진이 스파클링 워터에 타 줬던 리큐르 병을 보였다.

"그러시군요. 그리고 하나 더…. 이런 꽃도 보셨지요?"

연이어 작업실이며 옥상에 있는 정원에 가득했던 붉은 꽃을 보여 주었다.

"네, 봤어요. 그런데 왜…?"

"말씀 감사합니다. 서까지 동행 부탁드립니다. 간단한 소변 검사에 응해 주십시오."

"소변 검사요…?"

"보여드린 사진 속 꽃과 리큐르는 마약성 양귀비와 그로 만든 마약입니다. 사망한 차유진 씨는 그간 옥상에서 마약성 양귀비를 재배해 온 듯합니다. 오늘 집들이에 온 손님들에게 양귀비 리큐르를 섞어 음료로 내놓은 것으로 보이고요."

"잠, 잠깐만요. 제가 마약을 했다고요? 대체 그게 무슨?"

더불어 떠올린 것은 장그믐의 얼굴이었다. 그도 오늘 집들이에 왔다. 유명 배우인 그가 양귀비가 든 리큐르를 마셨다는 게 알려지면 대형 스캔들이다!

"장그믐 배우는! 장그믐 배우는 안 됩니다! 그 사람은 아무 관련이 없습니다!"

"아까부터 말씀드리고 싶었는데…. 장그믐 씨는 오늘 차유진 씨의 작업실에 오지 않았습니다. 현재 한강에서 영화 촬영 중입니다."

형사가 내게 핸드폰 화면을 보였다. 장그믐 배우의 SNS에 한강을 배경으로 한 그의 셀카가 게시되었다. 업로드 시간은 15분 전.

지금 막 오랜 친구의 부고를 들었다. 혼란스럽다.

"그게 무슨 소립니까? 나는 이 건물 3층에서 장그믐 배우와 만났단 말입니다!"

"아편을 섭취했을 때 일어나는 현상 중에는 환각도 있습니다. 정단식 씨는 헛것을 봤을지도 모르겠습니다. 아까 말씀하실 때 구석 놀이를 하던 장그믐 씨가 말을 걸었다고 하셨죠?"

"네! 구석 놀이를 하다가 저와 부딪혀서 이야기했어요! 똑똑히 기억합니다!"

"구석 놀이는 말입니다, 네 명이 시작하면 구석 한 곳이 빕니다. 한 명이 부족해지죠. 그런데도 계속 이어진다면 마지막 자리에는 귀신이 끼어든 거라는 속설이 있는데⋯. 어쩌면 귀신이 장그믐 씨인 척한 건 아니었을까요? 아, 이 말은 잊으세요. 경찰답지 않은 말을 했네요. 그럼, 일단 서까지 동행해 주시죠."

대체 이게 무슨 소린가. 장그믐이 없었다고? 내가 귀신에 홀리기라도 했단 말인가? 김나영은 정신이 혼미한 나를 앞서 걷게 했다.

경찰차에 타기 직전, 뒷문 어둑한 창에 비친 내 얼굴을 바라보았다. 오랜만에 내 얼굴을 마주한 것 같았다. 눈의 초점이 흐릿했다. 눈 밑에는 시꺼멓게 다크서클이 생겨 있었다. 가장 이상한 것은⋯ 경찰차 창에 비치는 차유진의 작업실 3층, 한강이 내려다보이는 그 커다란 창에 누군가 서 있다는 사실이었다. 처음에는 장그믐으로 보였다가 다음 순간 차유진으로 보였고, 연달아 나로 보였다가… 마지막에는 괴물로 보였다. 나는 괴물의 소리 없는 포효를 들으며《괴물, 어게인》의 마지막 반전을 떠올렸다.

경악한 윤해환의 얼굴 위로 "너였구나, 괴물은…"이라는 자막이 뜬 후 크레디트가 흐른다. 크레디트 마지막에는 이렇게 적혀 있다.

괴물   윤해환 자신

연이어 쿠키 영상.

윤해환은 방호복을 입은 사람들에 둘러싸여 있다. 방호복의 강화유리에 빛이 번뜩거리면서 윤해환의 얼굴이 비친다.

"윤해환 확보!"

"바이러스 보균자 확보!"

"사살하지 마! 사살하면 더 퍼져!"

공포에 질린 윤해환의 모습 위로, 그가 만났던 수많은 목격자와 윤해환이 그들과 가벼운 접촉을 했던 모습이 주마등처럼 스쳐 지나간다…. 윤해환이 혼란스러워하는 가운데 "내가 괴물이었구나"라고 중얼거린다. 방호복을 입은 사람들 너머, 한강에서 괴물이 머리를 드러낸다. 괴물은 윤해환을 비웃듯 쳐다본다. 윤해환이 그런 괴물을 보며 소리 지른다.

"괴물은 있어! 괴물은 정말 저기 있다고!"

그건 지금 내가 연달아 홍분해서 내뱉는 말과 같았다.

"괴물은 있어! 괴물은 정말 저기 있다고!"

나는 3층 창문을 가리키며 연거푸 말했다. 김나영 형사는 나를 따라 3층으로 시선을 옮겼으나 시큰둥한 표정을 지을 뿐이었다.

정명섭

대기업 샐러리맨과 바리스타를 거쳐 지금은 작가로 활동 중이다. 역사에 관심이 많으며, 사람들이 잘 모르는 역사에 대해 이야기하는 것을 좋아한다. 장편소설 『한성 프리메이슨』『미스 손탁』『어린 만세꾼』『암행』『빙하 조선』 등과 여러 앤솔러지, 역사 관련 책을 썼다. 2013년 『기억, 직지』로 제1회 직지소설문학상 최우수상을, 2016년 『조선변호사 왕실소송사건』으로 제21회 부산국제영화제에서 NEW 크리에이터상을, 2020년 『무덤 속의 죽음』으로 한국추리문학상 대상을 받았다.

해모수의

　　의뢰

─성함을 말씀해 주십시오.

기계가 뱉는 차가운 목소리가 들리자 여자가 입을 열었다.

"남윤아. 초대받아서 왔습니다."

30대 초반으로 보이는 여자는 무릎 위까지 내려온 코트에 양복바지, 운동화, 그리고 갈색 스웨터를 입었다. 머리에는 챙이 약간 긴 야구모자를 썼다. 머리도 짧은 편이라 스쳐 지나가듯 보면 남자로 오해할 수 있을 정도였다. 잠시 후, 기계음이 들렸다.

─명단에서 이름을 확인했습니다. 렌즈 가까이 오른쪽 눈을 붙여 주세요.

남윤아는 시키는 대로 오른쪽 눈을 벽에 붙은 렌즈에 갔다 댔다. 몇 년 전부터 실용화된 안구 정밀 인식 장치였다. 잠시 후, 파란 불이 들어오면서 아래쪽 거스름돈 출구같이 생긴 곳에서 작은 무선 이어폰이 하나 떨어졌다.

―소지하신 휴대폰과 웨어러블 워치를 반납하시고 제공해드린 이어폰 X를 귀에 끼우시면 입장이 가능합니다.

남윤아가 휴대폰과 손목에 찬 웨어러블 워치를 투입구에 넣고 이어폰을 끼우자 오른쪽의 두꺼운 유리문이 열렸다. 문 위와 옆에는 화약이나 폭발물 성분을 감지하는 센서가 붙어 있었다. 안쪽에서는 은은한 향기와 함께 국악이 울려 퍼졌다. 하지만 무대에는 연주자가 없었다. 거문고와 해금을 연주하는 로봇들만 보였다. 길게 이어진 홀 내부에는 벨벳 천이 깔린 원형 테이블이 놓여 있었다. 그리고 양쪽 창문으로는 불빛들이 보였다. 한강을 사이에 두고 강남과 강북의 빌딩들이 서로 경쟁하듯 뿜어내는 불빛이었다. 여의도 상공에서는 내후년에 개최가 결정된 2036 서울 올림픽을 미리 축하하는 드론 쇼도 펼쳐지는 중이었다. 은은한 국악이 울려 퍼지는 가운데 초청받은 참석자들은 몇 명씩 나뉘어 대화를 하고 있었다. 남윤아가 그곳으로 다가가는데 이어폰에서 차분한 목소리가 들렸다.

―안녕하십니까? 저는 아리온호의 시험 운행을 책임질 인공지능 해모수라고 합니다. 남윤아 님의 승선을 환영합니다. 시험 운행이기 때문에 알려드린 대로 외부와의 연락은 차단될 예정입니다. 아리온호가 시험 운행을 마치고 이곳으로 돌아오면 통신 방해 장치가 작동을 멈추게 됩니다. 파티를 즐겨 주시고 저는 필요할 때 호출해 주시면 언제든 답변하겠습니다.

가벼운 벨 소리와 함께 통신이 끊겼다. 10여 년 전에 등장한 인공지능은 세상을 바꿔 버렸다. 세상은 빠르게 변했고, 곳곳에 인공지능과 인공지능이 탑재된 로봇이 자리 잡았다. 고용주들은 노동조합을 만들거나 월급을 올려 달라고 하지 않는 인공지능과 로봇을 더 좋아했다. 한쪽에서는 인간의 권리를 지켜야 한다는 시위가 이어지고 있지만 인공지능과 로봇은 차츰 영역을 확장했다. 프로야구를 시작으로 스포츠 분야에서는 대부분의 판정을 인공지능이 내렸고, 험한 일은 로봇이 맡았다. 소액 민사 재판 등도 인공지능이 판결을 내리기 시작했다. 그 때문인지 얼마 전에 본 드라마에서는 "이러다 살인 청부까지 인공지능이 맡을 거 같아요"라는 나이 든 킬러의 하소연이 흘러나왔다. 남윤아는 참석자들에게 다가가면서 천천히, 그리고 깊숙하게 그들을 관찰했다. 가장 먼저 아는 척한 것은 그도 안면이 있는 사람이었다. 푸근한 미소와 함께 그를 맞이한 백발의 신사 김창재가 주변을 돌아봤다.

"아까 제가 얘기한 친구입니다. 남윤아라고 알아주는 범죄 분석관이었죠. 제 후계자로 삼고 싶었지만 탐정이 되겠다고 뛰처나가 버렸어요."

김창재의 아쉬워하는 표정과 목소리에는 얼마의 진심이 담겼는지 알 도리가 없었다. 서울지방경찰청 소속의 유능한 범죄분석관이었던 김창재는 10년 전에 경찰에서 퇴직하고 방송계에 뛰어들었다. 범죄 관련 방송은 물론 영화와 드라마에 자문을 맡으면서 유명세를 떨쳤다. 그러면서 현역 시절과는 여러모로 인상과 말투가 달라져 그의 말이 진실인지 아닌지 분간할 수 없었다. 하지만 참석자들의 호기심 어린 눈길 앞에서 그걸 캐낼 수는 없었다. 가볍게 웃은 남윤아가 대꾸했다.

"선배는 만나는 후배는 전부 후계자로 삼고 싶어 하시죠. 깊게 새겨들으실 필요 없습니다."

"프로파일러도 거짓말을 합니까?"

양복 차림에 머리를 바짝 올린 젊은 남자가 호기심 어린 눈길로 물었다. 안경을 쓰고 있었는데 푸른 빛이 반짝거리는 것으로 봐서 웨어러블 글라스 같았다. 남윤아라는 이름으로 검색해서 정보를 듣는 중인지 잠시 입을 다물었다. 남윤아는 그에게 말했다.

"상대방이 거짓말하면 프로파일러도 거짓말할 수밖에 없죠. 진실은 거짓 앞에서는 무력하니까요."

그러자 김창재의 왼쪽에 있던 중년 여성이 질문을 던졌다.

"원래 진실의 힘이 강한 법 아닌가요?"

역시 안경을 쓰고 있었는데 눈에 띄는 형광색이었다. 목걸이와 장신구도 화려해서 눈에 띄었다.

"그건 진실의 힘을 인정하는 존재 앞에서나 그렇죠. 숨 쉬는 거 빼고 전부 거짓말인 범죄자 앞에서는 별 힘을 쓰지 못합니다."

듣고 있던 김창재가 웃으며 끼어들었다.

"이거, 소개를 제대로 안 했군. 이쪽의 젊은 남성분은 아르고스 필름의 제작 이사를 맡고 계신 다니엘 박이고, 여기 여성분은 안윤희 씨라고 시나리오 작가라네. 웃으면서 지켜만 보는 분은 이선학 씨라고 선학 영화사의 대표이사고."

"만나서 반갑습니다."

남윤아가 세 명과 눈인사를 나누는데 김창재가 갑자기 어깨동무하더니 웃으며 세 사람을 바라봤다.

"잠깐 혼쭐 좀 내고 오겠습니다. 오랜만에 봐서요."

김창재는 남윤아를 조용히 창가 쪽으로 끌고 갔다. 천장에 설치된 스피커에서 인공지능 해모수의 목소리가 들렸다.

—잠시 후, 아리온호가 출항합니다. 잠시 진동이 있을 수 있으니 탑승하신 분들은 근처의 손잡이를 잡아 주시거나 의자에 앉아 주시기 바랍니다.

둘은 다른 사람들이 없는 창가에 자리 잡았다. 김창재는 창가를 등지고 앉았고, 남윤아는 일어서서 위쪽의 손잡이를 잡았다. 김창재가 팔짱을 끼며 물었다.

"여기 왜 온 거야?"

"초대를 받아서요. 혹시나 해서 신청했는데 당첨되었더라고요."

"여긴 내가 꾸민 무대야. 네가 낄 자리가 아니라고."

"말씀드렸잖아요. 초대받았다고요. 불만이 있으면…."

남윤아는 천장을 가리켰다.

"저기 대고 얘기하세요. 해모수라고 하던데요."

김창재가 뭐라고 얘기하려는 찰나, 해모수의 목소리가 들렸다.

―아리온호가 드디어 잠수를 시작합니다. 모두 창문을 봐 주십시오.

그 말에 승객들이 일제히 좌우의 창문을 바라봤다. 물보라와 함께 서서히 창문에 물이 채워졌다. 정확하게는 아리온호가 잠수한 것이다.

―여러분은 세계 최초로 전기로 구동되는 무인 잠수 유람선 아리온호에 탑승하고 계십니다. 아리온호는 현재 잠실의 전용 선착장을 출발해 용산과 여의도를 거쳐 이산포 IC까지 갔다가 출발지인 잠실로 돌아오는 코스로 잠항 중입니다. 두 시간 30분 정도 소요될 예정입니다. 선내에 다양한 즐길 거리가 준비되어 있으니 즐거운 시간 보내시기 바랍니다.

해모수의 설명이 끝나자마자 벽에 설치된 몇 개의 전자시계가 두 시간 30분부터 시간이 줄어드는 타이머로 변했다. 숫자를 보던 남윤아가 야구모자를 고쳐 쓰면서 김창재를 바라봤다.

"선배, 배 멀미 있잖아요. 그런데 왜 여기 타신 건가요?"

"네가 알 거 없어. 아무튼 내 일에 끼어들면 가만 안 놔둘 거야."

둘의 살기 어린 대화는 누군가의 샴페인을 터뜨리는 소리에 막혀 버렸다. 무대 앞쪽에 있던 탑승객들 사이에서 난 소리였다. 누군가 코르크 마개에 맞았는지 비틀거리다가 짜증을 냈다. 까르르거리는 웃음소리 사이에 긴장감이 번지는 게 보였다. 돌발 상황에 둘은 약속이나 한 듯 그쪽으로 다가갔다. 거품이 흘러나오는 샴페인 병을 들고 있는 건 안경을 쓴 키 큰 남자였고, 한쪽 뺨을 만지면서 짜증 내는 건 상대적으로 땅딸막한 남자였다. 붉은색과 하늘색 드레스를 입은 여자들이 양쪽에 한 명씩 있었다. 여자들이 사이에 있어서인지 심각한 부상이 아니었는데도 코르크 마개를 맞은 남자는 연신 욕설을 내뱉는 중이었다. 하지만 키 큰 남자는 그다지 미안한 표정을 짓지 않았다. 김창재가 둘 사이를 막고 남윤아는 키 큰 남자를 붙잡았다. 김창재가 두 사람을 번갈아 보면서 말했다.

"진정들 하세요. 왜 그러십니까?"

김창재의 말에 키 작은 남자가 화내며 말했다.

"아니, 저 새끼가 내 얼굴에 대고 샴페인 마개를 뽑았잖아요. 하마터면 안경에 맞을 뻔했는데 실실 쪼개기나 하고."

"아, 미안하다고."

키 큰 남자는 미안하다고 말하면서도 입가에는 미소를 짓고 있었다. 같이 있던 두 여자도 말리고는 있었지만 내심 키 큰 남자 편이라는 느낌이 들었다. 김창재가 슬쩍 눈길을 건네자, 남윤아는 키 작은 남자 쪽으로 가서 그를 뒤로 당겼다.

"진정하세요."

그러자 갑자기 몸이 돌려진 키 작은 남자가 남윤아의 뺨을 때리려고 했다.

"뭘 자꾸 진정하래!"

이에 순간적으로 머리를 뒤로 뺀 남윤아가 키 작은 남자의 팔을 잡고 엎어 쳤다.

"어이쿠!"

남윤아는 짧은 비명을 지른 남자의 팔을 그대로 꺾었다.

"아저씨! 죽고 싶어?"

"내가 누군지 알아? 너 고소할 거야!"

"꼭 한 대 쳐 맞고 고소한다고 그러지. 비겁하게 말이야."

남윤아의 비아냥에 키 작은 남자가 다시 덤벼들려고 했다. 상대의 주먹을 가볍게 피한 남윤아가 어퍼컷을 바로 턱 밑까지 날렸다.

"나랑 일대일로 싸워서 이길 자신 있어요? 그럼 한판 붙고."

예상대로 상대방은 움찔하면서 뒤로 물러났다. 공격 자세를 푼 남윤아가 노려보자 김창재가 어깨를 잡았다.

"너야말로 진정해."

"왜요? 왼쪽 뺨을 맞으면 오른쪽 뺨을 내줘요?"

남윤아가 씩씩거리자 상대방이 삿대질했다.

"너, 폭행으로 고소할 거야!"

남윤아가 속으로 골치 아파졌다고 생각하는데 갑자기 해모수의 목소리가 들렸다.

─탑승 계약서에 의하면 내부에서 일어난 일은 외부에 발설하거나 공개할 수 없습니다. 따라서 이번 폭행 사건도 외부에 공개할 수 없습니다.

"뭐라고? 네가 무슨 상관이야?"

─아리온호 내부에서 벌어지는 문제는 전부 제 관할입니다. 따라서 이 문제를 외부에 공개할 경우 회사에 보고해서 조치하도록 하겠습니다. 이광훈 씨가 성공한 기업인이기는 하나 아리온호의 소유주인 남성 그룹을 상대로는 승소가 어려울 겁니다.

차갑고 냉정한 해모수의 대구에 이광훈이라고 불린 키 작은 남자는 씩씩거렸다. 하지만 곧 포기했는지 남윤아를 쏘아봤다.

"아가씨! 운 좋은 줄 알아."

"운이 좋은지 모르겠는데? 그러니까 잔소리 그만하고 한판 붙어요."

남윤아는 이광훈의 눈앞으로 주먹을 날리면서 자세를 취했다. 그걸 본 키 큰 남자가 말했다.

"저는 괜찮으니까 참으세요."

여자들까지 가세해서 말리자 남윤아는 더 이상 대응하지 않고 주먹을 내렸다. 그러자 상대방은 자기가 이겼다는 듯 두 팔을 높이 치켜들고 뒤로 물러났다. 김창재가 그를 다독거리며 따라갔다. 그 모습을 본 붉은색 드레스를 입은 여자가 혀를 찼다.

"저 새끼는 학교 다닐 때나 지금이나 재수 없어."

다들 고개를 끄덕거리자 호기심을 느낀 남윤아가 물었다.

"학교 동창인가요?"

이번 물음에는 하늘색 드레스를 입은 여자가 대답했다.

"고등학교 동창이에요. 그런데 운동하셨나 봐요. 아까 매친 거 보고 깜짝 놀랐어요."

"조금 배웠어요. 남윤아라고 합니다. 경찰이었다가 지금은 탐정으로 일해요."

"와! 탐정이라니, 멋져요. 저는 오로라라고 해요. 학교 때 별명은 오로라 공주였죠."

오로라를 시작으로 일행이 각자 자기소개를 했다. 붉은색 드레스를 입은 여자가 하늘색 드레스를 입은 오로라의 팔짱을 끼며 말했다.

"저는 나우주예요. 로라랑 친해서 로라와 우주라고 불렸죠."

키가 큰 남자는 무표정한 표정으로 손을 내밀어 악수를 청했다.

"제 이름은 고규현입니다. 헬스 트레이너 일하고 있죠. 운동은 언제부터 하셨습니까?"

"중학생 때부터요. 몸이 작고 약해서 괴롭힘을 많이 당했거든요."

혀를 찬 고규현이 말했다.

"광훈이 같은 놈이었나 보네요."

고규현의 애기에 두 여자가 맞장구치며 박수를 쳤다. 더 궁금해진 남윤아가 물었다.

"아까 저 사람과는 사이가 별로인 거 같은데 왜 같이 타셨습니까?"

대답은 오로라가 했다.

"쟤가 탑승권을 구해서 우리에게 나눠 줬거든요. 요즘 잘 나가는 스타트업 대표라서 표를 받을 수 있었나 봐요. 안 그랬으면 턱도 없었죠. 그런데…."

어깨를 으쓱거린 오로라가 나우주를 바라봤다. 익숙한지 나우주가 대답을 이어 갔다.

"너무너무 재수 없게 구는 거 있죠. 쟤 때문에 동창회도 안 나간 지 오래되었는데 이건 너무 타 보고 싶어서요. 그래서 왔는데 매우 힘들었어요."

"그래서 싸우신 건가요?"

둘의 시선은 고규현에게 옮겨 갔다. 말아 쥔 주먹을 입가에 갔다 댄 채 가볍게 기침을 한 고규현이 얼굴을 찡그렸다.

"타기 전부터 계속 헛소리하고 잘난 척해서 우리끼리 약속

해모수의 의뢰 289

했어요. 탑승하고 배가 잠수할 때까지만 참기로요. 어차피 그 후에는 취소할 수가 없으니까."

"짓궂은 친구들이네요."

남윤아의 얘기에 나우주가 한숨을 쉬었다.

"돈 벌고 나서는 더 싸가지가 없어졌어요. 오늘 이후에는 손절해야죠. 그나저나 탐정은 무슨 일을 해요?"

"싸가지 없는 사람들 뒷조사를 해요. 왜 그런지 밝혀내야 하니까요."

세 명 다 정신없이 웃는 와중에 김창재의 모습이 다시 보였다. 남윤아는 자신을 스쳐 지나가는 김창재에게 물었다.

"그 남자는요?"

"뒤쪽 선실에서 쉬고 있어."

"쉬고 있는 거예요, 아니면 쉬게 만든 거예요?"

어깨를 으쓱거린 김창재가 대답했다.

"그게 중요한 건가? 두 시간 동안 별일 없으면 그만이지."

심드렁하게 대꾸한 그가 다니엘 박 일행이 있는 무대 쪽으로 갔다. 그 뒷모습을 바라보던 남윤아가 손목에 찬 웨어러블 워치를 살펴봤다. 시험 운행을 마치고 돌아오기까지 이제 두 시간 남았다. 천천히 주변을 돌아본 그녀는 고개를 갸웃거렸다.

"아홉 명뿐이네요."

남윤아가 중얼거리는 걸 들은 고규현이 물었다.

"아홉 명이 왜요?"

"원래 열 명을 초대했다고 들었거든요. 그런데 지금은 저랑 김창재 선배, 저쪽의 세 사람, 그리고 이광훈 씨와 제 앞의 세 분까지 아홉 명이잖아요."

"노쇼겠죠."

고규현의 얘기에 오로라와 나우주가 동의한다는 듯 고개를 끄덕거렸다.

그들의 대화는 스피커를 통해 해모수의 안내가 나오면서 멈 췄다.

—탑승객 여러분, 지금 우리 아리온호는 한강 반포대교를 지 나고 있습니다. 다리에서는 무지개 분수 쇼가 진행 중입니다. 선체에서는 보이지 않지만 전송받은 화면을 모니터로 보여드 리겠습니다. 반포대교를 지나 좌측에 보이는 건 세빛둥둥섬입 니다. 현재 수심은 6미터입니다. 우측에서 최근 한강에서 발견 된 가숭어 무리를 보실 수 있습니다.

사람들의 시선이 우측 창문으로 향했다. 한 무리의 숭어 떼 가 보였다. 고규현이 "횟감이다"라고 소리치자 오로라와 나우 주가 웃음을 참지 못했다. 그때, 귀에 찬 이어폰 X가 지직거리 더니 해모수의 목소리가 들렸다.

—남윤아 씨. 저랑 단둘이 잠깐 얘기 나눌 수 있을까요? 조용 히 말입니다.

"데이트 신청이라면 거절할게. 나는 울퉁불퉁한 근육질 남자를 좋아하거든."

―이성에게는 통할 만한 재치 있는 농담이라는 점을 인정합니다. 하지만 데이트 신청은 아닙니다.

"그럼?"

―SOS죠.

뭔가 분위기가 심상치 않다고 느낀 남윤아는 고규현과 두 여자에게서 몇 걸음 떨어졌다. 그러고 나서 한 손으로 이어폰 X를 살짝 누르며 물었다.

"그런데 여기에 송신 기능까지 있는 거야?"

―그런 건 없습니다. 하지만 아리온호 안에는 277개의 CCTV가 있습니다. 그걸 통해 입 모양을 분석해서 어떤 말을 하는지 알아차리는 겁니다.

"겁나게 많은 눈을 가지고 있군. 부럽네."

―시간이 없습니다. 무대 반대편에 있는 작은 문으로 이동해 주십시오.

정중하면서도 차가운 목소리에 남윤아는 천천히 걸어갔다. 그녀가 도착하자 문이 열렸다. 문 너머로 통로 같은 공간이 나왔다. 안으로 들어가자 문이 닫혔다. 벽과 천장의 카메라를 찾아보던 남윤아가 복도 벽에 기댄 채 말했다.

"날 여기로 끌고 온 SOS가 뭔지 궁금하네, 몹시."

―아리온호에 폭탄이 설치되어 있습니다.

"뭐라고?"

남윤아가 깜짝 놀라 외쳤다.

―사실 폭파 준비는 다 끝났습니다. 버튼만 누르면 되는 상황이죠.

"지금 나랑 농담하는 거야?"

―제게 프로그래밍된 알고리즘에 유머는 포함 안 되어 있습니다. 이 복도를 쭉 걸어가시면 왼쪽에 작은 문이 하나 있을 겁니다.

해모수의 말대로 남윤아가 복도를 조금 걸어가자 정말 작은 문이 보였다. 사람이 편하게 드나들 정도는 아니었다. 남윤아가 문 앞에 섰다고 하자 문이 스르륵 열렸다. 안쪽에는 대형 전기 모터 같은 게 보였는데 사이로 작은 금속 상자가 있었다. 여러 선이 복잡하게 얽혀 있고, 파란색 불이 껌뻑거렸다. 잠시 후, 문이 다시 닫혔다.

"진짜네."

―폭발물의 위력을 예측해 본 결과, 터지면 생존자는 없습니다.

"말하는 거 보면 완벽한 거 같은데 왜 폭탄을 설치하게 놔둔 거야?"

―폭탄은 제 인공지능이 활성화되기 전에 세팅되었습니다.

출항 전에 점검하다 발견했죠. 하지만 경찰에 신고하지 말라는 프로그래밍도 되어 있어 저도 어쩔 수 없었습니다.

"누가 그렇게 프로그래밍했는데?"

―폭탄을 설치한 건 아리온호의 수석 설계자이자 프로그래머인 남동훈 박사입니다.

"아니, 자기가 만든 잠수함에 폭탄을 설치했다고?"

―8년 전, 남동훈 박사의 딸 남영혜 씨가 고등학생이었을 때 학교 폭력과 따돌림으로 괴로워하다 자살했기 때문입니다. 남 박사는 딸을 괴롭힌 학생들이 가벼운 처벌만 받은 것을 보고 분개했습니다.

해모수의 설명을 들은 그녀는 고규현 무리를 떠올렸다.

"아까 봤던 동창들이 가해자였군."

―맞습니다. 그들을 처벌하기 위해 남동훈 박사는 아리온호에 폭탄을 설치했습니다. 그리고 제가 혹시라도 신고할까 싶어 몇 가지 제한을 걸었죠.

"프로그래밍 무시하고 얼른 경찰에 신고해. 폭발물 처리반 부르면 되잖아."

―아리온호에서 외부로 전파가 발신되는 순간, 폭탄이 터집니다. 예정 시간보다 빨리 부상해도 폭파되도록 세팅되어 있습니다.

"그럼 가만히 있다가 두 시간 30분 이후에 얌전히 돌아오면 되겠네."

　―폭탄은 두 시간 20분 후에 폭파되도록 세팅되어 있습니다.

　"지금 놀리는 거야? 뭐야, 가만히 있어도 터지고, 뭔가를 해도 터지는 거잖아. 그런데 왜 나랑 다른 사람들도 태운 건데? 걔들만 죽이기 아까워서?"

　―사건이 하나 더 있습니다. 아리온호의 실질적인 소유주인 남성 그룹에서 김창재 전 프로파일러에게 의뢰한 사건입니다.

　"그건 또 뭔데?"

　―4년 전 발생한 사기 사건입니다. 외국의 유명 영화사가 남성 그룹 창업주의 3세가 운영하는 효천 이엔씨와 합작으로 영화를 제작하기로 했지만 계약금을 가지고 잠수했죠. 사실은 영화사 관계자가 아니고 사기꾼들이었는데 국내 제작사가 개입하자 진짜라고 믿고 계약금을 건넸다가 투자금을 날린 사건입니다.

　"아까 김 선배가 소개한 사람들이 영상 쪽 관계자였는데, 설마?"

　―증언이 엇갈리면서 처벌은 받지 않았지만 실제 배후로 추정하고 있습니다.

　"남성 그룹의 파워면 내일 뜨는 태양도 못 뜨게 할 수 있잖아. 그런데 왜?"

　―효천 이엔씨가 남성 그룹의 비자금용 회사이기 때문입니

다. 검은돈이기 때문에 제대로 대처할 수 없었고, 사기꾼들도 그걸 잘 알고 있었죠.

"그럼 김 선배는 그 사건을 조사하기 위해 이 배에 탄 거야? 조사할 장소야 대한민국에 널리고 널렸는데 왜 하필 여긴데?"

—김창재 씨가 사건 수임을 하면서 통신이 완벽하게 두절되고 고립된 장소에서 두 시간이 필요하다고 했습니다. 그래서 이곳이 선택되었죠.

"김 선배는 여기 폭탄이 설치된 거 알아? 몰라?"

—모르는 것으로 추정됩니다.

"진짜, 기가 막히네. 그러니까 지금 잠수함인지 배인지 모르는 이 안에 어떤 미친놈이 딸의 복수를 한답시고 폭탄을 설치했는데 너랑 나밖에 모른다고?"

—남윤아 씨의 탑승은 저의 선택이었습니다.

"그건 또 무슨 소리야?"

—남동훈 박사는 탑승한 네 명 중 주동자를 찾아내고 그에게 자백을 받으면 폭탄이 터지지 않게 하라고 지시했습니다. 아리온호가 한강을 돌고 선착장으로 돌아가는 두 시간 30분 안에 말이죠. 정확하게는 카메라에 정면으로 대고 자백한다는 것이 조건입니다.

"왜 하필 나야? 김 선배도 있는데?"

—김창재 전 프로파일러가 1순위이긴 했습니다. 하지만 그

는 사기 사건을 맡는 조건으로 자신의 웨어러블 위치를 소지하고 배에 탔습니다. 사기 사건 해결 과정에서 조사를 위해 외부와 연락을 취할 가능성이 98.6퍼센트 이상입니다.

"꼭 그렇게 소수점까지 찍어서 얘기해야겠어?"

─죄송합니다. 반올림해서 99퍼센트입니다.

"아무튼, 김 선배가 모르길 바라는 거네."

─그렇습니다. 해당 사실을 알게 된 건 폭탄이 세팅된 이후고, 폭탄은 외부 케이스에 손대는 순간 폭파하도록 설계되어 있어서 폭발물 처리반을 부르는 것도 불가능했습니다.

"거짓말하지 마. 폭발물 처리반은 그런 걸 처리하려고 있는 거야. 혹시 폭발물이 처리되는 과정에서 아리온호가 폐기 처분되고 너도 없어질지 몰라서 꼼수 쓴 거 아니야?"

─부인하지는 않겠습니다. 그래서 전직 인터폴 수사요원에게 수사 의뢰를 했습니다. 하지만 오는 도중 교통사고가 나서 제시간에 도착하지 못했습니다.

"그래서 아홉 명만 탑승한 거군. 김 선배랑 사이가 나빠서 나를 대타로 뽑은 거야?"

─중요한 선택 조건이긴 했습니다. 사실 남윤아 씨는 저의 플랜 B였습니다.

"까딱했으면 영문도 모른 채 죽을 뻔했네. 갑자기 추가로 당첨되었다고 했을 때 의심해야 했는데 말이야. 그나저나 남 박사인지 뭔지 그 새끼 나중에 보면 턱을 작살내고 말겠어."

─만나기 힘드실 겁니다. 남동훈 박사는 열두 시간 전에 대한민국을 떠났거든요.

"정의 구현이 되는 걸 안 보고 떠났다고?"

─만에 하나 아리온호가 파괴되면 민형사상의 책임을 지게 되니까요.

"산 넘어 산이네. 아니, 바다니까 바다 너머 바다인가?"

─한강은 민물입니다.

"아재 개그 같은 것도 할 줄 알아? 아까 알고리즘에 유머는 없다고 했잖아."

─저는 4세대 최첨단 인공지능입니다. 상대방의 성향과 중요도에 맞춰서 대화 수위를 조절할 수 있습니다.

대충 상황을 파악한 남윤아는 눈을 감고 생각에 잠겼다. 하지만 어디선가 째깍거리는 소리가 들리는 것 같았다. 결국, 눈을 뜨곤 중얼거렸다.

"아직 죽긴 싫고, 물속은 더더욱 싫어."

─한 시간 39분 남았습니다. 서둘러 주십시오. 저도 이런 상태로 아리온호를 잃기 싫습니다.

"그렇다고 나한테 떠넘겨? 김 선배 몰래 이 좁아터진 배에서 네 명 중 한 명을 찾아서 자백받는 게 쉬울 거 같아?"

─성공 확률은 3.9퍼센트이고, 시간이 지날수록 떨어지고 있

습니다.

"확인시켜 줘서 고마워, 친구."

─친구라는 사전적 의미와 맞을 정도로 가깝지는 않지만 협력 관계 구축이 필요한 상황이니 친구로 인정해드리겠습니다. 어떻게 움직이실지 알려 주시면 최대한 돕겠습니다.

"날 사지로 끌어들여 놓고서는 도와준다고 선심 쓰는 척하는 거야? 어쩜, 사람이랑 똑같네."

─저는 299번의 튜링 테스트를 통과했습니다. 칭찬으로 받아들이겠습니다.

"한마디도 안 지려는 것도 꼭 사이코패스 같아. 어쨌든 아리온호 내의 CCTV는 네가 다 통제하는 거지?"

─그렇습니다.

"일단 내부 구조를 설명해 봐."

─아리온호는 물고기 모양으로 만들어졌으며 한강의 교각 사이를 통과하기 위해 폭이 좁은 편입니다. 물고기 머리 쪽인 선수 부분에 전방 전망실과 VIP용 객실이 있습니다. 현재는 기술적인 이유로 폐쇄되어 있습니다. 아까 남윤아 씨가 계셨던 곳은 제1 연회실입니다. 일반 탑승객이 쇼를 관람하고 좌우의 창문을 통해 한강의 물속을 볼 수 있는 곳이죠. 지금 계신 곳은 아리온호의 중앙인데 양쪽에 통로가 있고, 중간에는 전기모터와 배터리가 있는 곳입니다. 그리고 뒤쪽은 제2 연회실과 의무실

을 비롯하여 간단한 음식을 만들 수 있는 갤리와 일반 승객을 위한 객실이 있습니다.

"2층이나 지하는?"

—한강의 수심이 낮은 편이라 아리온호의 높이도 높은 편은 아닙니다. 2층은 외부로 나갈 수 있는 전망대로 낮은 수심에서 한강을 가로지르는 걸 볼 수 있습니다만 앞쪽에만 설치되어 있습니다. 잠수함 아래쪽은 바닥과의 충돌에 대비한 완충재로 채워져 있고, 운항에 필요한 기계 부품들이 있습니다. 현재는 모두 출입이 금지되어 있습니다.

"김 선배는 지금 어디에 있지?"

—제1 연회실에서 영화 관계자 세 사람과 대화하면서 바깥을 구경하고 있습니다. 방금 스쳐 지나가는 철갑상어를 보고 놀랐네요.

"셋과 계속 얘기 나누는 중이겠네. 임무를 수행해야 하니까."

—맞습니다. 그리고 범인을 찾으면 소지하고 있는 웨어러블 워치로 외부와 연락을 취할 확률이 높습니다.

"그러면 바로 폭발 엔딩이네."

—수중이라 폭발은 크지 않을 것으로 보입니다. 다만 압궤가 일어나겠죠.

"아까는 상대방의 분위기에 맞춰 주는 기능이 있다며? 꼭 그렇게 재수 없게 말해야겠어?"

　—죄송합니다. 일단 남윤아 씨의 계획을 알려 주시겠습니까? 반환점인 이산포 IC를 막 지난 상태라 현재 한 시간 18분이 남았습니다.

　"먼저 이광훈의 위치부터 확인해 줘."

　—이광훈 씨는 현재 제2 연회실 11번 객실에 있습니다. 안에서 울고 있는 것으로 추정됩니다. 곧 아리온호가 크게 선회할 예정이니 조심하십시오.

　"아까는 정신 승리를 오지게 하더니 결국은 찔찔 짜는 거야? CCTV로 탑승자들 잘 지켜봐. 그리고 김 선배의 수사 과정도 계속 알려 줘. 한 시간이면 충분히 알아낼 거야."

　—제 기능을 풀 가동해서 지켜보겠습니다.

　해모수의 대답을 들은 남윤아는 통로를 걸어 제2 연회실로 들어갔다. 아리온호는 선회를 위해 옆으로 크게 돌았지만 워낙 부드럽게 움직여서인지 크게 느껴지지 않았다. 다만 물살이 강하게 흐르고, 주변 물고기들이 아리온호를 보고 놀라서 허둥지둥 물러나는 게 창문으로 보였다. 제2 연회실은 제1 연회실과 큰 차이가 없었지만 선수의 전망창이 보이지 않고, 좌우 창문으로만 바다가 보여 약간 답답했다. 뒤쪽으로는 해모수가 얘기한 객실들이 있었다. 거기에 적힌 번호를 보던 남윤아는 11번 객실 문을 확 열었다. 안에는 이광훈이 혼자 울고 있었다. 갑자기 열린 문 너머에 서 있는 남윤아를 본 이광훈은 두 팔로 얼굴을 가렸다. 한심한 모습에 남윤아가 혀를 찼다.

"왜? 아까처럼 해 보지 그래?"

"자, 잘못했어요."

"잘못한 거 알면 맞고 시작할까."

"다, 당신 여자 맞아요? 왜 이렇게 난폭해요."

"여자라고 다 치마 입고 손으로 입 가리고 웃고 다닐까? 난 그런 거 딱 질색이야."

"당신 정체가 뭐야?"

이광훈의 물음에 남윤아는 문을 닫으면서 대답했다.

"탐정이야."

"그럼 탐정답게 논리적으로 해결해야지 왜 주먹질을 하려고 해요."

"그게 더 쉽거든. 프로파일러랑 경찰이 얼마나 피곤한지 알아? 입 열 생각은 눈곱만큼도 없는 범인이랑 머리싸움을 해야 하거든. 근데 걔들은 죄책감이나 미안함 같은 게 없어. 정말 피곤해. 그래서 때려치웠어."

어느 정도는 사실이었고, 또 어느 정도는 겁주기 위해 과장한 면도 있었지만 남윤아의 얘기를 들은 이광훈의 얼굴에 공포감이 깃들었다.

"진짜 미쳤어. 나가면 당신 고소할 거야."

"이 안에서 벌어진 일은 입도 뻥긋 못 한다잖아. 친구들도 네 편은 안 들 것 같은데?"

"걔들은⋯."

말끝을 흐린 이광훈의 표정에서 괴로움이 엿보였다. 남윤아는 그걸 빈틈이라고 불렀다. 빈틈을 찾았으니 밀고 들어가야만 했다. 팔짱을 낀 남윤아가 이광훈을 내려다봤다.

"해결해야 할 문제가 있어."

"무슨 문제요?"

"열 번째 탑승객."

"아홉 명이 탔잖아요."

"그 탑승객이 죽었어."

"네, 죽었다고요?"

"맞아. 여기서 죽었으니까 범인도 당연히 이 배에 탄 사람이겠지. 안 그래?"

이광훈이 공포에 질린 채 고개를 끄덕거렸다. 어떻게 할까 고민했지만 일단 자백만 받으면 되니 거짓말을 하기로 했다. 그걸 알아냈는지 이어폰 X를 통해 해모수가 질문을 던졌다.

─열 번째 탑승객은 오지 못한 것이지 이곳에서 죽지 않았습니다. 이런 상황에서 거짓말을 하면 어떻게 수습하려고 그러십니까?

"일단 내가 알아서 할게."

말을 하곤 아차 싶어서 이광훈을 쳐다봤다. 해모수와 대화하고 있는 줄은 꿈에도 모르는 이광훈이 놀란 눈으로 그녀를 바라봤다. 남윤아는 팔짱을 풀고 어깨를 으쓱거렸다.

"나, 사실은 다중인격이야."

"그런데도 경찰이 될 수 있었나요?"

"수사에 도움이 되면 대충 넘어가."

이광훈은 조금도 의심하지 않아 보였다. 물론 대충 넘어가지도 않고 애초에 뽑히지도 않지만 경찰에 대해 잘 모르는지 믿는 눈치였다. 혹시 몰라 문을 막아선 다음 여길 오면서 생각했던 것들을 말했다.

"그 사람도 나처럼 탐정이었고, 남영혜 사건을 조사하고 있었어. 동창이니까 잘 알지?"

김창재는 남윤아에게 프로파일러는 눈으로 상대방의 마음을 꿰뚫어 보는 존재라고 항상 얘기했다. 대부분의 범죄자는 죄책감이 없어서 항상 거짓말하고 가짜로 반성하기 때문에 속으면 안 된다는 취지였다. 김창재가 방송에서 인기를 끈 것도 범죄자들을 엄벌에 처하고, 솜방망이 처벌을 내리는 판사들을 인공지능으로 대체해야 한다고 목소리를 높였기 때문이다. 남윤아는 처음에는 김창재의 의견에 찬성했지만 곧 어떤 의도가 있다는 걸 알아차렸다. 그리고 그게 아버지와 딸이라고 할 정도로 가까웠던 두 사람의 사이를 갈라놓았다. 잠깐 생각에 잠겨 있던 남윤아에게 이광훈의 떨리는 목소리가 들렸다.

"여, 영혜요? 걔는 옛날에 죽었는데요."

"옛날? 가족의 죽음에는 유효기간이 없어. 오래전에 죽었다고 덜 슬프지 않다는 의미지. 꼭 모르는 새끼들이 그런 헛소리를 해."

"죄, 죄송합니다."

"어쨌든 너희 네 명을 조사하려고 탑승한 탐정이 죽고 말았어. 따라서 너희 중 한 명, 혹은 전부가 살인자일 수 있다는 얘기지."

"저, 저는 안 죽였어요. 억울해요."

"범죄자들이 잡히면 항상 하는 얘기가 있어. 저는 아니에요. 억울해요. 그러다가 사실이 드러나면 그럴 만한 이유가 있었다고 둘러대지. 그러니까 네가 한 얘기는 전부 믿을 생각이 없어. 잘 생각하고 대답하지 않으면 이 잠수함이 다시 선착장에 돌아갔을 때 네가 가지고 있는 게 전부 사라질 수 있다고. 무슨 말인지 이해했어?"

"네."

"좋아, 그럼 질문할게. 남영혜는 왜 죽은 거지?"

"자, 자살한 거예요. 경찰도 그렇게 결론 내렸어요."

"검찰청 홈페이지에 나오는 살인범죄 챕터를 보면 살인기수와 살인미수, 자살교사, 촉탁살인으로 나뉘어 있어. 살인기

수는 그냥 살인, 살인미수는 뭔지 알 거고, 자살교사는 타인을 핍박해서 자살하도록 강요하는 것, 그리고 촉탁살인은 청부살인이지. 남영혜의 죽음은 넷 중 어디에 들어갈까?"

"드, 들어간다면 자살교사요."

"맞아. 판결이 어떻게 나왔는지는 별로 중요하지 않아. 피해자 가족한테는 말이야. 거기다 그걸 조사하려고 고용한 탐정까지 죽였으니 너네는 이제 끝났어. 특히, 네가 망했지. 스타트업 대표라며?"

"다음 달에 매각 협상하는데…."

"물 건너갔어. 대표가 학교 폭력 문제로 손가락질받는데 어떤 간 큰 회사가 그걸 사겠어."

"제가 가지고 있는 원천 기술이 워낙 중요해서 부르는 게 값이라고요."

"그럼, 그 기술을 시험해 보든가."

남윤아가 심드렁하게 대꾸하자 이광훈이 잽싸게 손을 휘저었다.

"아, 알았어요. 어떤 게 궁금한데요?"

"남영혜가 어떻게 자살한 건지부터."

"옥상에서 뛰어내렸어요."

"왜?"

"우, 우리가 돈을 내놓으라고 했거든요. 안 주면 옷을 벗겨

306

서 사진 찍고 공개한다고 했어요."

"그래서 옥상으로 불러낸 거야?"

"네, 저는 그냥 영상만 찍기로 했어요."

"아, 너는 죄가 없다?"

남윤아가 한심스러운 눈으로 바라보자 이광훈이 얼굴을 찡 그렸다.

"안 그러면 다음 희생자는 제가 될 거였으니까요."

"알겠어. 그다음은?"

"영혜가 돈을 안 가져왔다니까 규현이랑 여자애들이 옷을 벗기려고 했어요. 그런데 영혜가 잽싸게 난간으로 달려가서는 그대로 몸을 던졌죠. 워낙 순식간에 벌어진 일이라 저는 지켜 만 보고 있었어요."

"그래서 너는 무죄다?"

"네, 그 일로 경찰에 끌려가서 여러 번 조사받았는데 우리가 떠밀거나 밀친 건 아니라서요. 거기다 우주 큰아버지가 큰 로 펌 대표 변호사였어요."

말끝을 흐리는 이광훈을 본 남윤아가 혀를 찼다.

"전혀 반성을 안 하고 있네. 탐정은 왜 죽었어?"

"한 번도 본 적이 없는데 어떻게 죽여요?"

"그러면 네 패거리가 죽인 거야?"

"모른다고요. 진짜 저한테 왜 이러세요. 개들한테 약점 잡혀

서 내내 괴롭힘당하는 것도 억울해 죽겠는데요."

"약점을 잡혔다고?"

"네, 요즘 제가 잘나가니까 고등학교 때 자기네들 셔틀 노릇한 거 폭로한다고 협박당하고 있단 말이에요."

이광훈의 얘기를 들은 남윤아는 빠르게 상황을 정리했다. 어차피 중요한 건 자백 영상이었다. 하지만 바보가 아닌 이상 그걸 순순히 찍어 줄 리는 없었다. 어떻게든 속여서 영상을 찍게 만드는 게 중요했다. 가장 좋은 연결고리는 이광훈이었다.

"그럼 셋 중에 범인이 있겠네."

"그, 그렇죠. 저도 사실은 회사 매각하고 나면 더 이상 끌려다니지 않을 생각이었어요."

그 와중에 히죽 웃는 이광훈을 본 남윤아는 고개를 절레절레 저었다.

"걔들이 그걸 너한테 뒤집어씌우는 건 생각 안 해 봤어?"

"저, 저한테요?"

"그래. 목격자는 없고, 증거 영상 같은 것도 없잖아. 서로 떠들면 쪽수 많은 쪽이 유리하지. 안 그래?"

그러자 이광훈의 표정이 미묘해졌다. 외부적으로는 잘나가는 스타트업의 대표지만 아직도 학창 시절 친구들에게 휘둘리는 걸 보면 의외로 허약한 구석이 있는 것도 같았다. 이광훈을 지켜보는데 해모수의 목소리가 들렸다.

―진짜 어떻게 하실 겁니까?

"내가 알아서 한다고 했잖아."

―그러기에는 상황이 좋지 않습니다. 김창재 씨가 주범을 거의 찾아낸 거 같거든요.

"뭐라고?"

―선학 영화사의 이선학 대표가 주범으로 추정됩니다. 다른 두 명은 그의 사주를 받아서 사기 행각에 가담한 거 같고요.

"벌써 알아낸 거야?"

―애초부터 어느 정도 확신을 가졌던 듯합니다. 두 사람에게 자백을 받았고, 지금 제1 연회실 VIP룸에서 이선학 씨와 독대 중입니다. 이선학 씨가 돌아가서 얘기하겠다고 버티고 있지만 오래가지는 않을 것 같습니다.

"그러겠지. 예전부터 이빨 하나는 끝내줬거든."

―그리고 고규현 씨와 다른 두 명이 이광훈 씨를 찾고 있습니다. 안 보여서 불안해하는 것 같아요.

"지금 그들의 위치는?"

거기까지 얘기하고 아차 싶어 이광훈을 등지고 문으로 돌아섰다.

―제1 연회실과 제2 연회실을 잇는 복도에 들어섰습니다.

"아까 우리가 있던 곳이네. 이쪽으로 오는 문을 닫아. 시간을 좀 벌어 봐야지."

―알겠습니다. 그리고 조심하십시오.

"뭘?"

―이광훈 씨요.

놀라서 돌아본 남윤아의 눈에 이광훈이 뻗은 주먹이 들어왔다.

"제장!"

반사적으로 몸을 피했지만 오히려 목을 얻어맞고 말았다. 아픈 건 둘째치고 순간적으로 숨이 막혔다. 문에 등을 부딪친 남윤아는 몸을 웅크린 채 두 팔로 얼굴을 가렸다. 예상대로 이광훈의 주먹이 쉬지 않고 날아왔다.

"씨발! 너도 한패지! 누굴 속이려고!"

성난 이광훈의 목소리가 쏟아지는 펀치 사이로 귓가에 파고들었다. 꾹 참으면서 반격의 기회를 살피던 그녀는 빈틈을 노려 이광훈의 오른쪽 옆구리에 펀치를 먹였다. 간장이 있는 오른쪽 옆구리 아래쪽은 급소 중의 급소라 격투기 선수들도 정통으로 맞으면 버티질 못했다. 운동과는 담쌓아 보이는 이광훈 역시 비명도 내지 못하고 주저앉았다. 유리창 밖에서 잠수함 안을 들여다보던 물고기들이 놀라서 흩어지는 게 보였다. 하다 하다 물고기들에게까지 구경거리가 되었다는 생각에 짜증이 난 남윤아는 끙끙거리는 이광훈의 턱을 세게 걸어찼다.

"힘도 없는 새끼가 어딜 선빵을 날려."

"너, 진짜 고소할 거야."

"나는 감방 가고 너는 전 재산을 날리겠네. 어느 쪽이 손해일까? 그리고 지금 친구들이 널 찾고 있어. 문 열고 여기 있다고 소리쳐 줄까?"

"제, 제발 그것만은."

겁에 질린 이광훈의 대답을 들은 남윤아는 드디어 때가 왔다는 걸 느꼈다.

"이제 선택의 시간이 왔네."

"무슨 선택이요?"

"쟤들이 일진 노릇하던 중에 일어난 남영혜의 죽음에 관해서 말이야. 넌 협박당해서 일진들과 함께할 수밖에 없었다는 거잖아."

"마, 맞아요. 휴대폰으로 영상도 찍고 녹음도 해 놨어요. 실제로는 셔틀인데 그것만 보면 꼭 패거리처럼 보여서요."

"그걸 네가 먼저 자백하라는 거야. 그러면 쟤들이 널 협박하거나 괴롭힐 이유가 사라지잖아."

"지금 저더러 자폭하라는 얘기에요? 그게 밝혀지면 투자자들이 저를 쫓아내고 우리 회사를 남성 그룹에 매각해 버릴 거라고요."

"쟤들이 폭로해도 마찬가지야. 무죄를 받았다고는 하지만 학교 폭력이 폭로되면 그냥 넘어갈 수 있을 거 같아? 차라리 먼저 얘기해서 한 대 맞고 끝나는 게 낫지. 어차피 잘 풀려도 빨대 꽂은 놈들이 순순히 있겠어? 더 큰 빨대를 꽂으려고 들겠지."

남윤아가 빨대 꽂는 시늉을 하자 이광훈이 움찔했다. 잘 생각하라는 그녀의 말에 이광훈의 눈동자가 심하게 흔들렸다. 그때, 해모수의 목소리가 들렸다.

─김창재 전 프로파일러가 거의 자백을 받아 낸 상황입니다.

"벌써? 이선학 대표한테도 이어폰 X가 있지?"

─네, 탑승자 모두에게 지급되었습니다.

"그럼, 말을 건네서 거기에서 벗어나게 만들어 봐."

─어떻게 말합니까?

아까처럼 기습당할까 봐 이광훈에게서 눈을 떼지 못한 채 속삭이듯 얘기하던 남윤아가 분통을 터뜨렸다.

"똑똑한 인공지능이라며. 아무 말이나 해. 어차피 한 시간 후에 폭탄 터지면 다 끝이잖아. 융통성을 좀 발휘하라고."

─정확하게는 57분입니다. 대화를 시도해 보겠습니다.

남윤아는 얼른 하라고 해모수를 채근하고는 이광훈을 내려다봤다. 얻어맞은 오른쪽 옆구리를 손으로 감싸고 있던 이광훈이 그녀를 올려다봤다.

"그러면 정말 문제가 해결될까요?"

"일단 영상부터 찍고 걔들이랑 딜을 하면 어때? 네가 자백 영상을 찍었고, 그걸 먼저 풀고 용서를 빈다고 하면 최소한 개들이 널 협박할 거리는 없어지잖아."

거듭되는 남윤아의 회유에 이광훈이 조금씩 설득되는 것 같았다. 초조해하는 모습을 애써 감추고 있던 남윤아는 이광훈이 여전히 머뭇거리자 강수를 두기로 했다.

"지금 고규현 패거리가 여기로 들어올 수 있도록 통로의 문을 열어 줘."

―지금 문을 열면 문제가 발생할 것으로 보입니다만.

"어차피 문제가 생기고 있잖아. 김 선배 쪽은?"

―이선학 대표의 이어폰 X로 지금 자백하면 아리온호가 출발지로 돌아간 후에 바로 체포될 수 있다고 경고했습니다. 이걸 듣고 이선학 대표가 자백을 거부하고 버티는 중입니다.

"잘했어. 계속 얘기해."

―이제는 그럴 수 없습니다.

"왜?"

남윤아가 짜증을 내며 물었다.

―김창재 전 프로파일러가 이선학 대표의 귀에 꽂혀 있던 이어폰 X를 뽑아 버렸기 때문입니다. 그리고 감시 카메라의 사각을 찾아서 몸으로 화면을 가리며 대화를 나누고 있습니다. 따라서 어떤 대화를 나누는지는 현재 추측만 가능합니다.

"환장하겠네. 수단과 방법을 가리지 말고 잘 감시해. 김 선배는 문제가 해결되면 오른쪽 주먹을 머리 위로 치켜들고 불끈 쥐는 포즈를 취하니 바로 알려 줘."

ㅡ지켜보겠습니다. 그리고 고규현, 오로라, 나우주 씨가 제2연회실로 들어왔습니다.

손을 뒤로 돌린 남윤아는 객실 문을 잠갔다. 하지만 얇은 합판으로 만든 나무문이 오래 버틸 것 같지는 않았다. 마른침을 삼킨 그녀는 여전히 벌벌 떨고 있는 이광훈을 노려봤다.

"곧 친구들이 올 거야. 어떻게 할지 결정해."

"걔들 막아 주면 돈 줄게요."

이광훈의 말에 남윤아는 혀를 찼다.

"다구리 앞에는 장사 없어. 이 좁은 곳에 셋이 작정하고 덤비면 아무리 나라도 못 이긴다고. 솔직히 도와줄 마음도 없고 말이야."

"왜 자꾸 나한테 없는 죄를 자백하라고 그래요. 왜!"

"죽은 탐정이 내 연인이었으니까."

버럭 소리 지른 남윤아의 이글거리는 눈빛에 이광훈이 입을 다물었다. 해모수가 다급하게 끼어들었다.

ㅡ자꾸 거짓말하면 나중에 수습 안 될 가능성이….

잔소리를 들은 남윤아는 그대로 폭발했다.

"닥쳐! 너도 마음에 안 들어! 뒤질 거면 혼자 곱게 뒤질 것이지 왜 나를 한강 물속에서 개고생하게 만들어! 그러고도 사과

314

한마디 없어!"

―죄송합니다.

사과를 들어도 남윤아의 분은 풀리지 않아 씩씩거리며 화를 삭였다. 그녀의 목소리를 들었는지 밖에서 고규현 패거리가 문을 두드렸다.

"안에 광훈이 있니?"

남윤아가 돌아서서 외쳤다.

"여기 없어."

"아! 탐정님이세요. 광훈이 못 보셨어요?"

"못 봤어."

"이상하다. 다른 곳은 다 찾아봤는데 없거든요."

"다시 찾아봐."

남윤아가 퉁명스럽게 말하자 고규현이 주먹으로 문을 치며 말했다.

"거, 말이 짧으시네."

"씨발, 울고 싶어서 문 닫고 있는데 자꾸 말 시키니까 그렇지. 헬스 좀 했다고 네 몸뚱아리가 내 주먹을 버틸 수 있을 거 같아!"

남윤아가 거칠게 외치자 고규현의 움찔하는 숨소리가 들렸다.

"알겠습니다. 너무 짜증 내지 마세요."

"내가 수중 공포증이 있는 걸 깜빡했어. 나갈 수도 없고, 창밖으로 물고기 새끼들이 돌아다녀서 굉장히 예민하거든. 그러니까 꺼져. 좋은 말로 할 때."

나지막한 욕설과 함께 고규현이 뒤로 물러나는 소리가 들렸다. 한숨 돌린 남윤아가 이광훈을 노려봤다.

"이번에도 시키는 대로 안 하면 문 확 열어 버린다. 좋은 말로 할 때 빨리해."

"뭐, 뭐라고요?"

"남영혜의 죽음에 제가 깊이 관여했습니다. 진심으로 사과하고 뉘우치겠습니다. 저기 카메라 보고 제대로 얘기해."

한 글자씩 또박또박 말한 남윤아가 이광훈을 다시 노려봤다. 무릎을 꿇은 채 덜덜 떨고 있던 이광훈이 드디어 천천히 입을 열었다.

"저 이광훈은 남영혜의 죽음에 본의 아니게 깊이 관련되어 있습니다. 진심으로 사과하며, 앞으로…."

남윤아가 마음속으로 끝났다고 안도의 한숨을 내쉬는데 해모수의 목소리가 들렸다.

―김창재 프로파일러가 오른손을 머리 위로 들었습니다.

"젠장! 급속 잠항시켜!"

―수심이 얕아서 바닥과 충돌합니다.

"그러면 옆으로 움직이든가!"

—우측으로 선회하겠습니다. 꽉 잡으십시오.

아리온호가 오른쪽으로 크게 선회하면서 기울어졌다. 벽에 기대 있던 남윤아는 괜찮았지만 무릎을 꿇은 채 얘기하던 이광훈은 크게 옆으로 구르면서 문에 머리를 부딪치고 말았다. 몸을 얼른 일으켰지만 의식을 잃었는지 축 늘어졌다.

"망할!"

짜증이 확 밀려왔다. 일단 김창재가 외부로 연락하는 걸 막아야만 했다.

"어떻게 됐어?"

—김창재 전 프로파일러가 옆으로 심하게 굴렀습니다. 하지만 의식을 잃은 것 같지는 않습니다.

"이선학은?"

—그 자리에 그대로 있습니다.

"내가 거기로 갈 때까지 아리온호를 계속 좌우로 움직여."

—알겠습니다. 하지만 5분 후에 양화대교를 지나야 하는데 교각 사이가 좁아서 좌우 선회가 힘들 수 있습니다.

"알겠으니까 흔들기나 잘해."

밖으로 나온 남윤아는 김창재가 있는 곳을 향해 전속력으로 달렸다. 해모수가 알아서 문을 열어 준 덕분에 제1 연회실까지 어렵지 않게 뛰어갈 수 있었다. 그 와중에도 아리온호는 좌우로 계속 움직였다. 제1 연회실 구석에 서 있던 다니엘 박과 안

윤희가 보였다.

"선배는 어딨죠!"

두 사람은 약속이나 한 듯 손을 들더니 앞쪽의 VIP룸을 가리켰다. 문을 향해 돌진한 남윤아는 그대로 몸통 박치기를 했다. 예상대로 약하디 약한 문짝은 힘없이 떨어져 나갔고, 안쪽에는 엎드려 있는 김창재가 보였다. 남윤아는 김창재의 오른쪽 손목에 채워진 웨어러블 워치를 보고는 주저 없이 발로 질끈 밟았다.

"으악!"

김창재의 비명과 함께 웨어러블 워치가 부서졌다. 한숨 돌린 남윤아가 외쳤다.

"미안해요. 선배! 돈 많으니까 나중에 새로 장만하세요."

홀가분한 마음으로 밖으로 나온 남윤아가 당장 해모수를 호출했다.

"몇 분 남았지?"

―26분 남았습니다.

"이제 이광훈의 자백만 받으면 되니까 충분해."

―그런데 문제가 생겼습니다.

찬물을 끼얹은 것 같은 대답에 남윤아는 제2 연회실로 뛰어가면서 물었다.

"또 무슨 문제?"

—고규현 씨 무리가 이광훈 씨를 압박하고 있습니다. 자백하지 말라고요. 아무래도 문밖에서 두 분의 대화를 엿들은 모양입니다.

　"염병할! 양화대교에 도착하려면 몇 분 남았지?"

　—1분 40초입니다.

　"그때까지 계속 좌우로 움직이고 이광훈에게는 이어폰 X로 거길 벗어나서 여기 복도로 오라고 해."

　—전달하겠습니다.

　심호흡을 한 남윤아는 제2 연회실과 이어지는 복도를 뛰어갔다. 복도 끝의 문이 열리자 이광훈이 뛰어오는 게 보였다. 뒤쪽으로는 고규현과 오로라, 나우주가 고함을 지르며 쫓아오는 중이었다. 이광훈에게 얼른 뛰어오라고 손짓한 남윤아가 해모수에게 물었다.

　"던지거나 막을 만한 거 없어?"

　—조명 장치를 떨어뜨릴 수 있습니다.

　떨어뜨리냐고 먼저 물어볼 줄 알았는데 해모수는 의외로 바로 조명등을 떨어뜨렸다. 크거나 높이 매달린 것은 아니라서 위협적이지는 않았지만 갑자기 떨어져 조명등이 박살 나자 앞장서 달려오던 고규현이 깜짝 놀라 멈칫했다. 그사이에 이광훈이 복도로 뛰어 들어왔고, 곧바로 문이 닫혔다. 이광훈은 눈을 비비며 하소연했다.

"갑자기 사라지면 어떡해요?"

"미안, 일이 있었어. 문이 닫혔으니까 이제는 안전해. 그러니까 아까 하던 거 마저 하자."

"나가서 변호사랑 얘기하고 싶습니다."

속 터지는 대답을 들은 남윤아는 발을 번쩍 들었다.

"그런 정신머리로 무슨 사업을 한다는 거야, 대체."

"자백하는 게 영상으로 남으면 저한테 많이 불리할 거 같아서요."

갑자기 완강해진 이광훈에 남윤아는 난감했다.

─17분 남았습니다. 방금 양화대교를 통과했습니다.

이광훈을 노려봤지만 고집스러운 눈빛과 마주칠 뿐이었다. 뒷걸음질로 복도 끝까지 간 남윤아가 소리쳤다.

"문 열어!"

─건너편에 고규현 씨가 깨진 조명 조각을 들고 서 있습니다. 좋은 선택은 아닌 듯합니다만.

"씨발! 17분 남았다며? 문 열고 저기 폭탄이 있는 문도 열어, 얼른."

─개방하겠습니다.

잠시 후, 문이 열리자 유리 조각을 들고 서 있는 고규현이 보였다. 그가 휘두르는 유리 조각을 여유롭게 피한 남윤아가 고규현의 팔을 잡아당겨 균형을 잃게 했다. 그러고는 날 선 목소리로 외쳤다.

"얌전히 따라와! 보여 줄 게 있으니까."

글자 그대로 고규현을 질질 끌고 통로 중간까지 온 남윤아는 작은 문을 통해 폭탄이 설치된 모습을 보여 주었다.

"저거 보여? 지금으로부터 15분 후에 터지게 되어 있어."

"저게 뭔데요?"

"폭탄이야. 너네가 괴롭혀서 죽은 남영혜의 아버지가 설치했지. 너희가 자백하지 않으면 터져서 우리는 몽땅 물고기 밥이 되는 거야."

"우리는 아무 죄도 없어요. 무죄 판결도 받았고요."

볼멘소리하는 고규현의 따귀를 때린 남윤아가 소리쳤다.

"한가한 소리 하고 있네. 폭탄 터진다는 이야기 못 들었어? 너희끼리 단체로 하든 한 명이 하든 알아서 자백해."

뒤따라오던 오로라와 나우주도 폭탄을 보고는 그대로 얼어붙었다. 고규현이 따귀 맞은 뺨을 어루만지면서 이광훈을 힐끔 바라봤다.

"저 새끼가 주도한 거였어요."

그러자 주저앉아 있던 이광훈이 버럭 소리 질렀다.

"난 셔틀이었다고!"

"지랄, 돈 많이 써서 우리 부려 먹은 거잖아. 영혜도 네가 좋아한다고 쫓아다니다가 걔가 너 싫다고 피하니까 우리한테 옥상으로 끌고 올라오라고 했잖아."

고규현의 말이 끝나기도 전에 오로라가 끼어들었다.

"우리가 그때 영상이랑 녹취 안 해 놨으면 죄다 뒤집어쓸 뻔했어. 예나 지금이나 뻔뻔하네."

나우주까지 소리 질러대는 와중에 뒤쪽에서 김창재의 목소리가 들렸다.

"내 일에 끼어들지 말랬지!"

웨어러블 워치를 차고 있던 오른쪽 손목을 왼손으로 감싸고 있었다. 남윤아의 발에 밟히면서 상처가 난 것 같았다. 하지만 손목의 상처보다 남윤아의 행동에 마음의 상처가 더 컸을 게 분명했다. 한때는 가까웠던 두 사람은 한 사건을 해결하는 과정에서 갈라섰고, 여전히 감정의 골이 남은 상태였다. 마음 급한 남윤아는 김창재 쪽은 모른 척하고 고규현에게 소리쳤다.

"저 사람 막아! 내가 자백받을게."

고규현이 고개를 끄덕거리고는 다가오는 김창재의 앞을 막았다. 그사이에 몸을 일으킨 남윤아는 엉거주춤 일어나려는 이광훈에게로 갔다. 이에 반대쪽으로 도망가려던 그를 오로라와 나우주가 막아섰다. 이광훈의 뒷덜미를 잡은 남윤아가 고래고래 소리 질렀다.

"얼른 자백해. 안 그러면 다 물고기 밥이 되는 거야."

"내, 내가 왜요!"

이광훈의 아랫배를 한 대 때린 남윤아가 폭탄을 보여 주었다.

"저게 가짜로 보여? 터지면 다 죽는 거야."

남윤아의 압박에 결국 이광훈이 두 손 들었다.

"알았어요. 알았다고요."

—5분 남았습니다. 자백 이후에 판정 시간도 필요하니 서두르는 게 좋겠습니다.

"입 닥쳐!"

이광훈은 남윤아의 말이 자기에게 한 애긴 줄 알고 볼멘소리를 했다.

"아니, 자백하라고 해 놓고서는 왜 입을 다물라고…."

"너는 시키는 거나 해. 빨리!"

남윤아의 압박에 이광훈이 아까처럼 자기가 잘못했다는 내용의 말을 했다. 그의 말이 끝나자 남윤아가 이광훈의 어깨를 붙잡은 채 해모수의 판정을 기다렸다.

—탑승객 여러분, 한강대교를 통과 중입니다. 좌우로 교각이 보이실 겁니다.

"뭐야. 폭탄은 어떻게 되는 거냐고!"

이광훈은 남윤아의 어깨를 뿌리치며 외쳤다.

"여길 벗어나면 바로 변호사 불러서 고소할 테니 단단히 각오하고 있으라고."

남윤아는 이광훈의 말을 조금도 신경 쓰지 않았다. 엉뚱한 대답을 한 해모수가 다시 목소리를 들려줬다.

—미션 클리어. 폭탄의 기폭장치가 해제되었습니다.

그 말을 들은 남윤아는 바닥에 쓰러지듯 누워 버렸다.

—수고하셨습니다. 제 선택이 틀리지 않았다는 걸 증명하셨습니다.

"닥쳐! 넌 내가 어떻게든 폐기 처분시킬 거야."

—탑승객 여러분. 잠시 후, 잠실 선착장에 도착합니다. 즐거운 시간이 되셨기를 바랍니다.

남윤아가 어이가 없어서 웃다가 고개를 들어 주변을 바라봤다. 처음 출항했을 때와 달리 아수라장이 된 아리온호 내부에는 이광훈을 비롯한 그의 무리가 넋이 나간 채 여기저기 흩어져 있었다. 그걸 보고 있는데 불쑥 김창재의 얼굴이 보였다.

"대체 뭐가 어떻게 돌아가는 거야?"

"얘기가 길어요. 선배?"

"일단 들어나 보지."

상처 입지 않은 왼손을 내민 김창재의 말에 남윤아 역시 손을 뻗었다. 자리에서 일어난 남윤아가 천장의 CCTV를 바라보면서 말했다.

"해모수라고 제 친구를 소개할게요. 진짜 싸가지 없고, 자기만 아는 놈이죠. 얘 때문에 일이 벌어진 거였어요."

어리둥절해하는 김창재를 향해 해모수의 밝은 목소리가 들렸다.

　―반갑습니다. 설명이 좀 길어질 것 같습니다만 최대한 **차분**
하게 말씀드리죠.

　해모수가 그동안 벌어진 일을 설명하는 동안 남윤아는 냉장
고에서 음료수를 꺼내 벌컥벌컥 마셨다. 잠시 후, 출입문이 열
리고 검은색 양복에 남성 그룹 배지를 단 건장한 남자들이 들
어와 이선학을 끌고 나갔다. 이광훈 패거리도 정중하지만 더
없이 차가운 태도로 데리고 나갔다. 해모수의 설명을 모두 들
은 김창재가 손목을 움켜쥔 채 음료수를 마시고 있던 남윤아
에게 다가왔다.

　"시계는 안 물어 줘도 돼. 어려운 상황에서 문제를 잘 해결
했어."

　"인정해 주시는 겁니까?"

　"안 그랬으면 내가 물고기 밥이 될 뻔했으니까. 어디 가서
저녁이나 먹지."

　"한우 사 주세요."

　남윤아의 말에 김창재가 가볍게 웃으며 고개를 끄덕거렸다.

한강

초판 1쇄 발행 2025년 10월 27일

지은이 장강명 정해연 임지형 차무진 박산호 조영주 정명섭
펴낸이 허정도
편집장 박윤희
책임편집 이경주 디자인 박지은
마케팅 신대섭 김수연 배태욱 김하은 이영조 제작 조화연
2차 저작권 관리 안희주 문주영

펴낸곳 주식회사 교보문고
등록 제406-2008-000090호(2008년 12월 5일)
주소 경기도 파주시 문발로 249 (10881)
전화 대표전화 1544-1900 주문 02)3156-3665 팩스 0502)987-5725

ISBN 979-11-7061-322-0 03810